成长变奏曲
梁晓声自选集

梁晓声 ◎ 著

读者出版传媒股份有限公司
甘肃人民出版社

图书在版编目（CIP）数据

成长变奏曲：梁晓声自选集 / 梁晓声著. -- 兰州：甘肃人民出版社，2021.6
ISBN 978-7-226-05703-2

Ⅰ.①成… Ⅱ.①梁… Ⅲ.①中篇小说－小说集－中国－当代②短篇小说－小说集－中国－当代 Ⅳ.①I247.7

中国版本图书馆CIP数据核字（2021）第103722号

出 版 人：刘永升
总 策 划：刘永升　李树军　宁　恢
项目统筹：高茂林　王　祎　李青立
策划编辑：高茂林
责任编辑：李青立
封面设计：今亮後聲 HOPESOUND 2580590616@qq.com ·核漫　欧阳倩文

成长变奏曲：梁晓声自选集

梁晓声　著

甘肃人民出版社出版发行
（730030　兰州市读者大道568号）
北京金特印刷有限责任公司印刷

开本 889 毫米×1194 毫米　1/32　印张 10　插页 2　字数 224 千
2021 年 7 月第 1 版　2021 年 7 月第 1 次印刷
印数：1~20 000

ISBN 978-7-226-05703-2　　　定价：48.00 元

目录

母　亲 /001
父　亲 /035
表　弟 /067
红磨房 /193
民　选 /268

母　亲

淫雨在户外哭泣，瘦叶在窗前瑟缩。这一个孤独的日子，我想念我的母亲。有三只眼睛隔窗瞅我，都是那杨树的眼睛。愣愣地呆呆地瞅我，我觉得那是一种凝视。

我多想像一个山东汉子，当面叫母亲一声"娘"。

"娘，你做啥不吃饭？"

"娘，你咋的又不舒坦？"

荣城地区一个靠海边的小小村庄的山东汉子们，该是这样跟他们的老母亲说话的吗？我常遗憾那儿对于我只不过是"籍贯"，如同一个人的影子当然是应该有而没有其实也没什么。我无法感知父亲对那个小小村庄深厚的感情。因为我出生在哈尔滨市，长大在哈尔滨市。遇到北方人我才认为是遇到了家乡人。我大概是历史上最年轻的"闯关东"者的后代——当年在一批批被灾荒从胶东大地向北方驱赶的移民中，有个年仅十四岁的孑然一身衣衫褴褛的少年，后来他成了我的父亲。

"你一定要回咱家去一遭！那可是你的根土！"

父亲每每严肃地对我说，"咱"说成"砸"，我听出了很自豪的意味儿。

我不知我该不该也感到同样自豪，因为据我所知那里并没有什么值得自豪的名山和古迹，也不曾出过一位什么差不多可以算作名人的人。然而我还是极想去一次，因为它靠海。

可母亲的老家又在哪里呢？靠近什么呢？

母亲从来也没对我说过希望我或者希望她自己能回一次她的老家的话。

母亲是吉林人吗？我不敢断定。仿佛是的。母亲是出生在一个叫"孟家岗"的地方吗？好像是，又好像不是。也许母亲出生在佳木斯市附近的一个地方吧？父亲和母亲当年共同生活过的一个地方？

我很小的时候，母亲常一边做针线活，一边讲她的往事——兄弟姐妹众多，七个，或者八个。有一年农村闹天花，只活下来三个——母亲、大舅和老舅。

"都以为你大舅活不成了，可他活过来了。他睁开眼，左瞧瞧，右瞧瞧，见我在他身边，就问：'姐，小石头呢？小石头呢？'我告诉他：'小石头死啦！''三丫呢？三丫呢？三丫也死了吗？'我又告诉他：'三丫也死啦！二妹也死啦！憨子也死啦！'他就哇哇大哭，哭得闭过气去……"

母亲讲时，眼泪扑簌簌地落，落在手背上，落在衣襟上，也不拭，也不抬头，一针一针，一线一线，缝补我的或弟弟妹妹们的破衣服。

"第二年又闹胡子，你姥爷把骡子牵走藏了起来，被胡子们吊在树上，麻绳沾水抽……你姥爷死也不说出骡子在哪儿。你姥姥把我和你大舅一块搂在怀里，用手紧捂住我们的嘴，躲在一口干井里，听你姥爷被折磨得呼天喊地。你姥姥不敢爬上干井去说骡子在哪儿，胡子见女人没有放过的。后来胡子烧了我们家，骡子保住了，你姥爷死了……"

与其说母亲是在讲给我们几个孩子听，莫如说更是在自言自语，更是一种回忆的特殊方式。

这些烙在我头脑里的记忆碎片，就是我对母亲身世的全部了解。加上"孟家岗"那个不明确的地方。

我的母亲在她没有成为母亲之前拴在贫困生活中多灾多难的命运就是如此。

后来她的命运与父亲拴在一起仍是和贫困拴在一起。

后来她成了我们的母亲又将我和我的兄弟妹妹拴在了贫困上。

我们扯着母亲褪色的衣襟长大成人。在贫困中她尽了一位母亲最大的责任……

我对人的同情心最初正是以对母亲的同情形成的。我不抱怨我扒过树皮捡过煤核的童年和少年，因为我曾这样分担着贫困对母亲的压迫，并且生活亦给予了我厚重的馈赠——它教导我尊敬母亲以及一切以坚忍捧抱住艰辛的生活、绝不因茹苦而撒手的女人……

在这一个淫雨潇潇的孤独的日子，我想念我的母亲。

隔窗有杨树的眼睛愣愣地呆呆地瞅我……

那一年，我的家被"围困"在城市里的"孤岛"上——四周全是两米深的地基壑壕、拆迁废墟和建筑备料。几乎一条街的住户都搬走了，唯独我家还无处可搬。因为我家租住的是私人房产——房东欲趁机向建筑部门讨要一大笔钱，而建筑部门认为那是无理取闹。结果直接受害的是我家。正如我在小说《黑纽扣》中写的那样，我们一家成了城市中的"鲁滨孙"。

小姨回到农村去了，在那座二百余万人口的城市，除了我们的母亲，我们再无亲人。而母亲的亲人即是她的几个小儿女。母亲为了微薄的工资在铁路工厂做临时工，出卖一个底层女人的廉价的体力。翻砂——那是男人们都干得很累很危险的重活。临时工谈不上什么劳动保护，全凭自己在劳动中格外当心。稍有不慎，便会被铁水烫伤或被铸件砸伤压伤。母亲几乎没有哪一天不带着轻伤回家的。母亲的衣服被迸溅的铁水烧出一片片的洞。

母亲上班的地方离家很远，没有就近的公共汽车可乘。即便有，母亲也必舍不得花五分钱一毛钱乘车。母亲每天回到家里的时间，总在七点半左右。吃过晚饭，往往九点来钟了。我们上床睡，母亲则坐在床角，将仅仅二十支光的灯泡吊在头顶，凑着昏暗的灯光为我们补缀衣裤。当年城市里强行节电，居民不允许用超过四十支光的灯泡。而对于我们家来说，节电却是自愿的，因那同时也意味着节省电费。然而代价亦是惨重的。母亲的双眼就是在那些年里熬坏的，至今视力很差。有时我醒来，仍见灯亮着，仍见母亲在一针一针、一线一线地缝补，仿佛就是一台自动操作而又不发出声响的缝纫机。或见灯虽亮着，而母亲肩靠着墙，头垂于胸，补物在手，就那么睡了。有多少夜，母亲就是那么睡了一夜。清晨，在我们横七竖八陈列一床酣然梦中的时候，母亲已不吃早饭，带上半饭盒生高粱米或生大碴子，悄无声息地离开家，迎着风或者冒着雨，像一个习惯了独来独往的孤单旅人似的,"翻山越岭",跋涉出连条小路都没给留的"围困"地带去上班。还有不少日子,母亲加班,我们一连几天甚至十天半个月见不着母亲的面儿。只知母亲昨夜是回来了,今晨又早走了,要不灯怎么挪地方了呢?要不锅内的高粱米粥又是谁替我们煮上的呢?

才三岁多的小妹想妈,哭闹着要妈。她以为妈没了,永远再也见不到妈了。我就安慰她,向她保证晚上准能见到妈。为了履行我的诺言,我与困顿抵抗,坚持不睡。至夜,母亲方归,精疲力竭,一心只想立刻放倒身体的样子。

我告诉母亲小妹想她。

"嗯,嗯……"母亲倦得闭着眼睛脱衣服,一边说,"我知道,知道的。别跟妈妈说话了,妈困死了……"话没说完搂着小妹便睡了。第二天,小妹醒来又哭闹着要妈。我说:"妈妈是搂着你睡的!不信?你看这是什么?"枕上深深的头印中,安歇着几根母亲灰白的落发,我用两根手指捏起来给小妹看,"这不是妈妈的头发吗?除了妈妈的头发,咱家谁的头发这么长?"

小妹用两根手指将母亲的落发从我手中捏过去,神态异样地细瞧,接着放在母亲留于枕上的深深地被汗渍所染的头印中,趴在枕旁,守着,好似守着的是母亲……

最堪怜的是中秋、国庆、新年、春节前夕的母亲。母亲每日只能睡上两三个小时。五个孩子都要新衣裳穿。没有,也没钱买。母亲便夜夜地洗、缝、补、浆。若是冬季里,洗了衣服,上半夜搭到外边去冻着,下半夜取回屋里,烘烤在烟筒上。母亲不敢睡,怕焦了着了。母亲是个刚强的女人,她希望我们在普天同庆的节日,即使穿不上件新衣服,也要从里到外穿得干干净净,尽管是打了补丁的衣服……

她还想方设法美化我们的家。家像地窖,像窝,像土丘之间的窝。土地,四壁落土,顶棚落土。它使不论多么神通广大的女人为它而做的种种努力,都在几天内变成徒劳。

母亲却常说:"蜜蜂蚂蚁还知道清理窝呢,何况人!"母亲即使拼尽她那残余的一点精力,也非要使我们的家在短短几天的节日里多少有点家样不可。"说不定会有什么人来!"母亲心怀这等美好的愿望,颇喜悦地劳碌着。然而没有个谁来。没有个谁来母亲也并不觉得扫兴和失望。生活没能将母亲变成懊丧的怨天怨地的女人。母亲分明是用她的心锲而不舍地衔着一个乐观。那乐观究竟根据什么?当年的我无从知道,如今的我似乎知道了,从母亲默默地望着我们时目光中那含蓄的欣慰。她生育了我们,她就要把我们抚养成人。她从未怀疑她不能够。母亲那乐观在当年所依仗的也许正是这样的信念吧?唯一的始终不渝的信念。

我们依赖于母亲而活着。像蒜苗之依赖于一颗蒜。当我们到了被别人估价的时候,母亲已被我们吸收空了。没有财富和书本知识,母亲是位一无所有的母亲。她奉献的是满腔满怀恒温不冷的心血供我们吮咂!母亲呵,娘!我的老妈妈!我无法宽恕我当年竟是那么不知心疼您、体恤您。

是的,我当年竟是那么不知心疼和体恤母亲。我以为母亲就应该是那样任劳任怨的。我以为母亲天生就是那样一个劳碌不停而又不觉得累的女人。我以为母亲是累不垮的。其实母亲累垮过多次。在夜深人静的时候,在我们做梦的时候,母亲几回瘫软在床上,暗暗恐惧于死神找到她的头上了。但第二天她总会连她自己也不可思议地挣扎了起来，又去上班……

她常对我们说："妈不会累垮，这是你们的福分。"

我们不觉得是什么福分，却相信母亲累不垮。

在北大荒，我吃过大马哈鱼。肉呈粉红色，肥厚，香。乌苏里江或黑龙江的当地人，习惯用大马哈鱼肉包饺子，视为待客的佳肴。

前不久我从电视中看到大马哈鱼：母鱼产子，小鱼孵出。想不到它们竟是靠噬食它们的母亲而长大的。母鱼痛楚地翻滚着，扭动着，瞪大它的眼睛，张开它的嘴和它的鳃，搅得水中一片红，却并不逃去，直至奄奄一息，直至狼藉成骸……

我的心当时受到了极强烈的刺激。

我瞬间联想到长大成人的我自己和我们的母亲。

联想到我们这九百六十万平方公里土地上一切曾在贫困之中和仍在贫困之中坚忍顽强地抚养子女的母亲们。她们一无所有，她们平凡、普通、默默无闻。最出色的品德可能仍是坚忍。除了她们自己的坚忍，她们无可傍靠。然而她们也许是最对得起她们儿女的母亲！因为她们奉献的是她们自己。想一想那种类乎本能的奉献真令我心酸。而在她们的生命之后不乏好儿女，这是人类最最持久的美好啊！

我又联想到另一件事：小时候母亲曾买了十几个鸡蛋，叮嘱我们千万不要碰碎，说那是用来孵小鸡的。小鸡长大了，若有几只母鸡，就能经常吃到鸡蛋了。母亲满怀信心，双手一闲着，就拿起一个鸡蛋，握着，捂着，轻轻摩挲着。我不信那样鸡蛋里就会产生一个生命。有天母亲拿着一个鸡蛋,走到灯前,将鸡蛋贴近了灯对我说:"孩子,你看!鸡蛋里不是有东西在动吗?"

我看到了,半透明的鸡蛋中,隐隐地确实有什么在动。

母亲那只手也变成了红色的。

那是血色呀!

血仿佛要从母亲的指缝滴淌下来……

"妈妈,快扔掉!"

我扑向母亲,夺下了那个蛋,摔碎在地上——蛋液里,一个不成形的丑陋的生命在蠕动。我用脚去踩,踏。不是宣泄残忍,而是源自恐惧。我觉得那不成形的丑陋的一个生命,必是由于通过母亲的双手饱吸了母亲的血才变出来的!我抬头望母亲,母亲脸色那么苍白。我内心里更加充满了恐惧,更加相信我想的是对的。我不要母亲的心血被吸干!不管是哪一个被踩死踏死了的无形的丑陋的生命,还是万恶的贫困!因为我太知道了,倘我们富有,即使生活在腐朽的棺材里,也会有人高兴来做客,无论是节日或寻常的日子,并且随身带来种种礼物……

"不,不!"我哭了。

我嚷:"我不吃鸡蛋了!不吃了!妈妈,我怕……"

母亲怒道:"你这孩子真作孽!你害死了一条小性命!你怕什么?"

我说:"妈妈我是怕你死……它吸你的血!……"

母亲低头瞧着我,怔了一刻,默默地把我搂在怀里,搂得很紧……

小鸡终于全孵出来了,一个个像黄绒球似的,活泼可爱。它们渐渐长大,其中有三只母鸡。以后每隔几日,我们便可吃到鸡蛋了。但我在很长一段时间内不敢吃,对那些鸡我却有着一种特殊的情感,视它们为通人性的东西,觉得和它们有着一种血缘般的关系……

连续三年的自然灾害使我们的共和国也处在同样的艰难时期。国营商店只卖一种肉——"人造肉",淘米水经过沉淀之后做的。粮食是珍品,淘米水自然有限。"人造肉"每户每月只能按购货本买到一斤。后来由于收集不到生产"人造肉"的淘米水,"人造肉"便也难以买到了。用如今的话说,是"抢手货",想买到得走后门儿。

母亲下班更晚了。但每天带回一兜半兜榆钱儿。我惊奇于母亲居然能爬到树上去撸榆钱儿,那是她爬上厂里一些高高的大榆树撸的。

"有'洋辣子'吗?"我们洗时,母亲总要这么问一句。我们每次都发现有,我们每次都回答说没有。我们知道母亲像许多女人一样,并不胆小,却极怕树上的"洋辣子"那类毛虫。榆钱儿当年对我们是佳果。我们只想到母亲可别由于害怕"洋辣子"就不敢给我们再撸榆钱儿了。

如果月初,家中有粮,母亲就在榆钱儿中拌点豆面,和了盐,蒸给我们吃。好吃。如果没有豆面,母亲就做榆钱儿汤给我们喝。不但放盐,还放油。好喝。

有天母亲被工友搀了回来——母亲在树上撸榆钱儿时,忽见自己遍身爬满"洋辣子",惊掉下来……我对母亲说:"妈,以后我跟你到厂里去吧。我比你能爬树,我不怕'洋辣子'……"母亲抚摸着我的头说:"儿啊,厂里不许小孩进。"第二天,我还是执拗地跟着母亲去上班了。无论母亲说什么，把门的始终摇头，坚决不许我进厂。

我只好站在厂门外，眼睁睁瞧着母亲一人往厂里走。我不肯回家，我想母亲是绝不会将我丢在厂外的。不一会儿，我听到母亲在低声叫我。见母亲已在高墙外了，向我招手。我趁把门的不注意，沿墙溜过去，母亲赶紧扯着我的手跑，好大的厂，好高的墙。跑了一阵，跑至一个墙洞口，工厂从那里向外排污水，一会儿排一阵，一会儿排一阵。在间隔的当儿，我和母亲先后钻入厂里。面前榆林乍现，喜得我眉开眼笑。心内不禁就产生了一种自私的占有欲——要都是我家的树多好！那我就首先把那个墙洞堵上，再养两条看林子的狗。当然应该是凶猛的狼狗！

母亲嘱咐我："别乱走。被人盘问就讲是你自己从那个洞钻进来的。千万别讲出妈妈。要不妈妈该挨批评了！走时，可还要钻那个洞！"母亲说完，便匆匆离开了。我撸了满满一粮袋榆钱儿，从那个洞钻出去，扛在肩上，心里乐滋滋地往家走。不时从粮袋中抓一把榆钱儿，边走边吃。

结果我身后跟随了一些和我年龄差不多的孩子。馋涎欲滴地瞅着我咀嚼的嘴。"给点儿！""给点儿吧！""不给，告诉我们在哪儿的树上撸的也行！"我不吭声，快快地走。"再不给就抢了啊！"我跑。"抢！""不抢白不抢！"他们追上我。推倒我。抢……我从地上爬起时，"强盗"们已四处逃散。连粮袋儿也抢去了。我怔怔地站着，地上一片踏烂的绿。我怀着愤恨走了。回头看，一个老妪蹲在那儿捡……母亲下班后，我向母亲哭述自己的遭遇，凄凄惨惨戚戚。母亲听得认真。凡此种种，母亲总先默默听，不打断我们的话，耐心而怜悯的样子。直至她的儿女们觉得没什么补充的了，母亲才平静地做出她的结论。

母亲淡淡地说："怨你。你该分给他们些啊。你撸了一袋子呀！都是孩子，都挨饿。那么小气，他们还不抢你吗？往后记住，再碰到这种事儿，惹人家动手抢之前，先就主动给，主动分。别人对你满意，你自己也不吃亏……"

母亲往往像一位大法官，或者调解员，安抚着劝慰着小小的我们，缓解我们与社会的血气方刚的冲突，从不长篇大论一套套地训导。往往三言两语，说得明明白白，是非曲直，尽在谆谆之中。并且表现出仿佛绝对公正的样子，希望我们接受她的逻辑。

我们接受了，母亲便高兴，夸我们是好孩子。而母亲的逻辑是善良的逻辑，包含有一个似无争亦似无奈的"忍"字。为使母亲高兴，我们也唯有点头而已。可能自幼忍得太多了吧，后来于我的性格中，遗憾地生出了不屈不忍的逆反成分。如今三十九岁的我，与人与事较量颇多，不说伤痕累累，亦是遍体伤痕。每每咀嚼母亲过去的告诫，便厌恶自己是个犟种。忏悔既深既久，每每克己地玩味起母亲传给我的一个"忍"字来。或曰逆反，或曰"二律背反"也未尝不可，却又常于"克己复礼"之后而疑问重重，弄不清作为一个人，那究竟是好呢还是不好……

一场雨后，榆钱儿变成了榆树叶。榆树叶也能做"小豆腐"。做榆树叶汤，滑滑溜溜的，仿佛汤里加了粉面子。然而母亲厂里的食堂将那片榆树林严密地看管起来了，榆树叶成了工人叔叔和阿姨的佐餐之物。别了，暄腾腾的"小豆腐"……别了，绿汪汪的榆钱汤……别了，整个儿那一片使我产生强烈的占有欲并幻想以狼狗严守的榆树林……

母亲依然有东西带回给我们，鼓鼓的一小布包——扎成束的狗尾巴草。狗尾巴草不能做"小豆腐"吃，却能编毛茸茸的小狗、小猫、小兔、小驴、小骆驼……母亲总有东西带回给每日里眼巴巴地盼望她下班的孤苦伶仃的孩子们。母亲不带回点什么，似乎就觉得很对不起我们。不论什么东西，可代食的也罢，不可代食的也罢；稀奇的也罢，不稀奇的也罢，从母亲那破旧的小布包抖搂出来似乎便都成了好东西。哪怕在别的孩子们看来是些不屑一顾的东西。重要的仅仅在于，我们感觉到了母亲的心里对我们怀着怎样的一片慈爱。那乃是艰难岁月里绝无仅有的营养供给——那是高贵的"代副食"啊！母亲是深知这一点的。

某天，放学回家的路上，我被一辆停在商店门口的马车所吸引。瘦马在荫凉里一动不动，仿佛是处于思考状态的一位哲学家。车老板躺在马车上睡觉，而他头下枕的，竟是豆饼。四分之一块啊！豆饼啊！他枕着。我同学中有一个区长的儿子，有一次他将一个大包子分给我和几个同学吃，香得我们吃完了直咂嘴巴。"这包子是啥馅的？""豆饼！""豆饼？你们家从哪儿搞的豆饼？""他爸是区长嘛！"我们不吭声了。豆饼是艰难岁月里一位区长的特权。就是豆饼……我绕着那辆马车转一圈儿，又转一圈儿，猜测车老板真是睡着了，偷儿似的动手去抽那块豆饼。车老板并未睡着。四十来岁的农村汉子微微睁开眼瞅我，我也瞅他。他说："走开。"我说："走就走。"偷不成，只有抢了！猛地从他头下抽出了那四分之一块豆饼，弄得他的头在车板上咚地一响。他又睁开了眼，瞅着我发愣。我也看着他发愣。"你……"我撒腿便跑,抱着那四分之一块豆饼,沉甸甸的豆饼。"豆饼!我的豆饼!站住……"愣怔中的车老板待我跑出了挺远才明白过来是怎么一回事,边喊边追我。我跑得更快,像只袋鼠似的,在包围着我家的复杂地形中跳窜,自以为甩掉了追赶着的"尾巴",紧紧张张地撞入家门。

母亲愕问:"怎么回事?哪儿来的豆饼?"

我着急忙慌,前言不搭后语地说:"妈快把豆饼藏起来……他追我……"却仍紧紧抱着豆饼,蹲在地上喘作一团。"谁追你?""一个……车老板……""为什么追你?""妈你就别问了……"母亲不问了,走到了外面。我自己将豆饼藏到箱子里,想想,也往外跑。"往哪儿跑?"母亲喝住了我。"躲那儿!"我朝沙堆后一指。"别躲!站这儿。""妈!不躲不行!他追来了,问你,你就说根本没见到一个小孩子!他还能咋的?""你敢躲起来!"母亲变得异常严厉,"我怎么说,用不着你教我!"只见那持鞭的车老板气势汹汹地出现了,东张西望一阵,向我家这儿跑来。

他跑到我和母亲跟前,首先将我上下打量了足有半分钟。因我站在母亲身旁,竟有些不敢贸然断定我就是夺了他豆饼的"强盗",手中的鞭子不由背到了身后去。

"这位大姐,见一个孩子往这边跑了吗?抱着不小一块豆饼……"我说:"没有没有!我们连个人影也没看见!""怪了,明明是往这边跑的么!"他自言自语地嘟哝,"我挺大个老爷们,倒让个孩子明抢明夺了,真是跟谁讲谁都不相信……"他悻悻地转身欲走。"你别走。"不料母亲叫住他,说,"你追的就是我儿子。"他瞪着我,复瞪着母亲,似欲发作,但克制着,几乎有点儿低声下气地说："大姐你千万别误会,我可不是想怎么你的儿子!鞭子……是顺手一操……还我吧,那是我今明两天的干粮啊!……"一副农村人在城里人面前明智的自卑模样。

母亲又对我说:"听见了吗?还给人家!"我怏怏地回到屋里,从粮柜内搬出那块豆饼,不情愿地走出来,走到车老板跟前,双手捧着还他。他将鞭杆往后腰带斜着一插,也用双手接过,瞧着,仿佛要看出是不是小了。母亲羞愧地说:"我教子不严,让你见笑了啊!你心里的火,也该发一发。或打或骂,这孩子随你处置!""老大姐,言重了!言重了!我不是得理不让人的人,算了算了,这年头,好孩子也饿慌了!"他反而显得难为情起来。"还不鞠个躬,认个错!"在母亲严厉目光的威逼之下,我被人按着脑袋似的,向那车老板鞠了个草草的躬。我家的斧头,给一截劈柴夹着,就在门口。车老板一言不发,拔下斧头,将豆饼垫在我家门槛上,嘿嘿几下,砍得豆饼碎屑纷落,砍为两半。他一手拿起一半,双手同时掂了掂,递给母亲一半,慷慨地说:"大姐,这一半儿你收下!""那怎么行,是你的干粮啊!"母亲婉拒。车老板硬给。母亲婉拒不过,只好收了,进屋去,拿出两个窝窝头和一个咸菜疙瘩给那车老板。又轮到那车老板拒而不收,最后呢,见母亲一片真心实意,终于收了。从头上抹下单帽,连豆饼一块儿兜着,连说:"真是的,真是的,倒反过来占了你们个大便宜,怪不像话的!"

他在围困着我们家的地基壕堑、沙堆、废墟和石料场之间择路而去,插在后腰带上的长杆儿鞭子,似"天牛"的一条触角,晃晃的……

"你呀,今天好好想想吧!"直至吃晚饭前,母亲就对我说了这么一句话。不理睬我，也不吩咐我干什么活儿。而这是比打我骂我，更使我悲伤的。端起饭碗时，我低了头，嗫嗫地说："妈，我错了……"

"抬头。"我罪人一般抬起头，不敢迎视母亲的目光。

"看着妈。"

母亲脸上，庄严多于谴责。

"你们都记住，讨饭的人可怜，但不可耻。走投无路的时候，低三下四也没什么。偷和抢，就让人恨了！别人多么恨你们，妈就多么恨你们！除了这一层脸面，妈什么尊贵都没有！你们谁想丢尽妈的脸，就去偷，就去抢……"

母亲落泪了。

我们都哭了……

夏天和秋天扯着手过去了。冬天呲呲地来了。我爱过冬天。大雪使我家周围的一切肮脏都变得洁白一片了；我怕过冬天，寒冷使我家孤零零的低矮的小破屋变成了冰窖。

那一年冬天我们有了一个伴儿——一条小狗。我在放学回家的路上发现了它，它被大雪埋住，只从雪中露出双耳。它绊了我一跤。我以为是条死狗，用脚拨开雪才看出它还活着。快冻僵了。它引起了我的怜悯。于是它有了一个家，我们有了一个伴儿。一条漂亮的小狗。白色、黑花，波兰奶牛似的。脖子上套着皮圈儿，皮圈儿上缀着一个小铜牌儿，小铜牌儿上压印出个"3"。它站立不稳，常趴着，走起来踉踉跄跄，前足抬得高高的，不顾一切地一踏，于是下巴也狠狠触地。幸亏下巴触地，否则便一头栽倒了。喂它米汤喝,竟不能好好喝。嘴在破盆四周乱点一通,五六遭方能喝到一口米汤。起初我以为它是只瞎狗,试它眼睛,却不瞎。而那双怯怯的狗眼,哀哀地乞怜着。我便怀疑它不过是被冻坏的。它漂亮而笨拙,如同一个患羊癫风的漂亮的小女孩,它那双褐色的狗眼,仿佛是通人性的。我并未因其笨拙而产生厌恶。弟弟妹妹们也是。

我们那么需要一个小朋友。

而它可以被当成一个小朋友。

就是这样。

母亲下班回到家里,呆呆地瞅着那狗吃和走的古怪样子,愕了半晌,惊问:"这是什么?"

我回答:"狗。"

"扔出去!"母亲怒道,"快给我扔出去!"

我说:"不!"

弟弟妹妹们也齐声嚷:"不扔!不扔!"

"都不听话啦?"母亲一把抓起了笤帚,高举着首先威胁的是我,"看我挨个儿打你们!"我赶紧护住头:"就不许我们喜欢个什么东西吗?"弟弟妹妹们也齐声表示抗议:"就不许我们养条喜欢的狗吗?""就不许我们有个捡来的伴儿吗?"母亲吼道:"不许!"笤帚却高举着,没即刻落到我头上。我大胆争辩:"你说过的,对人要心善!""可它不是人!"母亲举着的手臂放下了,"人都吃糠咽菜的年月,喂它什么?还是这么条狗!"我说:"我那份饭分给它吃。"弟弟妹妹们也说:"还有我们!"母亲长长地叹了口气,逐个儿瞧我们,垂下了手臂。在一中住读的哥哥那天晚上也回家了,研究地望着那条狗说:"我知道了,这是条被医院里做过实验的狗，跑出来了！老师带我们到医院参观过，那些狗脖子挂的都是这种编了号码的小铜牌儿。肯定做的是小脑实验，所以它失去平衡机能了。生物课本上讲到过这一点。不养它，它只有死路一条……"

可怜的我们的小朋友！母亲又长长地叹了一口气。不知是因狗，还是因她的儿女们的集体发难。宽容的我们的母亲……

那么样的一条狗，却也是可以和我们在雪地上玩耍的。感谢上苍，它的大脑里的狗性是没被人做过什么实验的。它那种古怪的滑稽的笨拙的动态，使我们发出一串串笑声，足以慰藉我们幼小的孤独的心灵。雪地上留下一片片生动的足迹。我们的和狗的……

一天上午，趴在窗前朝外望的三弟突然不安地叫我："二哥你快看！"外面，几个大汉在指点雪地上的足迹。他们朝我家走来。"是想抢我们的狗吧?!"

我也不安了，惶惶地将"3号"藏入破箱子内，将小妹抱到箱子盖上坐着。大汉们在敲门了，高叫："我们是打狗队的！""我们家没养狗！"然而他们闯入家中。"没养狗？狗脚印一直跑到了你家门口！""它死了。""死了？死了的我们也要！""我们留着死狗干什么？早埋了。""埋了？埋哪儿？领我们去挖出来看看！""房前屋后坑坑洼洼的，埋哪儿我们忘了。"他们不相信，却不敢放肆搜查，这儿瞧瞧，那儿瞅瞅，大扫其兴地走了。

"他们既然是打狗队的，既然没相信你们的话，就绝不会放过它的……"晚上，母亲为我们的"小朋友"表现出了极大的担心。我说："妈，你想办法救它一命吧！"母亲问："你们不愿失去它？"我和弟弟妹妹们点头。母亲又问："你们更不愿它死？"我和弟弟妹妹们仍点头。"要么,你们失去它。要么,你们将会看到打狗队的人,当着你们的面儿活活打死它。你们都说话呀!"我们都不说话。母亲从我们的沉默中明白了我们的选择。母亲默默地将一个破箱子腾空,铺一些烂棉絮,放进两个掺了谷糠的窝窝头,最后抱起"3号",放入箱内。我注意到,母亲抚摸了一下小狗。我将一张纸贴在箱盖里面,歪歪扭扭地写的是——别害它命,它曾是我们的小朋友。我和母亲将箱子搬出了家,拴根绳子,我拖着破箱子在冰雪上走。月光将我和母亲的身影映在冰雪上。我和母亲的身影一直走在我们前边,不是在我们身后或在我们身旁。一会儿走在我们身后一会儿走在我们身旁的是那一轮白晃晃的大月亮。不知道为什么月亮那一个晚上始终跟随着我和我的母亲。

半路我捡了一块冰坨子放入破箱子里。我想,"3号"它若渴了就舔舔冰吧!我和母亲将破箱子遗弃在离我家很远的一个地方……第二天是星期日。母亲难得休息一个星期日,近中午了母亲还睡得很实。我们难得有和母亲一块儿睡懒觉的时候,虽早醒了也都不起。失去了我们的"小朋友",我们觉得起早也是个没意思。

"堵住它!别让它往那人家跑!""打死它!打呀!""用不着逮活的!给它一锨!"……男人们兴奋的声音乱喊乱叫。"妈!妈!""妈妈!"我们焦急万分地推醒了母亲。母亲率领衣帽不齐的我们奔出家门,见冬季停止施工的大楼角那儿,围着一群备料工人。母亲率领我们跑过去一看,看见了吊在脚手架上的一条狗,皮已被剥下了一半儿。一个工人还正剥着。母亲一下子转过身,将我们的头拢在一起,搂紧,并用身体挡住我们的视线。"不是你们的狗!孩子们,别看,那不是你们的狗……"然而我们都看清了——

那是"3号",是我们的"小朋友"。白黑杂色的那漂亮的小狗,剥了皮的身躯比饥饿的我们更显得瘦。小女孩般的通人性的眼睛死不瞑目……母亲抱起小妹,扯着我的手,我的手和两个弟弟的手扯在一起。我们和母亲匆匆往家走。不回头。不忍回头。我们的"小朋友"的足迹在离我家不远处中断了。一摊血仿佛是一个句号。

自称打狗队的那几个大汉,原来是工地上的备料工人。

不一会儿,他们中的一个来到了我家里,将用报纸包着的什么东西放在桌上。母亲狠狠地瞪他。他低声说:"我们是饿急眼了……两条后腿……"母亲说:"滚!"他垂了头往外便走。母亲喝道:"带走你拿来的东西!"他头垂得更低,转身匆匆拿起了送来的东西……

雨仍在下,似要停了,却又不停。窗前瑟缩的瘦叶被洗得绿生生的了。偶尔还闻一声寂寞的蝉吟。我知道的,今天准会有客来敲我的家门——熟悉的,还是陌生的呢?我早已是有家之人了。弟弟妹妹们也都早是有家之人了。当年贫寒的家像一只手张开了,再也攥不到一起。母亲自然便失落了家,栖身在她儿女们的家里。在她儿女们的家里有着她极为熟悉的东西——那就是依然的贫寒。受着居住条件的限制,一年中的大部分日子,母亲和父亲两地分居。

那杨树的眼睛隔窗瞅我,愣愣地呆呆地瞅我。古希腊和古罗马雕塑中神祇们的眼睛,大抵都是那样子的,冷静而漠然。但愿谁也别来敲我的家门,但愿。在这一个孤独的日子让我想念我的老母亲,深深地想念……我忘不了我的小说第一次被印成铅字时的那份儿喜悦。我日夜祈祷的就是这回事儿。真是的,我想我该喜悦,却没怎么喜悦。避开人我躲在一个地方哭了,那一时刻我最想我的母亲……

我的家搬到光仁街,已经是1963年了。那地方,一条条小胡同仿佛烟鬼的黑牙缝。一片片低矮的破房子仿佛是一片片疥疮。饥饿对于普通的人们的严重威胁毕竟开始缓解。我是小学五年级的学生了。我已经有三十多本小人书。

"妈,剩的钱给你。"

"多少?"

"五毛二。"

"你留着吧。"

买粮、煤、劈柴回来,我总能得到几毛钱。母亲给我,因为知道我不会乱花,只会买小人书。每个月都要买粮买煤买劈柴,加上母亲平日给我的一些钢镚儿,渐渐积攒起来就很可观。积攒到一元多,就去买小人书。当年小人书便宜。厚的三毛几一本,薄的才一毛几一本。母亲从不反对我买小人书。

我还经常去出租小人书。在电影院门口、公园里、火车站。有一次火车站派出所一位年轻的警察,没收了我全部的小人书,说我影响了站内的秩序。

我一回到家就号啕大哭。我用头撞墙。我的小人书是我巨大的财富。我觉得我破产了。从绰绰富翁变成了一贫如洗的穷光蛋。我绝望得不想活,想死。我那种可怜的样子,使母亲为之动容。于是她带我去讨还我的小人书。

"不给!出去出去!"

车站派出所年轻的警察,大檐帽微微歪戴着,上唇留两撇小胡子,一副"葛列高利"那种桀骜不驯的样子。母亲代我向他承认错误,代我向他保证以后绝不再到火车站出租小人书,话说了许多,他烦了,粗鲁地将母亲和我从派出所推出来。

母亲对他说:"不给,我们就坐台阶上不走。"他说:"谁管你!"砰地将门关上了。"妈,咱们走吧,我不要了……"我仰起脸望着母亲,心里一阵难过。亲眼见母亲因自己而被人呵斥,还有什么事比这更令一个儿子内疚的?"不走。妈一定给你要回来!"母亲说着,就在台阶上坐了下去。并且扯我坐在她身旁,一条手臂搂着我。另外几位警察出出进进,连看也不看我们。"葛列高利"也出来了一次。"还坐这儿?"母亲不说话,不理他。"嘿,静坐示威……"他冷笑着又进去了……天渐渐黑了,派出所门外的红灯亮了。我和母亲相依相偎的身影被台阶斜折为三折,怪诞地延长到水泥方砖广场,淹在一汪红晕里。我和母亲坐在那儿已经近四个小时。母亲始终用一条手臂搂着我。我觉得母亲似乎一动也没动过,仿佛被一种持久的意念定在那儿了。

我想不能再对母亲说——"妈,我们回家吧!"那意味着我失去的只是三十几本小人书,而母亲失去的是被极端轻蔑了的尊严。一个自尊的女人的尊严。我不能够那样说……几位警察走出来了。依然没看见我们似的,纷纷骑上自行车回家去了。终于"葛列高利"又走出来了。"嗨,我说你们想睡在这儿呀?"母亲仍不看他,不回答,望着远处的什么。"给你们吧!""葛列高利"将我的小人书连同书包扔在我怀里。母亲低声对我说:"数数。"语调很平静。我数了一遍,告诉母亲:"缺三本《水浒》。"母亲这才抬起头来,仰望着"葛列高利",清清楚楚地说:"缺三本《水浒》。"他笑了,从衣兜里掏出三本小人书扔给我,嘟哝道:"哟,还跟我来这一套……"母亲终于拉着我起身,昂然走下台阶。"站住!""葛列高利"跑下了台阶,向我们走来。他走到母亲跟前,用一根手指将大檐帽往上捅了一下,接着抹他的一撇小胡子。我不由得将我的"精神食粮"紧抱在怀中。母亲则将我扯近她身旁,像刚才坐在台阶上一样,又用一条手臂搂着我。"葛列高利"以将军命令两个士兵那种不容违抗的语气说:"等在这儿,没有我的允许不准离开!"我惴惴地仰起脸望着母亲。"葛列高利"转身就走。他却是去拦截了一辆小汽车,对司机大声说:"把那个女人和孩子送回家去。要一直送到家门口!"

我买的第一本长篇小说是《红旗谱》,一元多钱。母亲还从来没有一次给过我这么多钱。我还从来没向母亲一次要过这么多钱。我的同代人们,当你们也像我一样,还是一个小学五年级学生的时候,如果你们也像我一样,生活在一个穷困的普通劳动者家庭的话,你们为我做证,有谁曾在决定开口向母亲要一元多钱的时候,内心里不缺少勇气?

当年的我们,视父母一天的工资是多么非同小可啊!但我想有一本《红旗谱》想得整天失魂落魄,无精打采。我从同学家的收音机里听到过几次《红旗谱》长篇小说连续广播。那时我家的破收音机已经卖了,被我和弟弟妹妹们吃进肚子里了。直接吃进肚子里的东西当然不能取代"精神食粮"。我那时还不知道什么叫"维他命",更没从谁口中听说过"卡路里",但头脑却喜欢吞"革命英雄主义",一如今天的女孩子们喜欢嚼泡泡糖。

在自己对自己的怂恿之下，我去到母亲的工厂向母亲要钱。母亲那一年被铁路工厂辞退了，为了每月十七元的收入，又在一个街道小厂上班。一个加工棉胶鞋帮的街道小厂。

一排破窗，至少有三分之一埋在地下了。门也是，所以只能朝里开。窗玻璃脏得失去了透明度，乌玻璃一样。我不是迈进门而是跌进门去的。我没想到门里的地面比门外的地面低半米。一张踏脚的小条凳权作门里台阶。我踏翻了它，跌进门的情形如同掉进一个深坑。

那是我第一次到母亲为我们挣钱的那个地方。

空间非常低矮。低矮得使人感到心里压抑。不足二百平方米的厂房，四壁潮湿颓败。七八十台破缝纫机一行行排列着，七八十个都不算年轻的女人忙碌在自己的缝纫机后。因为光线阴暗，每个女人头上方都吊着一只灯泡。正是酷暑炎夏，窗不能开，七八十个女人的身体和七八十只灯泡所散发的热量，使我感到犹如身在蒸笼。那些女人们热得只穿背心。有的背心肥大，有的背心瘦小，有的穿的还是男人的背心，暴露出相当一部分丰厚或者干瘪的胸脯。毡絮如同褐色的重雾，如同漫漫的雪花，在女人们在母亲们之间纷纷扬扬地飘荡。而她们不得不一个个戴着口罩。女人们母亲们的口罩上，都有三个实心的褐色的圆。那是因为她们的鼻孔和嘴的呼吸将口罩濡湿了，毡絮附着在上面。女人们母亲们的头发、臂膀和背心也差不多都变成了褐色的，毛茸茸的褐色。我觉得自己恍如置身在山顶洞人时期的女人们母亲们之间。

我呆呆地将那些女人们母亲们扫视一遍，却发现不了我的母亲。七八十台破缝纫机发出的噪声震耳欲聋。"你找谁?"一个用竹篾子拍打毡絮的老头对我大声嚷，却没停止拍打。毛茸茸的褐色的那老头像一只老雄猿。"找我妈！""你妈是谁？"我大声说出了母亲的名字。"那儿！"老头朝最里边的一个角落一指。我穿过一排排缝纫机，走到那个角落，看见一个极其瘦弱的毛茸茸的褐色的脊背弯曲着，头凑近在缝纫机板上。周围几只灯泡的电热烤着我的脸。"妈……""……""妈……"背直起来了，我的母亲。转过身来了，我的母亲。肮脏的毛茸茸的褐色的口罩上方，眼神儿疲惫的我熟悉的一双眼睛吃惊地望着我，我的母亲的眼睛……母亲大声问："你来干什么？""我……""有事快说，别耽误妈干活！""我……要钱……"我本已不想说出"要钱"两字，可是竟说出来了！"要钱干什么？""买书……""多少钱？"

"一元五角就行……"

"……"母亲掏衣兜，掏出一卷毛票，用指尖龟裂的手指点着。旁边一个女人停止踏缝纫机，向母亲探过身，喊："大姐，别给！没你这么当妈的！供他们吃，供他们穿，供他们上学，还供他们看闲书哇！"又对我喊，"你看你妈这是在怎么挣钱？你忍心朝你妈要钱买书哇！"

母亲却已将钱塞在我手心里了，大声回答那个女人："谁叫我们是当妈的啊！我挺高兴他爱看书的！"母亲说完，立刻又坐了下去，立刻又弯曲了背，立刻又将头俯在缝纫机板上了，立刻又陷入手脚并用的机械的忙碌状态……

那一天我第一次发现，我的母亲原来是那么瘦小，竟快是一个老女人了！那时刻我努力要回忆起一个年轻的母亲的形象，竟回忆不起母亲她何时年轻过。

那一天我第一次觉得我长大了,应该是一个大人了。并因自己十五岁了才意识到自己应该是一个大人了而感到羞愧难当,无地自容。我鼻子一酸,攥着钱跑了出去……那天我用那一元五角钱给母亲买了一听水果罐头。"你这孩子,谁叫你给我买水果罐头的?!不是你说买书,妈才舍得给你钱的嘛!"那一天母亲数落了我一顿。数落完了我,又给我凑足了够买《红旗谱》的钱……我想我没有权利用那钱再买任何别的东西,无论为我自己还是为母亲。从此我有了第一本长篇小说……后来我有了第二本、第三本、第四本、第五本……《钢铁是怎样炼成的》《牛虻》《勇敢》《幸福》《青年近卫军》……我再也没因想买书而开口向母亲要过钱。我是大人了。我开始挣钱了——拉小套。在火车站货运场、济虹桥坡下、市郊公路上……用自己辛辛苦苦挣的钱买书时,你尤其会觉得你买的乃是世界上最值得花钱、最好的东西。

于是我有了三十几本长篇小说。十五岁的我爱书如同女人之爱美。向别人炫耀我的书是我当年最大的虚荣。

我下乡前,将书放在一只箱子里,锁了,藏在床底下最里头。我将钥匙交给母亲时说:"妈,你千万别让任何人打开那箱子。"母亲郑重地接过钥匙:"你放心下乡去吧!若是咱家失火了,我也吩咐你弟弟妹妹们先抢救那箱子。"我信任母亲。但我离开城市时,心怀着深深的忧郁。我的书我的一个世界上了锁,并且由我的母亲像忠仆一样替我保管,我没有什么可不放心的。然而谁来替我分担母亲的愁苦呢?即使是能够分担一点点?我知道,不久三弟也是要下乡的。接着将会轮到四弟。那么家中只剩下挑不动水的妹妹,疯了的哥哥和我瘦小的憔悴的积劳成疾的母亲了!我们将只能和父亲一样,从相反的两个方向,大东北和大西北遥遥地关注我们日益破败的家了……母亲越是刚强地隐藏着愁苦,我越是深深地怜悯母亲。上苍保佑,我的家并没失过火。却因房屋深陷地下,如同母亲挣钱的那个小厂一样,夏季里不知被雨水淹了多少次。

1979年,时隔五载,我第一次从北京回去探家,帮助母亲从家中清除破烂东西,打床底下拖出了那只挺沉的箱子。它布满了滑溜溜的霉苔。

我问母亲:"妈,这箱子里装的什么呀?"母亲看着,回忆着,和我一样想不起来。"妈,把打开这锁的钥匙给我……""妈也记不清楚哪把钥匙是开这把锁的了,你试吧!"母亲从兜里掏出一串钥匙给我。锁已锈死。哪一把钥匙也打不开。最后被我用砖头砸开了。掀开箱盖,一股霉味直冲鼻腔。一箱子书成了一箱子发黄的碎纸。碎纸中有几个粉红色的小小生命在蠕动,像保养得极润的女人手指。我砰地关上了那箱子盖,并用双手使劲按住,仿佛箱子内有一个面目狰狞的魔鬼。即使将世界装在那样一口箱子里也是会发霉的。"箱子里到底是什么啊?"

母亲困惑地又问了一句……

父亲带着一颗受了伤害的心离开北京回四弟家中去住了。我致信三弟希望母亲能到北京来住。这是1985年的事。算起来我又六年未见母亲了。父亲的走,使我更加想念母亲。我心中常被一种潜在的恐慌所滋扰,我总觉得一个不可避免的事实伏在距离我很近的日子里,当它突然跃到我跟前时,我不知我如何承受那悲哀、内疚和惭愧。

母亲便很快来到了北京。母亲是感知到了我的心情吗?我和妻每夜宿在办公室,将我们十三平方米的小小居室让给了母亲和安徽小阿姨秀华和我们三岁半的儿子。一老一少两个女人和一个孩子夜夜挤在一张并不宽大的硬床上。母亲满口全是假牙了。母亲的眼病更严重了。"你是她什么人?"在积水潭医院眼科,医生对母亲的双眼仔细检查了一番后,冷冷地问我。"儿子。""为什么到了这种地步才来看?"我无言以对。我知道弟弟妹妹们为了治好母亲的眼睛,已是付出了许多儿女的义务和孝心。我也听出了医生话中谴责的意味。"眼翳是难以去除了,太厚,手术效果不会理想的。而且也极可能伤到瞳仁……""那……至少,是应该植假睫毛的吧?"可怜的母亲,双眼连一根睫毛也没有了!失去了保护的眼睛常被炎症所苦。"应该想到的事,你不认为你想到的有些晚了吗?眼皮已经这么松弛了,植了假睫毛还是会向内翻,更增加痛苦。""那……""多大年纪了?""六十七岁了。""哦,这么大年纪了……开几瓶常用药水吧,每天给你母亲点几次,保持眼睛卫生……这更现实些……"

我搀扶着母亲,兜里揣着几瓶眼药水,缓慢地往医院外面走。

默默地我不知对母亲说什么话好。十五岁那一年,我去到母亲为养活我们而挣钱的那个地方的一幕幕情形,从此以后更经常地浮现在我脑际,竟使我对类似踏板缝纫机的一切声音和一切近于褐色的颜色产生极度的敏感。

"儿,你替妈难过了?别难过,医生说得对,妈这么大年纪了,治好治不好的又怎么样呢?"

八岁的儿子，有着比我在十五岁时数量多得多的"书"——卡通连环画册、《看图识字》、《幼儿英语》、《智力训练》，什么什么的。妻的工资并不高，甚至可以说是低收入阶层，却很相信智力投资一类宣传。如这等模样的书，妻也看，儿子也看。因为妻得对儿子进行启蒙式教育。倘我在写作，照例需要相对的安静，则必得将全部的书摊在床上或地下，一任儿子作践，以摆脱他片刻的纠缠。结果更值得同情的不是我，而是那些"书"。

触目皆是儿子的"书"，将儿子的爸爸的"读物"从随手可取排挤到无可置处，我觉得愤愤不平，看着心乱。既要将自己的书进行"坚壁清野"，又要对儿子的"书"采取"三光政策"。定期对儿子那些被他作践得很惨的"书"加以扫荡，毫不吝惜。

这时候，母亲每每跟着我踱出家门，站于门口，望着我将那些"书"扔到哪儿去了。随后捡回，而我不知觉。一天，我跨入家门，又见满床满桌全是幼儿读物的杂乱情形，正在摆布的却不是儿子，而是母亲。糨糊、剪刀、纸条，一应俱全。母亲正在粘那些"书"。那些曾被儿子作践得很惨被我扔掉过的"书"。

母亲唯恐我心烦，慌慌地立刻就要收起来。

我拿起一册翻看，母亲粘得那么细致。

我说："妈，别粘了。粘得再好，梁爽也是不看的。这些书早对他失去吸引力了！"

母亲说："我寻思着，扔了怪让人心疼的不是……要不让我都粘好，送给别人家孩子吧！这也比扔了强呀！"

我说："破旧的，怎么送得出手？没谁要。妈你瞧，你也不是按页码粘的，隔三岔五，你再瞧这几页，粘倒了啊！"

母亲说："唉，我这眼啊，要不寄给你弟弟妹妹们的孩子，或者托人捎给他们？"我说："千里迢迢，给弟弟妹妹们的孩子寄回去捎回去一些破的旧的画册？弟弟妹妹们心里不想什么，弟媳和妹夫还不取笑我？"

母亲说："那……我真是白粘了吗？……就非扔了不可了吗？粘好保存起来，过几年，梁爽他长大了几岁，再给他看，兴许他又像没看过一样了吧？"

我说："也可能。妈你愿粘，就粘吧。粘成什么样都没关系，我不心烦。"于是我和母亲一块儿粘。收音机里在播着一支歌：旧鞋子穿破了不扔做啥？老太太老爷子他们实在啰唆……

我想像我这样的一个儿子，是没有任何权利嘲弄和调侃穷困在我的母亲身上造成的深痕的。在如今的消费心理和消费方式的对比之下，这一点并不太使我这个做儿子的感到可笑，却使我感到它在现实中的格格不入的投影是那么凄凉而又咄咄逼人。

我必庄重。对于我的母亲所做的这一切似乎没有意义的事情，我必庄重。我认为那是母亲的一种权力。一种特权。我必服从。我必虔诚。我不能连母亲这一点点权力都缺乏理解地剥夺了！我知道床下、柜下、还藏着一些饮料筒儿、饼干盒儿、杂七杂八的好看的小瓶儿什么的，对于十三平方米的居室，它们完全是多余之物，毫无用处。我装作不知。是的，我必庄重。它没什么值得嘲弄和调侃的。倘发自于我，是我的丑陋。尽管我也不得不定期加以清除。但绝不当着母亲的面，并且不忍彻底，总要给母亲留下些她也许很看重的东西……一天，我嘱咐小阿姨秀华带母亲到厂内的浴室洗澡。母亲被烫伤了，是两个邻居架回来的。我问邻居："秀华呢？"他们说她仍在洗。我从没对小阿姨表情严厉地说过话。但那一天我生气了。待她高高兴兴地踏进家门之后,我板起脸问她:"奶奶烫伤了你知道不知道?""知道呀!""知道你还继续洗?""我以为……不严重……""你以为……你以为!那么你当时都没走到奶奶身边去看看?我怎么嘱咐你的!"母亲见我吼起来,连说:"是不严重,是不严重,你就别埋怨她了……"半个多月内,母亲默默忍受着伤痛。没说过一句抱怨的话。母亲又失去了假牙。一天母亲取下假牙泡在漱口杯里,被粗心大意的小阿姨连水泼掉了。母亲没法儿吃东西了,每顿只能喝粥。我正要带母亲去配牙那一天,妹妹拍来了电报。我看过之后,撕了。母亲问:"什么事?"我说:"没什么事。""没什么事哪会拍电报?"母亲再三追问。尽管我不愿意,但终于不得不告诉母亲——长住精神病院的大哥又出院了……母亲许久未说话。我也许久未说话。到办公室去睡觉之前,我低声问母亲:"妈,给你订哪天的火车票?"母亲说:"越早越好,越早越好。我不早早回去,你四弟又不能上班了!"

母亲分明更是对她自己说。

我求人给母亲买到了两天后的火车票。

走时,母亲嘱咐我:"别忘了把那瓶獾油和那卷药布给我带上。"

我说:"妈,你的烫伤还没好?"

母亲说:"好了。"

我说:"好了还用带?"

母亲说:"就快好了。"

我说:"妈,我得看看。"

母亲说:"别看了。"

我坚持要看。母亲只好解开了衣襟——母亲干瘪的胸脯上有一大片未愈的烫伤的溃面！我的心疼得抽搐了。我不忍视，转过脸说："妈，我不能让你这样走！"母亲说："你也得为你四弟的难处想想啊！"……母亲走了，带着一身烫伤，失落了她的假牙。留下的，是母亲的临时挂号证，上面草率的字写着眼科医生的诊断——已无手术价值。

今年春季，大舅患癌症去世了。早在1964年，老舅已经去世了。母亲的家族，如今只活着母亲一个女人，老而多病，如同一段枯朽的树根，且仍担负着一位老母亲对子女们的种种的责任感。那将是母亲至死也无法摆脱的。

我想我一定要在母亲悲痛的时候回到母亲身旁去。我想如果我不去就简直太混蛋了！于是我回到了哈尔滨。母亲更瘦更老更憔悴了。真正的就好似根雕一样！母亲面容之上仿佛并无悲痛。那一副漠漠然的神态令我内心酸楚。母亲其实已没有了丝毫能力担负她的责任和使命了呀！母亲好比是一只老猫，命在旦夕，只有关注着她的亲人和儿女们，然后从这个世界上平平常常地死去的份儿了！母亲她苍老的生命大概已完全丧失了体现她内心悲痛和怜悯之情的活力了吧?!

在四弟的家里，只有我和母亲两个人的时候，母亲强打起她最后的尊严，语调缓慢地对我说："听着，妈和你爸从来没指望你当什么作家。你既然已经是了，就要好好儿地当。妈和你爸都这么大年纪了，别在我们活着的时候，给我们丢脸……"

那一时刻，我真想给母亲跪下，告诉母亲，我会永远记住她的话……

母亲对我已无他求。

"不会干别的才写小说"——这一句话恰恰应了我的情况。

在这大千世界上我已别无选择,没了退路!

母亲,放心吧。我记住了你的话,一辈子!

……

若有人问我最大的愿望是什么?我会毫不犹豫地回答:将我的老母亲老父亲接到我的身边来,让我为他们尽一点儿拳拳人子的孝心。然而我知道,这愿望几乎等于是一种幻想一个泡影。在我的老母亲和老父亲活着的时候,大致是可以这样认为的。

我最最衷心地虔诚地感激哈尔滨市政府为我的老父亲和老母亲解决了晚年老有所居的问题,使他们还能和我的四弟住在一起。若无这一恩德降临,在我家原先那被四个家庭三代人和一个精神病患者分居的二十六平方米的低矮残破的生存空间,我的老母亲老父亲岂不是只有被挤到天棚上去住吗?像两只野猫一样!而父亲作为我们共和国的第一代建筑工人,为我们的共和国付出了三十余年汗水和力气。

我的哈尔滨我的母亲城,身为一个作家,我却没有也不能够为你做些什么实际的贡献!

这一内疚是为终身的疚惭。

对于那些读了我的小说《溃疡》给我写来由衷的信的,愿真诚地将他们的住房让出一间半间暂借我老母亲老父亲栖身的人们,我也永远地对你们怀着深深的感激。这类事情的重要的意义是,表明我们的生活中毕竟还存在着善良。

我们北影一幢新楼拔地而起。分房条例规定：副处以上干部，可加八分。得一次全国奖之艺术人员，可加二分。我只得过三次全国中短篇小说奖。填表前向文学部参加分房小组的同志核实，他同情地说："那是指茅盾文学奖而言，普通的全国奖不算。"我自忖得过三次普通的全国中短篇奖已属文坛幸运儿，从不敢做得三次茅盾文学奖的美梦。

母亲呵，您要好好儿地活着呀！您可要等啊！您千万要等啊！求求您，母亲！母亲呵，在您那忧愁的凝聚满了苦涩的内心里，除了希望您的儿子"好好儿地"当一个作家，再就真的别无所求了吗？……

淫雨是停歇了。瘦叶是静止了。这一个孤独的日子，我想念我的母亲。有三只眼睛隔窗瞅我，都是那杨树的眼睛。愣愣地呆呆地瞅我，瞅着想念母亲的我。

邻家的孩子在唱着一首流行的歌：

杨树杨树生生不息的杨树，
就像妈妈一样，
谁说赤条条无牵挂？……

由我的老母亲联想到千千万万的几乎一整代人的母亲中，那些平凡的甚至可以认为是平庸的在社会最底层喘息着苍老了生命的女人们，对于她们的儿女，该都是些高贵的母亲吧？！一个个写来，都是些充满了苦涩的温馨和坚忍之精神的故事吧?!

我之愀然是为心作。

娘!……

遥远地,我像山东汉子一样呼喊您一声,您可听到?……

父　亲

关于父亲,我写下这篇忠实的文字,为一个由农民成为工人阶级的一员"树碑立传",也为一个儿子保存将来献给儿子的记忆……

小时候,父亲在我心目中,是严厉的一家之主,绝对权威,靠出卖体力供我吃穿的人,恩人,令我惧怕的人。

父亲板起脸,母亲和我们弟兄四个,就忐忑不安,如对大风暴有感应的鸟儿。

父亲难得心里高兴,表情开朗。

那时妹妹未降生,爷爷在世,老得无法行动了,整天躺在炕上咳嗽不止,但还很能吃。全家七口人高效率的消化系统,仅靠吮咂一个三级抹灰工的汗水。用母亲的话说,全家天天都在"吃"父亲。

父亲是个刚强的山东汉子,从不抱怨生活,也不叹气。父亲板着脸任我们"吃"他。父亲的生活原则——万事不求人。邻居说我们家:"房顶开门,屋地打井。"

我常常祈祷,希望父亲也抱怨点什么,也唉声叹气。因为我听邻居一位会算命的老太太说过这样一句话:"人人胸中一口气。"按照我的天真幼稚的想法,父亲如果能唉声叹气,则会少发脾气了。

父亲就是不肯唉声叹气。

这大概是父亲的"命"所决定的吧?真很不幸!我替父亲感到不幸,也替全家感到不幸。但父亲发脾气的时候,我却非常能谅解他,甚至同情他。一个人对自己的"命"是没办法的。别人对这个人的"命"也是没办法的。何况我们天天在"吃"父亲,难道还不允许天天被我们"吃"的人对我们发点脾气吗?!

父亲第一次对我发脾气,就给我留下了终生难忘的印象。一个惯于欺负弱小的大孩子,用碎玻璃在我刚穿到身上的新衣服背后划了两道口子。父亲不容我分说,狠狠打了我一记耳光。我没哭,没敢哭,却委屈极了,三天没说话。在拥挤着七口人的不足十六平方米的空间内,生活绝不会因为四个孩子中的一个三天没说话而变得异常的。全家都没注意我三天没说话。

第四天,在学校,在课堂,老师点名,要我站起来读课文。那是一篇我早已读熟了的课文。我站起来后,许久未开口。老师急了,同学们也急了。老师和同学,都用焦急的目光看着我,教室的最后一排,坐着七八位外校的听课老师。

我不是不想读。我不是存心要使我的班级丢尽荣誉。我是读不出来。读不出课文题目的第一个字。我心里比我的老师,比我的同学们还焦急。

"你怎么了?你为什么不开口读?"老师生气了,脸都气红了。

我哇的一声大哭起来。

从此我们小学二年级三班,少了一名老师喜爱的"领读生",

多了一个"结巴磕子",我也从此失掉了一个孩子的自尊心……

我的口吃,直至上中学以后,才自我矫正过来。我变成了一个说话慢言慢语的人。有人因此把我看得很"成熟",有人因此把我看得"胸有城府"。而在需要"据理力争"的时候,我往往成了一个"结巴磕子",或是一个"理屈词穷"者。父亲从来也没对我表示过歉意。因为他从来也没将他打我那一耳光和我以后的口吃联系在一起……

爷爷的脾气也特火爆。父亲发怒时,爷爷不开骂,便很值得我们庆幸了。

值得庆幸的时候不多。

母亲属羊,像只羊那么驯服,完全被父亲所"统治"。如若反过来,我相信对我们几个孩子是有益处的。因为母亲是一位农村私塾先生的女儿,颇识一点文字。遗憾的是,在家庭中,父亲的自我意识,形成得太早。

中国的贫穷家庭的主妇,对困苦生活的适应力和忍耐力是极可敬的。她们凭一种本能对未来充满憧憬。虽然这憧憬是朦胧的,盲目的,带有浪漫的主观色彩。期望孩子长大成人后都有出息,是她们这种憧憬的萌发基础。我的母亲在这方面的自觉性和自信心,我认为是高于许多母亲们的。

关于"出息",父亲是有他独到的理解的。

一天吃饭的时候,我喝光了一碗苞谷面粥,端着碗又要去盛,瞥见父亲在瞪我。我胆怯了,犹犹豫豫地站在粥盆旁,不敢再盛。

父亲却鼓励我:"盛呀!再吃一碗!"

父亲见我只盛了半碗,又说:"盛满!"接着,用筷子指着哥哥和两个弟弟,异常严肃地说,"你们都要能吃!能吃,才长力气!你们眼下靠我的力气吃饭,将来,你们是都要靠自己的力气吃饭的!"

我第一次发现,父亲脸上呈现出一种真实的慈祥,一种由衷的喜悦,一种殷切的期望,一种欣慰,一种光彩,一种爱。

我将那满满一大碗苞谷面粥喝下去了,还强吃掉半个窝窝头。为了报答父亲,报答父亲脸上那种稀罕的慈祥和光彩。尽管撑得够受,但心里幸福。因为我体验到了一次父爱。我被这次宝贵的体验深深感动。

我以一个小学生的理解力,将父亲那番话理解为对我的一次教导,一次具有征服性的教导,一次不容置疑的现身说法。我心领神会,虔诚之至地接受这种教导。从那一天起,我的饭量大了,觉得自己的肌肉也仿佛日渐发达,力气也似乎有所增长。

"老梁家的孩子,一个个都像小狼崽子似的!窝窝头,苞谷面粥,咸菜疙瘩,瞧一顿顿吃得多欢,吃得多馋人哟!"这是邻居对我们家的唯一羡慕之处。父亲引以为豪。

我十岁那年,父亲随东北建筑工程公司支援大西北去了。父亲离家不久,爷爷死了。爷爷死后不久,妹妹出生了。妹妹出生不久,母亲病了。医生说,因为母亲生病,妹妹不能吃母亲的奶。哥哥已上中学,每天给母亲熬药,指挥我们将家庭乐章继续下去。我每天给妹妹打牛奶,在母亲的言传下,用奶瓶喂妹妹。

我极希望自己有一个姐姐。母亲曾为我生育过一个姐姐。然而我未见过姐姐长得什么样,她不满三岁就病死了。姐姐死得很冤,因为父亲不相信西医,不允许母亲抱她去西医院看病。母亲偷偷抱着姐姐去西医院看了一次病,医生说晚了。母亲由于姐姐的死大病了一场。父亲却从不觉得应对姐姐的死负什么责任。父亲认为,姐姐纯粹是因为吃了两片西药被药死的。

"西药,是治外国人的病的!外国人,和我们中国人的血脉是不一样的!难道中国人的病是可以靠西药来治的吗?!西药能治中国人的病,我们中国人还发明中医干什么?!"

父亲这样对母亲吼。

母亲辩驳:"中医先生也叫抱孩子去看看西医。"

"说这话的,就不是好中医!"父亲更恼火了。

母亲,只有默默垂泪而已。

邻居那个会算命的老太太,说按照麻衣神相,男属阳,女属阴,说我们家的血脉阳盛阴衰,不可能有女孩。说父亲的秉性太刚,女孩不敢托生到我们家。说我夭折的姐姐,是被我们家的阳刚之气"克"逃了,又托生到别人家中去了。

一天晚上,我亲眼看见,父亲将一包中草药偷偷塞进炉膛里,满屋弥漫着一种苦涩的中草药味。父亲在炉前呆呆站立了许久,从炉盖子缝隙闪耀出的火光,忽明忽暗地映在父亲脸上。父亲的神情那般肃穆,肃穆中呈现出一种哀伤……

我幼小的心灵,当时很信服麻衣神相之说。要不妹妹为什么是在父亲离家,爷爷死后才出生的呢?我尽心尽意照料妹妹,希望妹妹是个胆大的女孩,希望父亲三年内别探家。唯恐妹妹也像姐姐似的"托生"到别人家中去。妹妹的"光临",毕竟使我想有一个姐姐的愿望,某种程度上得到了一种补偿性的满足。

父亲果然三年没探家,不是怕"克"逃了妹妹,是打算积攒一笔钱。

父亲虽然身在异地,但企图用他那条"万事不求人"的生活原则遥控家庭。

"要节俭,要精打细算,千万不能东借西借……"父亲求人写的每一封家信中,都忘不了对母亲谆谆告诫一番。父亲每月寄回的钱,根本不足以维持家中的基本开销。母亲彻底背叛了父亲的原则。我们家"房顶开门,屋地打井"的"自力更生"的历史阶段,很令人悲哀地结束了。我们连心理上的所谓"穷志气"都失掉了……

父亲第一次探家,是在春节前夕。父亲攒了三百多元钱,还了母亲借的债,剩下一百多元。

"你是怎么过的日子?啊?!我每封信都叮嘱你,可你还是借了这么多债!你带着孩子们这么个过法,我养活得起吗?!"父亲对母亲吼。他坐在炕沿上,当着我们的面,粗糙的大手掌将炕沿拍得啪啪响。

母亲默默听着,一声不吭。

"爸爸,您要责骂,就责骂我们吧!不过我们没乱花过一分钱。"哥哥不平地替母亲辩护。

我将书包捧到父亲面前,兜底儿朝炕上一倒,倒出了正反两面都写满字的作业本,几截手指般长的铅笔头。我瞪着父亲,无言地向父亲声明:我们真的没乱花过一分钱。"你们这是干什么?越大越不懂事了!"母亲严厉地训斥我们。父亲侧过脸,低下头,不再吼什么。许久,父亲长叹了一声,那是从心底发出的沉重负荷下泄了气似的长叹。那是我第一次听到父亲叹气。我心中倏然对父亲产生了一种怜悯。第二天,父亲带领我们到商店去,给我们兄弟四个每人买了一件新衣服,也给母亲买了一件平绒上衣……父亲第二次探家,是在三年自然灾害期间。"错了,我是大错特错了!"——细瞧着我们几个孩子因吃野菜而浮肿不堪的青黄色的脸,父亲连声说他错了。"你说你什么事错了?"母亲小心翼翼地问。父亲用很低沉的声音回答:"也许我十二岁那一年就不该闯关东……我想,如今老家的日子兴许会比城市的日子好过些?就是吃野菜,老家能吃的野菜也多啊……"父亲要回老家看看。如果老家的日子比城市的日子好过些,他就将带领母亲和我们五个孩子回老家,不再当建筑工人,重当农民。

父亲这一念头令我们感到兴奋,给我们带来希望。我们并不迷恋城市。野菜也好,树叶也好,哪里有无毒的东西能塞满我们的胃,哪里就是我们的福地。父亲的话引发了我们对从未回去过的老家的向往。

母亲对父亲的话很不以为然。但父亲一念既生,便会专执此念。那是任何人也难以使他放弃的。

母亲从来也没有能够动摇过父亲的哪怕一次荒唐的念头。母亲根本不具备这种妇人之术。母亲很有自知之明,便预先为父亲做种种动身前的准备。

父亲要带一个儿子回山东老家。在我们——他的四个儿子之间,展开了一次小小的纷争。最后,由父亲做出了裁决。父亲庄严地对我说:"老二,爸带你一块儿回山东!"老家之行,印象是凄凉的。对我,是一次大希望的大破灭。对父亲,是一次心理上和感情上的打击。老家,本没亲人了,但毕竟是父亲的故乡。故乡人,极羡慕父亲这个挣现钱的工人阶级。故乡的孩子,极羡慕我这个城市的孩子。羡慕我穿在脚上的那双崭新的胶鞋。故乡的野菜,还塞不饱故乡人的胃。我和父亲路途上没吃完的两掺面的馒头,在故乡人眼中,是上等的点心。父亲和我,被故乡一种饥饿的氛围所促使,竟忘乎所以地扮演起"衣锦还乡"的角色来。

父亲第二次攒下的二百元钱,除了路费,东家给五元,西家给十元,以"见面礼"的方式,差不多全救济了故乡人。我和父亲带了一小包花生米和几斤地瓜干离开了故乡……

到家后,父亲开口对母亲说的第一句话是:"孩子他妈,我把钱抖搂光了!你别生气,我再攒!"

这是我第一次听到父亲用内疚的语调对母亲说话。

母亲淡淡一笑:"我生啥气呀!你离开老家后,从没回去过,也该回去看看嘛!"仿佛她对那被花光的二百多元钱毫不在乎。

但我知道,母亲内心是很在乎的。因为我看见,母亲背转身时,眼泪从眼角溢出,滴落在她衣襟上。

那一夜,父亲翻身不止,长叹接短叹。

两天后,父亲提前回大西北去了。假期内的劳动日是发双份工资的……父亲始终恪守自己给自己规定的三年探一次家的铁律,直至退休。父亲是很能攒钱的。母亲是很能借债的。我们家的生活,恰恰特别需要这样一位父亲,也特别需要这样一位母亲。所谓"对立统一"。

在我记忆的底片上,父亲愈来愈成为一个模糊的虚影,三年显像一次;在我的情感世界中,父亲愈来愈成为一个我想要报答而无力报答的恩人。

报答这种心理,在父子关系中,其实质无异于溶淡骨血深情的稀释剂。它将最自然的人性最天经地义的伦理平和地扭曲为一种最荒唐的债务。而穷困之所以该诅咒,不只因为它造成物质方面的债务,更因为它造成精神上和情感上的债务。

父亲第三次探家那一年,正是哥哥考大学那一年。父亲对哥哥想考大学这一欲望,以说一不二的威严加以反对。

"我供不起你上大学!"父亲的话,令母亲和哥哥感到没有丝毫商量的余地。

好心的邻居给哥哥找了一个挣小钱的临时活计——在菜市场卖菜。卖十斤菜可挣五分钱。父亲逼着哥哥去挣小钱。哥哥每天偷偷揣上一册课本,早出晚归。回家后交给父亲五角钱。那五角钱,是母亲每天偷偷塞给哥哥的。哥哥实则是到公园里或松花江边去温习功课的。骗局终于败露,父亲对这种"阴谋诡计"大发雷霆,用水杯砸碎了镜子。

父亲气得当天就决定回大西北。我和哥哥将父亲送到火车站。

列车开动前,父亲从车窗口探出身,对哥哥说:"老大,听爸的话,别考大学!咱们全家七口,只我一个挣钱,我已经五十出头了,身板一天不如一天了,你应该为我分担一点家庭担子了啊!"父亲的语调中,流露出无限的苦衷和哀哀的恳求。

列车开动时,父亲流泪了。一滴泪水挂在父亲胡茬儿又黑又硬的脸腮上。我心里非常难过。却说不清究竟是为父亲难过,还是为哥哥难过。我知道,哥哥已背着父亲参加了高考。母亲又一次欺骗了父亲。哥哥又一次欺骗了父亲。我这个"知情不举"者,也欺骗了父亲。我因无罪的欺骗感到内疚极了。我,很大程度上是为自己难过……

几天后,哥哥接到了大学录取通知书。母亲欣慰地笑了。哥哥却哭了……

我又送走了哥哥。

哥哥没让我送进站。

他说:"省下买站台票的五分钱吧。"

在检票口,哥哥又对我说:"二弟,家中今后全靠你了!先别告诉爸爸,我上了大学……"

我站在检票口外,呆呆地望着哥哥随人流走入火车站,左手拎着行李卷,右手拎着网兜,一步三回头。

我缓慢地走在回家的路上,手中紧紧攥着没买站台票省下的那五分硬币,心中暗想:为了哥哥,为我们家祖祖辈辈的第一个大学生,全家一定要更加省吃俭用,节约每一分钱……

我无法长久对父亲隐瞒哥哥已上了大学这件事。我不得不在一封信中告诉父亲实情。

哥哥在第一个假期被学校送回来了。他再也没能返校。

他进了精神病院——一个精神世界的自由王国——一个心理弱者的终生归宿。一个明确的句号。

我从哥哥的日记本中,翻出了父亲写给哥哥的一封信。一封错字和白字占半数以上的信。一封并不彻底的扫盲文化程度的信:

老大!你太自私了!你心中根本没有父母!根本没有弟弟妹妹!你只想到你自己!你一心奔你个人的前程吧!就算我白养大你!就算我没你这个儿子!有朝一日你当了工程师!我也再不会认你这个儿子!

每句话后面都是"！"号，所有这些"！"号，似乎都无法表述父亲对哥哥的愤怒。父亲这封信，使我联想到了父亲对我们的那番教导："将来，你们都是要靠自己的力气吃饭的！"我不由得将父亲的教导作为基础理论进行思考：每个人都是有把子力气的，倘一个人明明可以靠力气吃饭而又并不想靠力气吃饭，也许竟是真有点大逆不道的吧？哥哥上大学，其实绝不会造成我们家有一个人饿死的严峻后果。那么父亲的愤怒，是否也因哥哥违背了他的教导呢？父亲是一个体力劳动者，我所见识过的体力劳动者，大致分为两类。一类自卑自贱，怨天咒命的话常挂在嘴边上："我们，臭苦力！"一类盲目自尊，崇尚力气，对凡是不靠力气吃饭的人，都一言以蔽之曰："吃轻巧饭的！"蕴含着一种藐视。

父亲属于后一类。

如今想起来，这也算一件极可悲的事吧！对哥哥抑或对父亲自己，难道不都可悲吗？

父亲第四次探家前，我到北大荒去了。以后的七年内，我再没见过父亲。我不能按照自己的愿望和父亲同时探家。

在我下乡的第七年，连队推荐我上大学。那已是第二次推荐我上大学了。我并不怎么后悔地放弃了第一次上大学的机会。哥哥上大学所落到的结果，比父亲对我的人生教导在我心理上造成更为深刻的不良影响。然而第二次被推荐，我却极想上大学了。第二次即最后一次。我不会再获得第三次被推荐的机会。那一年我二十五岁了。

我明白，录取通知书没交给我之前，我能否迈入大学校门，还是一个问号。连干部同意不同意，至关重要。我曾当众顶撞过连长和指导员,我知道他们对我耿耿于怀。我因此而忧虑重重。几经彻夜失眠,我给父亲写了一封信,告之父亲我已被推荐上大学,但最后结果,尚在难料之中,请求父亲汇给我二百元钱。还告知父亲,这是我最后一次上大学的机会。我相信我暗示得很清楚,父亲是会明白我需要钱干什么的。信一投进邮筒,我便追悔莫及。我猜测父亲要么干脆不给我回音,要么会写封信来狠狠骂我一通。肯定比骂哥哥那封信更无情。按照父亲做人的原则,即使他的儿子有当皇上的可能,他也是绝不容忍他的儿子为此用钱去贿赂人的。

没想到父亲很快就汇来了钱。二百元整。电汇。汇单的附言条上,歪歪扭扭地写着几个错别字:"不勾(够),久(就)来电。"

当天我就把钱取回来了。晚上,下着小雨。我将二百元钱分装在两个衣兜里,一边一百元。双手都插在衣兜,紧紧攥着两沓钱。我先来到指导员家,在门外徘徊许久,没进去。后来到连长家,鼓了几次勇气,猛然推门进去。我支支吾吾地对连长说了几句不着边际的话,立刻告辞。双手始终没从衣兜里掏出来,两沓钱被攥湿了。

我缓缓地在雨中走着。那时刻一个充满同情的声音在我耳边说:"梁师傅真不容易呀,一个人要养活你们这么一大家子!他节俭得很呢,一块臭豆腐吃三顿,连盘炒菜都舍不得买……"

这是父亲的一位工友到我家对母亲说过的话。那时我还幼小,长大后忘了许多事,但这些话却忘不掉。

我觉得衣兜里的两沓钱沉甸甸的,沉得像两大块铅。我觉得我的心灵那么肮脏,我的人格那么卑下,我的动机那么可耻。我恨不得将我这颗肮脏的心从胸膛内呕吐出来,践踏个稀巴烂,践踏到泥土中。

我走出连队很远，躲进两堆木棱之间的空隙，痛痛快快地大哭了一场。我哭自己，也哭父亲。父亲他为什么不写封信骂我一通啊？！一个父亲的人格的最后一抹光彩，在一个儿子心中黯然了，就如同一个泥偶毁于一捧脏水。而这捧脏水是由儿子泼在父亲身上的，这是多么令人悔恨令人伤心的事啊！

第二天抬大木时，我坚持由三杠换到了二杠——负荷最沉重的位置。当两吨多重的巨大圆木在八个人的号子声中被抬离地面，当抬杠深深压进我肩头的肌肉，我心中暗暗呼应的却是另一种号子——爸爸，我不，不！……

那一年我还是上了大学。连长和指导员并未从中作梗，而且还把我送到了长途汽车站。和他们告别时，我情不自禁地对他们说了一句："真对不起……"他们默默对望了一眼，不知我说这句话是什么意思。

那个漆黑的，下着小雨的夜晚，将永远永远保留在我记忆中……

三年大学，我一次也没有探过家，为了省下从上海到哈尔滨的半票票价。也为了父亲每个月少吃一块臭豆腐，多吃一盘炒菜。

毕业后，参加工作一年后，我才探家，算起来，我已十年没见过父亲了。父亲提前退休了。他从脚手架上摔下来过一次，受了内伤，也年老了，干不动重体力活了。

三弟返城了。我回到家里时，见三弟躺在炕上，一条腿绑着夹板，吊在半空。小妹告诉我，三弟预备结婚了。新房是傍着我们家老屋山墙盖起的一间"偏厦子"。我们家的老屋很低矮，那"偏厦子"不比别人家的煤棚高多少。

我进入"新房"看了看，出来后问三弟："怎么盖得这么凑凑合合?"

三弟的头在枕上侧向一旁,半天才说:"没钱。能盖起这么一间就不错了。"

我又问:"你的腿怎么搞的?"

三弟不说话了。

小妹从旁替他说:"铺油毡时,房顶木板太朽了,踩塌掉进屋里……"

我望着三弟,心里挺难受。我能读完三年大学,全靠三弟每月从北大荒寄给我十元钱。

吃过晚饭后,我对父亲说:"爸爸,我想和你谈件事。"

父亲看了我一眼,默默地等待我说。父亲看我时的目光,令我感到有些陌生。是因为我们父子分别了整整十年吗?是因为我成了一个大学毕业生吗?我不得而知。他看我那一眼,像一匹老马看一头小牛。

我向父亲伸出一只手:"爸爸,把你这些年攒的钱都拿出来,给三弟盖房子用吧!"

父亲又用那种有些陌生的目光看了我一眼,低下头,沉默半晌,才低声说:"我……不是已经给了吗?……"我说:"爸爸,你只给了三弟二百五十元钱呀!那点钱能够盖房子用吗?""我……再没钱……"父亲的声音更低。我大声说:"不对!爸爸,你有!我知道你有!你有三千多元钱!……"父亲腾地从炕沿上站了起来,脸色涨得紫红,怒吼道:"你!……你简直胡说!我什么时候攒下过三千元?!"

躺在炕上的三弟插嘴说:"二哥,你何必为我逼爸爸呢!爸爸一辈子都想攒钱,如今总算攒下了,能舍得拿出来为我盖房子?"口吻中流露出一个儿子内心对父亲的极大不满。

我生气了,提高嗓门说:"爸爸,你这样做不对!三弟能在那样一间煤棚似的破屋里结婚吗?那里出生的,将是你的孙子,或是你的孙女!你将在子孙后代面前感到羞愧的!……"我心中倏然对父亲鄙视起来。

"住嘴!……"父亲举起了一只拳头。拳没落到我身上,在空中僵了片刻,沉重地落在了父亲自己的脑门上。母亲、四弟和小妹赶紧从里间屋出来,把我往里间屋拉。"你!……十年没见我,一见我就教训我吗?!好一个儿子啊!你就是这样给你弟弟妹妹们做榜样的吗?你可算念成了大学了!你给我滚!……"父亲脸腮抽搐着,眼中喷射出怒火。他那凶暴的语调中,有一种寒透了心的悲凉成分。他用手朝我一指,又吼出一个"滚"字,再说不出别的话来。

我一下子挣脱了母亲和四弟拉住我的手,大声说:"爸爸,我永远不再回这个家!"说完,冲出了家门。我一口气走到火车站,买了一张三个小时后开往北京的火车票,坐在候车室的长凳上,一支接一支吸烟。不知过了多久,听到有人轻轻叫我,抬起头,见母亲和四弟站在面前。四弟说:"二哥,回家吧!"母亲也说:"回家吧,妈求你!"

"不……"我坚决地摇摇头。

母亲又说:"你怎么能那样子跟你父亲争吵呢?他的确是没攒下那么多钱呀!他攒下的一点钱,差不多全给你三弟了……下个月初就要给你哥交住院费……"

几个好奇的男人女人围住了我们,用各种猜疑的目光注视我。

我听到一个上了年纪的女人离开时叹了口气,说:"可怜天下父母心啊!"我分明是被看成一个不肖之子了。我打断母亲的话,说:"妈妈,您别替我父亲辩护了!我在大学时,您求人写信告诉过我,父亲已积攒下了三千元钱。他怎么能对他的儿子那么吝啬?"母亲怔了一下,说:"傻孩子,是妈不好,妈那是骗你的呀!为了让你在大学里安心读书,不挂虑家中的生活……"听了母亲的话,我呆呆地望着母亲那张憔悴的脸,发愣许久,说不出话来。"听妈的话,回家吧!回家跟你爸认个错……"母亲上前扯我。我低下头哭了……我跟着母亲和四弟回到了家里。我向父亲认了错。父亲当时没有任何原谅我的表示。

小妹那时已中学毕业,在家待业两年了,一直没有分配工作。母亲低眉下眼地去找过街道主任几次,街道主任终于给了个活口说:"下一次来指标,我给使把劲试试看吧!"

母亲将这话学给父亲,对父亲说:"为了孩子,这人情,管多管少,无论如何也得送啊!"

父亲拉开抽屉,取出一个牛皮纸钱包,递给母亲,头也不抬地说:"我这个月的退休金,刚交了老大的住院费,剩下的都在里边了……"

牛皮纸钱包里,大票只有两张十元的了。母亲犹豫了一阵,将其中一张交给妹妹。妹妹就用那十元钱买了点不成体统的东西,当天拎着去街道主任家"表示表示"。怎么拎去的,又怎么拎回来了。

母亲诧异地问:"怎么拎回来了?"

小妹沮丧地回答:"人家不肯收。"

母亲又问:"嫌少?"

"人家说，多年住在一条街上，收了，就显得不好了。人家说，要是咱们非要表示表示，她家买了一吨好煤，咱们帮忙给拉回来……"小妹说罢，怯怯地瞟了父亲一眼。

父亲始终没抬头，听罢小妹的话，头更低下去了。过了好一会儿，父亲才开口说："我和你四哥……一块儿去给拉回来……"

四弟刚巧从外面回来，问明白后，为难地对父亲说："爸，我们厂的团员明天要组织一次活动，我是团支部书记，我不能不去呀！"

小妹急了："明天不给拉回来，人家的煤票就过期了！"

这一节话，我都在里屋听到了，我跨出里屋，对小妹说："明天我和爸去拉。"

父亲突然莫名其妙地火了："你们谁都用不着！我明天一个人去拉！我还没老得不中用，我还有力气！"

头天晚上就下起了大雨。第二天白天，雨下得更大了。我和父亲借了辆手推车，冒雨去拉煤。路很远。煤票是在一个铁道线附近的大煤厂开的，距我们住的街区，有三十来里。一吨煤，分三趟拉。天黑才拉回第三趟。拉第三趟时，一只车轮卡在铁轨岔角里。无论我和父亲使出多大的力气，车轮都纹丝不动，像被焊住了。我和父亲一块儿推，一块儿拉，一个推，一个拉，弄得浑身是泥，双手处处是伤，始终一筹莫展。在暴雨中，我听得见父亲像牛一样的呼哧呼哧的喘息声。

我抹了把脸上的雨水，对父亲大声喊："爸爸，你在这儿看着，我去道班房找个人来帮帮忙！"

"你的力气都哪去了?!"父亲一下子推开我，弯下腰，用他那肌肉萎缩了的肩膀去扛车。

远处传来了火车的吼声。一列火车开过来了。在闪电亮起的刹那，我看见一块松弛的皮肤，被暴雨无情地鞭打着。是一个老年人的丧失了力气的脊梁。

车头的灯光从远处射了过来。

父亲仍在徒劳无益地运用着微不足道的力气。

我拔腿飞快地朝道班房跑去。

列车停住了。

道班工人和我一块儿跑到煤车前。

父亲还在用肩膀扛煤车。他仿佛根本没发现有火车开过来。

"你他妈的玩命啊！"道班工人恶狠狠地骂了一句。

火车车头的光束正照着煤车。父亲的肩膀，终于离开了煤车。父亲缓缓抬起了头。我看清了父亲那双绝望的脸。一张皱纹纵横的脸。每一条皱纹，都仿佛是一个"！"号，比父亲写给哥哥的那封信中还多……

雨水，从父亲的老脸上往下淌着。

我知道，从父亲脸上淌下来的，绝不仅仅是雨水。父亲那双瞪大的眼神空洞的眼睛，那抽搐的脸腮，那哆嗦的双唇，说明了这一点……

这个雨夜，又使我回想起了几年前那个雨夜。我躲在我们连队木棱堆之间大哭一场的那个雨夜……

今年四月的一天，我收到一封电报，电文："父即日乘十八次去京，接站。"

我又几年没探家了。我与父亲又几年没见面了。我已经三十五岁了，可以说是一个中年人了。电报使我心中涌起了一个中年人对自己老父亲的那种情感。那是一种并不强烈的、撩拨回忆的情感。人的回忆，是可以随着年龄的增长而改变"焦距"的，好像照片随着时间改变颜色一样。回忆往事，我心中对父亲的谴责少了，对自己的谴责反而多了。我毕竟没有给过父亲多少一个儿子对父亲的爱啊！

　　电报没能在头一天交到我手里，却被人从门底缝塞进了我的办公室。我头一天熬夜，第二天上班很迟。看看手表，离列车到站时间，仅差一小时十五分。马上动身完全来得及接站。我手中拿着电报，心里倏忽产生了一个念头——租一辆小汽车去接站。这念头产生得很随便，就像陕西人想吃一顿羊肉泡馍一样。父亲生平连一次小汽车也没坐过，我要给予父亲"生平第一次"。我给几处出租汽车站打电话，都没车。二十多分钟在电话机前过去了。乘公共汽车接站，已根本来不及。只有继续拨电话。又拨了十多分钟，终于要到了一辆车。说很快就到，却并不很快，半小时以后才到。一路红灯，驶驶停停。到火车站，早已过时。

　　我打开车门就往下跳，司机一把揪住我："车费！"我一摸衣兜，钱包没带！只好向司机赔笑脸，告诉他我是来接人的，接到了再给他车费。说了不少好话，最后将工作证押给他，他才算松开了手。站内站外，都没寻找到父亲。我沮丧地回到出租汽车跟前，央求司机再送我回家，来去车费一块儿付。司机哼了一声，将车开走了。我见方向不对，赔着笑脸问："你要把我拉哪儿去呀？"司机冷冰冰地回答："出租汽车总站。我饿了，该吃午饭了。你在总站再要一辆车吧！"我自认理亏，不多说什么。在出租汽车总站，又等了一个多小时，才终于坐进了另一辆小汽车里。回来倒是一路飞快，算账时，可把我吓了一大跳——二十三元！我不由得问了句："怎么二十三元啊？"司机瞪了我一眼："加上火车站到出租汽车总站的那一段车费！""那一段路也要车费？！""笑话！你想白坐啊？"一进家门，见父亲已在家中了。我埋怨道："爸爸，你怎么不在火车站多等会儿啊？让我白接了你一趟！"父亲说："等了一会儿，没见着你，我心想你不会来接了……""拍了电报，我能不去接吗？真是的！""我心想，大概你工作忙，脱不开身……"我说："爸，先给我二十三元钱！"刚见面，伸手要钱，父亲奇怪，疑惑地瞧着我。我只好解释："爸爸，我是租了一辆小汽车去接你的，司机在下边等着呢！我的钱包放在办公室了。"仿佛为了证实我的话，司机按了几声喇叭。父亲当时那种表情，就好像听说我是租了艘宇宙飞船去接他似的。他缓缓解开衣扣，拆开缝在衣里的一块布，用手指捻出三张十元的纸钞，默默递给了我。我从父亲的目光中看出他心里想说的一句话："你摆的什么谱啊！"

"爸爸，这钱我会还你的……"我接过钱，匆匆奔下楼去。当我回到屋里，见父亲脸色变得很阴沉，也不瞧我，低头吸烟。

我省悟到，我刚才说了一句十分愚蠢的话……

父亲，不再是从前那个身强力壮的父亲了，也不再是那个退休之年仍目光炯炯、精神矍铄的父亲了。父亲老了，他是完完全全地老了。生活将他彻底变成了一个老头子。他那很黑的硬发已经快脱落光了，没脱落的也白了。胡子却长得挺够等级，银灰间黄，所谓"老黄忠式"，飘飘逸逸的，留过第二颗衣扣。只有这一大把胡子，还给他增添些许老人的威仪。而他那一脸饱经风霜的皱纹，凝聚着某种不遂的夙愿的残影……

生活，到底是很厉害的。

我家住在一幢筒子楼内，只一间，十三平方米，在走廊做饭，和电影《邻居》里的情形差不了多少。走廊脏，黑，苍蝇多，老鼠肆无忌惮，特肥大。

父亲到来的第一天，打量着我们家在走廊占据的"领地"，不无感触地说："老二，你有福气啊！你才参加工作几年呀，就分到了房子！走廊这么宽，还能当厨房……你……比我强……"

这话从父亲口中说出，以那么一种淡泊的自卑的语调说出，使我心中有些凄凉之感。

父亲当了一辈子建筑工人，盖了一辈子楼房，却羡慕我这筒子楼里的十三平方米……

编辑部暂借给我一间办公室。每天晚上，我和父亲住在办公室，妻子和孩子住在家中。我虽没有让父亲生平第一次坐上小汽车，父亲却沾了我的光，生平第一次住上了楼房。

父亲每天替我们接孩子，送孩子，拖地板，打开水，买菜，做饭，乃至洗衣服，拆被子，换煤气。一切的家务，父亲都尽量承担了。

我不希望父亲，我的老父亲沦为我的老勤杂员。我对父亲说："爸爸，你别样样事都抢着做。你来后，我们都变懒了！"

父亲阴郁地回答："我多做点，倒累不着。只要能在你们这儿长住下去，我就很知足了……你妹妹结婚后，家中实在住不开了，我万不得已，才来搅扰你们……"

父亲的性格也变了，变成一个通情达理的，事事处处，家里家外都很善于忍让的毫无脾气的老头子了。

除了家务,父亲还经常打扫公共楼道、楼梯、厕所、水池。他不久便获得了全楼人的称赞和敬意。父亲初来乍到时,人们每每这么问我:"那个大胡子老头就是你父亲吗?"以后我听到的问话往往是:"你就是那个大胡子老头的儿子呀?"在我意识中,父亲是依附于我的人格而存在的。但在不少人心目中,我则开始依附于父亲的人格而存在了。一些从不到我家中走动,大有"老死不相往来"趋势的工人们,也开始出现在我家了,使我同一种更普遍的生活贴近了。

我惊奇地发现,不是家属洗澡的日子,父亲也可以公然到厂内浴室洗澡;没票,父亲也可以从容不迫地进入厂内礼堂看电影;忘带食堂饭菜票,父亲也可以从食堂里先端回饭菜来。而人们还都对他很客气,很友好。这些"优待",是连我也没受到过的。父亲终于以他所能采取的方式,获得了和我并存的独立人格。我不再阻止他打扫公共卫生。我理解,人们注意到他,承认他的独立存在,如今对他来说是何等需要,何等重要!这是一个没机会受过文化教育的、丧失了健壮和力气的、自尊心极强的老父亲,在一个受过大学文化教育的、有了一丁点小名气的儿子面前保持心理平衡的唯一砝码。我告诫自己,我要替父亲珍视它,像珍视宝贵的东西一样。

父亲身上最大的变化,是对知识分子表现出了由衷的崇敬。以前,他将各类知识分子统称为"耍笔杆子"的。靠"耍笔杆子"而不是靠力气吃"轻巧饭"的人,那是他所瞧不起的。每天接踵而来找我的,十有八九是地地道道"耍笔杆子"的。我将他们介绍给父亲时,父亲总是臂微垂,腰微弯,很不自然地做他所不习惯的鞠躬状,脸上呈现出似乎不敢舒展的恭而敬之的笑容。随后,便替我给客人沏茶、点烟。当我和客人侃侃而谈时,父亲总是静默地坐在角落,一会儿注意地瞧着我,一会儿注意地瞧着客人,侧耳聆听。倘我和客人谈到该吃饭时,父亲便会起身离去悄然做饭。倘我这个主人有时竟忘了吃饭这件事,父亲便会走进屋,低声问我:"饭做好了,你们现在要吃吗?还是再过一会儿?"饭后,照例抢着刷洗碗筷。

一次,送走客人后,我对父亲说:"爸爸,你不必对客人过分恭敬,过分周到,他们大多数是我的同事、朋友,用不着太客气。"

"我……过分了吗?……"父亲讷讷地问,仿佛我的话对他是种指责。

几天后,我收到了友人的一封信。信中写道:"昨天我到你家找你,你不在,我和你的老父亲交谈了两个多小时。他真是一位好父亲,好老人。但我感到,他太寂寞了。他对我说,连和你交谈几句话的机会都没有。你真那么忙吗?……"

这封信使我无比惭愧,无比自责。是的,父亲来后,我几乎没同父亲交谈过。即使一次不太长久的,半小时以上的,父与子之间的随随便便的交谈也没有过。父亲简直就像我雇的一个老仆役,勤勤恳恳,一声不吭,任劳任怨地为我做着一切一切的家务。

而我每天不是在写、写、写,就是和来客无休止地谈、谈、谈……

第二天晚饭后,我没到办公室去抄那篇亟待发出的稿子,见妻抱着孩子到邻居家玩去了,我便坐到了父亲面前。

我低声说:"爸爸,跟我聊几句家常话吧!"

父亲定定地看了我片刻,用一种单刀直入的语调问:"老二,你为什么不争取入党啊?"

我怔住了。我预先猜想三天三夜,也料不到父亲会向我提出这样的问题。难道这就是父亲最想同我交谈的话题吗?

我低头沉默了一会儿,抬起头又说:"爸爸,聊几句家常吧!"

"你们兄妹五个,你哥呢,就不提他了……比起来,顶数你有了点出息,可你究竟为什么不争取入党啊?听你们同事讲,你说过要入也不现在入共产党的话?你是说过这话的吗?"父亲的目光仍定定地看着我,揪住这个话题不放。

我默默地点了点头。是的,我说过。而且是在某个会议上当众说的。我并不想欺骗父亲。我对党的信仰是萌发于一种朴素的感恩思想的。这种感恩思想,毕竟不是建立在切身体会的基础之上,而是间接灌输的结果,是不稳固的,是易于坍塌的,也是肤浅的,不足以长久维系下去的。动摇过的事物,要恢复其原先的稳固性,需要比原先更稳固的基础。信仰不像小孩子玩积木,扰乱一百次,还可以重搭一百次。信仰的恢复需要比原先更深刻的思想和认识。这比给表上弦的时间长得多。

父亲的话,使我的自尊心受到了挫伤。我故意用冷漠的语调反问:"爸爸,你为什么对我入不入党这么在乎呢?你希望我能入党,当官,掌权,而后以权谋私吗?"

父亲听出来了,我的话对他的愿望显然是嘲讽。父亲缓缓站起,一只手撑着椅背,像注视一个冒充他儿子的人似的,眯起眼睛,眈眈地瞪着我。他突然推开椅子,转身朝外就走。椅子倒在地上,发出很响的声音。

父亲在门口站住，回过头，瞪着我，大声说："我这辈子经历过两个社会，见识了两个党，比起来，我还是认为新社会好，共产党伟大！不信服共产党，难道你去信服国民党？！把我烧成灰我也不！眼下正是共产党振兴国家，需要老百姓维护的时候，现在要求入党，是替共产党分担振兴国家的责任！……你再对我说什么做官不做官的话，我就揍你！……"说罢，一步跨出了房间。

在那一时刻，站在我面前的，又是从前那威严而易怒的父亲了。我怀着复杂的心情离开家，来到了办公室。我坐在办公桌前，双手捧着脸腮，陷入了静静的思考。我理解父亲对共产党的感情。他六岁给地主放牛，十二岁闯关东，亲眼看到过国民党怎样残害老百姓。他被日本人抓过劳工。要不是押劳工的火车被抗联伏击，很难想象他今天还活着，也不知这个世界上还会不会有我这位"青年作家"……

但写一份入党申请书，这比创作一篇小说更为严肃。而且，在我心灵中，还有许多肮脏得没勇气告人的欲念，还时时受到个人名利的诱惑，还潜藏着对享乐的向往，还包裹着对虚荣的贪婪，还……

"全心全意为人民服务"，这句话是庄严地写在中国共产党的党章上的。我不能够怀着一颗极不干净的灵魂在一张雪白的纸上写下：我要求加入……

人可以欺骗别人，但无法欺骗自己。我在心中说："爸爸，原谅我！我不，现在还不……"办公室的门被突然推开了。父亲来了。他连看也不看我，径直走到他睡的那张临时支起的钢丝床前，重重地坐了下去。钢丝床发出一阵吱吱嘎嘎的声响。我转过身去瞧着父亲。他又猛地站了起来，用手指着我，愤愤地大声说："你可以瞧不起我，你的父亲！但我不允许你瞧不起共产党！如果你已经不信服这个党了，那么你从此以后也别叫我父亲！这个党是我的救星！如果我现在还身强力壮，我愿意为这个党卖力一直到死！你以为你小子受了点苦就有资格对共产党不满啦？你受的那点苦跟我在旧社会受的苦一比算个屁！"

我想对父亲解释几句什么，却一句适当的话也寻找不到。我一言不发地望着父亲，心想：爸爸，你说的不对，不对，我并不像你认为的那样啊！……

我觉得委屈极了，直想哭。

……

父亲对我教训了这一次之后，接连几天不理我，不跟我说一句话。一天傍晚，有一个外地的陌生姑娘来到我家中。她自称是一位文学青年，读过我的几篇作品，希望能同我谈谈。我带她来到了办公室。她很漂亮，身材很美，又高，又窈窕。一张白净的鹅蛋形的脸，容貌端庄娴雅。眼睛挺大，闪耀着充满想象的光彩。剪得整齐的乌黑的短发，衬托着她那张动人的脸，像荷叶衬托着荷花。她穿一件五彩缤纷的花外衣，只有三颗扣子，好像是骨质的，月牙形，非常别致，半敞的衣襟露出里面深红色的毛衣。穿着裤脚带有古铜色镶边的牛仔裤，奶黄色的坡底高跟鞋。她端坐在沙发上，修长的双臂微向前探，双手习惯地揽住两膝。她从头到脚焕发着浪漫气质，举止文静而有教养。

我沏了一杯茶端给她。她接过去，看了一眼，欠身轻轻放在桌上，说："我不喝绿茶。我从小就是喝花茶的。"我说："请便。"我将椅子搬到她斜对面，瞧着她问："你想和我谈些什么呢？"她妩媚地一笑："当然是谈文学啦……不过,也希望不仅仅限于文学。"我说:"那么就请谈吧!不过,我也许会令你失望,我不是个理想的交谈者。"

儿子有些发高烧。走出家门时,妻正在给儿子灌药。而父亲在给我洗衣服。我尽量排除思路上的干扰,集中精力。我想她一定会首先向我提出什么问题。但她没有。她用悦耳的音调向我讲述起她自己来。

她说她离开家已经一个多月了。从南到北,旅游了不少大城市,拜访了许多颇有名气的青年作家。接着,便依次向我说出他们的名字。有人是我认识的,有人是我没见过面的。还说她崇拜某某及其作品,难以忍受某某及其作品,欣赏某某的作品但不喜欢作者本人。她很坦率。

我愿意同坦率的人交谈。我问:"你此行是出差吗?""噢不,"她摇摇头,又是那么博人好感地一笑,"就是为了玩,散散心。""你的单位竟会给你这么长一段假?""我现在不受任何单位管束,是自由公民!""你是个待业青年?""我想有工作时便可以有份工作,腻烦了就当自由公民。"我迷惑不解地望着她。她揽住两膝的双手放开了,身体舒展地靠在沙发上,目光迅速地在我的办公室内环视一番,说:"你的办公室可以容得下五对人跳舞。"我说:"我不会跳舞。大概是可以的。"这回轮到她迷惑不解了,怀疑地盯着我,要看出我说的是不是真话。我惭愧地笑笑。她的目光移开了,落在写字台上,又问:"自由市场上买的吧?"我点点头:"是的。""样式太老。""不,是太俗气。但便宜。"她的目光又盯在了我脸上,那模样仿佛我对她承认了我是一个下流坯子似的。我说:"请接着谈下去吧,你刚才谈到自己的话还使我有些不明白。"

"是吗?"怀疑的神态,怀疑的口吻。接着,她轻轻叹了口气,平平淡淡地说:"报考过电影学院、音乐学院,都没考上。在外贸局工作了三个月,在旅游局工作了半年,这两个单位没能更长久些地吸引住我。在省图书馆混了一年,因为那儿有书,才拴住我一年。看书也看腻烦了,于是就辞职了……回去以后,也许会到省电视台,看我那时心情好不好,乐不乐意去……"

我终于明白,她是来自另一个天地的。"你出来这么长时间,父母放心吗?""他们也没什么不放心的。每座城市都有父亲当年的老战友。或者住他们家中,或者住宾馆……"我觉得没有必要再问什么了,期待着她说。她沉默了一会儿才又开口:"你一定无法理解我……小时候,我和姐姐,觉得世上任何好吃的东西都吃过了,我们就将糖和盐拌在一起,再浇点辣椒油……现在,我的心境就跟小时候似的,我觉得我丢了。我觉得我对什么都腻烦了,对生活失去了热情,就好像我小时候对食物失去了味觉一样……"

我依旧望着她那张漂亮的脸,心中对她产生了一种同情。类似对一只将要溺死在蜜中的小昆虫的同情。

她见我在很认真地听,继续说下去:"本想离开家散散心,但结果心境反而越来越不好。每座城市都到处是人、人、人,愚昧的、没文化的、浑浑噩噩的人,许许多多的人,每天都在谈论房子问题、待业问题……"

我平静地问:"你无法忍受这样一些人们吗?""难道你能够忍受这样一些人吗?"她坐端了身子,目光又盯在我脸上,现出一种对我的麻木不仁开始感到失望的表情。我没有立即回答她。我又想起了我躲在木棱堆间痛哭过一场的那个雨夜。也想起了我和父亲为了妹妹早日分配工作给街道主任拉煤的那个雨夜。小雨,大雨,都是下雨的夜……为什么保留在我记忆中的都是雨夜呢?我毕竟从我生活中的两个雨夜度过来了。我毕竟扯着父亲的破衣襟,扯着一个没有受过文化教育的、头脑中有着狭隘的农民意识的父亲的破衣襟,一步步从生活中走过来了,一岁岁长大了……

"古老的国家,古老的民族,生活在这么一种氛围中……"那姑娘的悦耳的声音,使我的注意力不能从她身上过久地分散。

我要求说:"让我们谈谈文学吧!""文学?……"她嘴角浮现一丝嘲讽,大声说,"中国目前不可能有文学!中国的实际问题,就在于人口众多。如果减少三分之二,一切都会变个样子!"

我冷冷地回答她:"好主意!减少的当然应该是那些愚昧的,没文化的,浑浑噩噩的,每天都在谈论房子问题和待业的问题的人啰?"

我情绪的变化并没引起她的注意。她皱起眉头,用一种忧国忧民的语调说:"就在今天,就在你们北影厂门口,我看到一个白胡子老头,抱着一个傻乎乎的孩子,在围观一辆外国小汽车,我心里真是悲哀极了!我要写一篇心理小说,将我内心这种悲哀表述出来!这就是我们的人民,我作为一个中国人真感到羞耻!……"她那样子悲哀得快要哭了。或者说,她是企图要将我感动哭了。然而我并没有受到丝毫感动。我已不再像从前那么易于动感情了。我在想,她那颗心一定很渺小,因此也只能产生这么一点渺小的悲哀。我已经不再同情她。

我告诉她,那白胡子老头,肯定就是我的父亲。而抱在他怀中那傻乎乎的孩子,是我的儿子。

"是你……父亲?……"她的脸微微红了,显出动人的窘态,讷讷地说,"请原谅!我……还以为你是……"

"这不值得请求原谅!因而我也不想对你表示原谅!我并不想否认,我的父亲没有文化,他在扫盲时所认识的字,绝不会比你这件花外衣上的花朵多!他还很愚昧,由于他的愚昧,由于他的农民意识的狭隘,给我们的家庭造成重大的不幸!因为他不相信医生的话而相信算命先生的话我的姐姐夭折了!我的哥哥,因为他鄙薄文化而崇尚力气,疯了!我原谅了他,但却不能忘记这些。我要比你更加憎恨愚昧!我要比你更加明白文化对于一个国家一个民族意味着什么!我诅咒造成愚昧和没有文化的落后状况的一切因素!……"我从椅子上站了起来。我的声音很高。我内心很激动。我仿佛不是在对我面前的这一位姑娘说话,而是在对众多的各种各样的人说话。

我还想对她说,她可以对我们的人民没有感情,她也尽可以像她读过的小说中那些西方的贵夫人一样,对他们的愚昧和没有文化表示出一点高贵的怜悯,这无疑会使像她这样的姑娘更增添女人的魅力。但她没有权利瞧不起他们!没有权利蔑视他们!因为正是他们,这些在历史进程中享受不到文化教育而在创造着文明的千千万万,如同水层岩一样,一层一层地积压着,凝固着,坚实地奠定了我们的九百六十万平方公里土地!而我们中华民族正在振兴的一切事业,还在靠他们的力气和汗水实现着!愚昧和没有文化不是他们的罪过,是历史的罪过!是我们每一个对振兴我们的国家我们的民族缺乏热情,缺乏责任感的人的惭愧!

我还想对她说,至于她自己,不过是我们九百六十万平方公里土地上一小片水分充足的沃壤之中的一朵小花而已。美丽，娇弱，但没有芬芳。因为她不是树木，所以她那短细的根须是触及不到水层岩层的。她所蔑视的正是她所赖以存在的。她漠视甚至嘲讽他们的最现实的烦恼，但她那种没有什么值得忧郁的事才产生的忧郁，那种一颗空泛的心灵内的微渺而"典雅"的悲哀，与他们可能经历过的悲哀相比，其实是不值论道的。

我还想对她说……

我什么也不想对她说了。

我又想到了发烧的儿子。我认为我应该回到儿子身边去了。

"非常抱歉，我不能再陪你交谈下去了！"我走到办公室门前，推开了门——门外，站着我的父亲，呆呆地，一动不动地像根木桩似的。一手拎着水壶，一手拿着一瓶墨水。他是给我们送开水来的。他分明是听到了我方才大声说的某些话。那姑娘走下楼梯时，还回头来看了我一眼，我这样对待她，肯定是她绝没想到的。父亲一声不响，放下水壶，默默走向他睡的那张钢丝床。一直到熄灯，我和父亲彼此没说一句话。我静静地躺着，无法入睡。我知道父亲也是静静地躺着，没睡。

我真想翻身下床，走到父亲身边，跪下去，将头伏在父亲胸上，对他说："爸爸，原谅我那番话又无意中伤害了你，原谅我，爸爸……"

隔了一天，我从朋友家很晚才回来，一进家门，妻便告诉我，父亲走了。"走了？上哪儿去了？""回哈尔滨了！""你……你为什么不拦他？！""我拦不住。"病刚好的儿子大声哭叫："爷爷，我要爷爷！我要找爷爷嘛！……"我问："父亲临走说了什么没有？"

妻回答："什么也没说。"

我一转身就从家中冲了出去。我赶到火车站，匆匆买了一张站台票。我跑到站台上时，开往哈尔滨的列车刚刚开动。我跟着列车奔跑，想大喊"爸爸……"却没喊出来。列车开出了站台。送行者们纷纷离去了。只有我一个人还孤零零地伫立在站台上。

望着远处的铁路信号灯，我心中默默地说："爸爸，爸爸，我爱你！我永远不忘我是你的儿子，永远不耻于是你的儿子！爸爸，爸爸，我一定要把你再接到北京来！……"

远处的铁路信号灯，由红变绿了……

表　弟

一

A大学,我是永远不想再去了。

什么"文学与人生"的对话之类,于我,其实是不善拒绝的性格之弱点的自蹈罢了。文学的确曾养育过我的灵魂。大着点儿胆子说也的确养育过"我们"的灵魂。"我们"——一小撮?这是一种历史的事实。倘彻底地否认,细想想,总有些负心于时代的内疚。但却是当年的文学。当年的"我们",和那种样的,小学生即使捡到了一分钱,都很虔诚地交给警察叔叔的当年。如今,"一分钱精神"怎么着似乎都"精神"不起来了。

如今文学和人生又究竟有什么关系呢?要说有关系,也不过就是和作家的人生有关系。或者包括些个仍向往当作家的人。如今普遍的人们,还未到思考人生的年龄,大抵都已将人生思考明白了。十七八清华北大,二十七八电大夜大,三十七八要啥没啥,四十七八等待提拔，五十七八准备回家，六十七八玩鸟养花，七十七八魂系中华，八十七八……这规律，昭示着上等的人生的程序。下等的呢，自十七八岁起，若高考落榜，十之五六加入"披头散发"的行列，于是一味儿地破罐子破摔。挣扎或曰"奋斗"，固然可嘉，但对于仍咄咄逼人的现实，一两个回合下来，往往遍体鳞伤，甚至终生"残疾"。所以中国人都有几分怵于"奋斗"。故作潇洒的说法是"懒得奋斗"。何况现实于人生的较量，从来都是现实稳操胜券。人生偶胜一把，那也不是人生的能耐，不过是现实故意露个破绽，让人生赢一把。人生每战必败，终于不战自败，连现实也会觉得索然，没情绪再充当现实的。更何况，什么就叫作人生的胜负呢？思考明白了也罢，思考不明白也罢，除非你当到部长以上，不然五十七八，不是一样都得准备回家吗？熬过一段人生与社会的"断乳期"，习惯了回家之后的寂寞，愿意玩鸟的，不都一样地可以玩只鸟吗？愿意养花的，不都一样地可以养盆花吗？其不同，无非是所玩之鸟或所养之花名贵与不名贵而已……

人生尚且如此，灵魂更复何求呢？概念的人生只能"提炼"出概念的文学。概念的文学又怎么能够"养育"从年轻时就没着没落似的灵魂呢？灵魂一旦和人生贴得太紧密了，便是用什么都不太好养活的东西了。当年的"我们"，活得都特别。仿佛人生是人生，灵魂是灵魂。人生在地上打洞，体验真实的平庸，灵魂却似可飞翔到天空去，每根羽毛都炫耀升华后的荣耀。所谓取长补短，相得益彰。现在的人们却要实际得多。灵魂所希冀的，同时是人生所希冀的。比人生所希冀的更奢侈更强烈，绝不比人生所希冀的差劲儿。用两样儿的东西许诺给人们是断断不行的。企图以当年的方式方法诱惑人们的灵魂摆脱人生真实体验而"升华"起来，基本上是一厢情愿的痴心妄想。如今人们的人生都巴望着"升华"，而灵魂不大愿意。所以也可以得出一个结论——当年的"我们"太傻，而当年的时代是很狡猾的；现在的人们太"精"，而现在的时代，没研究出对付太"精"的人们之高招儿。"思想工作"的成本无疑是比当年翻了几十倍了，形式多种多样效果却差距仍不小。

我当然不是以"思想工作者"的身份和面孔到大学里去"对话"的，是以小说家的身份和面孔。众所周知，我的面孔枯瘦，身体形销骨立。这样的个人，若非道士，而是小说家，即使本心并不忧患什么，也让瞧着的人，能硬瞧出点儿忧患着什么的意思似的。起码的，怪替这样的小说家有所忧患。故我总被视为忧患型的小说家。尽管每次对话之后，我再三声明——现实其实是挺美好的，无须乎什么人再替它忧患，人们只忧患自己就足矣了。大学生们却更视我为忧患型的小说家了。且都厚道地以为，我是替现实忧患到了不愿再言忧患的地步了。

我当然也不是那种很耐不住寂寞的人，忙里偷闲的，溜到大学去寻觅小说家的自我感觉。再者说啦，寂寞是多么难得的宝贵时光。中国人，你想寂寞，又寂寞得了吗？每次"对话"，都是被动员去的。而每次"对话"的命题又一概是"文学与人生"。小说家谈文学，无疑是再适合不过的。但于今天，仅谈文学，难道不是挺脱离群众的事吗？搭配上"人生"一块儿谈，才谈得下去。听的人也才听得下去。若无"人生"佐味儿，任何内容的"对话"，似乎总有点儿不咸不淡的不是？文学与"人生"，在我这儿，纯粹是两个命题的人为的遭际。在大学生们那儿，大概相当于啤酒和烧酒兑成的"鸡尾酒"吧。文学的啤酒因了人生的烧酒而似乎使人热血沸腾,人生的烧酒因了文学的啤酒而似乎有沫可冒。大概就是这么回事……

但每次"对话"之后,回到家中,严肃反思,扪心自问,又总觉得自己像卖假药的江湖郎中,自产自销,兼自做广告,近乎蒙世的行径。只好以这么一种逻辑替自己辩解——有大学便有学生会,有学生会便有各种活动举行,没活动大学生们便对他们的学生会有意见;而文学又总是在大学生们的"活动"之列的,不请我去也得请别人去。别人恐怕未必如我那么好请。大学生们乃国家的栋梁。还没成栋成梁的时候便四处碰壁,难免不挫伤他们成栋成梁的自信。由好请的我而鼓励他们的自信,是否也算对国家的未来尽了些义务呢?

这么一想,也就泰然自安了。

有一天我在家里病着,来了位不速之客。又是位素昧平生的大学生。

"什么事?说吧!"

待他落座之后,我明知故问。

"梁老师,你身体不太好?"

我说是的我病了。

"什么病?"

我说老病没愈,又添了新病。自己也闹不清,使我停了写作,不得不躺倒下来的,究竟是老病,还是新病,自己也搞不大清。

他便嗫嗫嚅嚅的,有话欲说不说的样子。

他不开口,我也不开口。他坐着,我卧着。他看电视,而电视没开。我看他，而他似乎不觉得我在看他。他是个身材瘦小的青年，面容倒还清秀。一件西服是新的，裤子却显得有些脏，起码半个月没洗了。一双旧皮鞋已经穿走了形，却分明的，来之前打过鞋油，尘土积了一鞋面儿。西服内是一件很薄的毛衣，领口袖口都已开线了。裤子肯定短，因为他往那儿一坐，线裤露出了一大截。袜子，在脚腕处破了。刚入冬，第一股寒流却扑入城市了。还没来暖气，几盆花在室内都冻蔫了。外面刮着五六级大风。我铺着电褥子盖着床小被。我看出他身上冷，心里也冷。想对他热情些，又唯恐一旦主动撤了防线，重蹈覆辙，带着病再次被弄到大学去，老调重弹，又胡扯一通"文学和人生"，便打定主意，此番矜持到底。如果他不开口讲出登门拜访之目的，不必问；倘若他见我病着，仍开口讲了，那么证明他是个不懂事理的大学生，应坚决地回答一次"不"！"梁老师，我……走吧？"他站了起来。不说"我走了"，却用征求的口吻说"我走吧？"仿佛要走，也须获得我的允许似的。其实我盼着他走，但不是盼着他这么说。我认为他是经过深思熟虑才这么说的。"不再坐会了吗？"我也是征求的口吻。打从什么时候起，我变得虚伪了呢？"你病着，我不多打扰了。""其实，你多坐一会儿没什么关系的。我病得不那么重……"我嘴上这样说，心里却还是盼着他走。"不。不多坐了。回去晚了，就错过学校开午饭的时间了……"他的话说得相当认真。"是吗？"我故意看了一眼挂钟，进一步虚伪之至地施予着我的歉意，"家里也没什么现成的饭菜，要不，其实我是愿意留你再多坐会儿的……""谢谢……"他说，便往外走。"我送送你……"我说，并没立刻下床，只不过象征性地在床上欠了欠身而已。听着门轻轻地关上了，我又谴责起自己来。外面的风声似乎更响了。如果我留他吃饭，于我并不费什么事儿。我也还没病到卧床不起的程度。于他，哪怕是喝一碗热粥，吃半个馒头，将是多么愉快的事儿呢？为什么我竟不肯给这个青年一点儿愉快呢？是的，我不认识他，素昧平生。可是这即使能够成为我不愿接待他的理由，也不能成为我虚伪地应付他的根据啊！人，人啊，我们这些人啊，在我们熟悉和熟悉我们的人之间，我们经常地用虚伪腌制我们的性格不算，对于我们完全不必有任何顾忌以真实的态度证明坦率在生活之中是可行的机会，我们竟也要习惯地把它变成发了馊的"疙瘩汤"一样彼此难耐的时刻。我们宁肯奉陪某些我们十分反感甚至厌恶的人东拉西扯，却对一个也许还没被生活中的虚伪毒素所污染的青年吝啬话语到了如掷千金的地步。我们往往本能地以虚伪亵渎别人的虔诚，却不愿以坦率痛痛快快地回答一个"不"字。难道我们已虚伪成性？难道我们已不会坦率了吗？否则，为什么我们在根本用不着虚伪的情况之下，竟也自以为成功地虚伪起来了呢？……

这一种自我谴责，直至儿子放学回家后才告一段落。

热了饭，打发儿子吃罢去上学，独自拿起本书，竟看不下去，又想那青年登门拜访的事。自己和自己过不去似的翻来覆去地想，倒并非因为自己多么具有"自我批评"的美德，而是因为一时不能从尴尬中解脱出来。是的，那是一种不可言状的尴尬。那青年坐在沙发上时，我不过只替他感到尴尬，并且觉得他的冒昧的结果，我是不必负什么责任的。他走了，才觉得并不尽然。才觉得当时自己也是处在尴尬之中的。才觉得那一种尴尬倒统统地留给了自己。细细咀嚼，越发品出了馊味儿。好比自己为了蒙骗别人，将一只苍蝇夹入口中吃了。开始反悔。开始反胃。开始恶心。

这一种古怪的自己对自己过分敏感的心理,使我又想起了另一件事。前几天我的中学同学来到了北京,电话里我们约好,第二天我去看他。他住在苏州胡同的机械部招待所,也就是火车站对面邮局旁边的一条胡同。可第二天我去时,却记成了"金鱼胡同"。自然在那一带转了半天也是没找着"金鱼胡同"的。遂问几个坐在平板车上打扑克的小青年。他们表示出相当大的热心。详详细细地告诉我怎么乘车,怎么转车,转几次车,最后乘几站,下了车再怎么走。总之听来特别远。这使我顿生疑心。因为我那中学同学明明白白地告诉我——就在那个邮局附近,三分钟不到的路!疑心既起,顺理成章的,接着便只能作如是之想——现在的人也太缺德太坏了呀!不知道,就摇头说不知道。知道也懒得告诉或不愿告诉,不理睬我也就是了,何苦将我当外地人,诓我上当,骗我乘车转车地越走离目标越远赶许多冤枉路呢?这些人之心理不是太阴暗太成问题了吗?于是我非但不谢他们,反而狠狠地瞪他们,边走开边回头瞪。如果目光可作伤人凶器,他们一个个是立毙无疑的了。他们被我瞪得似乎莫名其妙。在我看来那当然的是他们装的。我暗想我已识透你们的恶劣居心,岂能上当受骗!我的目光定会使你们一整天如芒在背,寻思起来就浑身不自在的。他们终于被我瞪火了,一个个以其人之道还治其人之身地也一齐瞪我。他们的目光中都有种就要发作的恼怒。四比一,我招架不住他们的目光,更怕他们真的发作起来,收了"兵器",怀着几分阿Q式的精神上的胜利,扬长而去……

我想我也够死心眼的,干吗非问"金鱼胡同"不直接问机械部招待所呢?又经一问,果然近在咫尺。但那条胡同却并非"金鱼胡同",而是苏州胡同。方顿悟,原来是自己记错了。几分钟前,闪回于头脑中的,是那四个可恶至极的"热心"青年"伪善"的嘴脸。并因了他们的嘴脸而进一步诅咒人心的不古、世风的败坏。此时闪回头脑中的,却是自己频频回首作怒目金刚状的嘴脸了。便觉得自己的心理,实在的也很有些成问题。

见了中学老同学。闲聊不过三五句,就问有没有市区交通图。

答曰有。

十分急切地就请拿来看。

心想——便确凿地证明此处是苏州胡同,也不一定就可证明北京真有我记错了的一条什么"金鱼胡同"。即使北京真有一条胡同叫"金鱼胡同",那四个青年详详细细地告诉我的乘车路线,也不见得是正确的路线吧?倘是错误的路线,那么仍证明他们有诓我上当受骗的恶劣居心。那么当时嘴脸可恶的仍是他们,而不是我自己。头脑中的几个闪回即使放大一百倍,我也不必因当时瞪了他们而自责了。

人有时候真是古怪的东西。或者微观而具体地说,我自己有时候真不是个东西。总想把恶劣彻底地推给他人。总想要把良好的与恶劣一向毫不沾边儿的自我感觉留作自己的专利。并且自己一旦怀疑自己的时候,总希望寻找到证明自己那一份儿自我感觉的根据和旁证。

这样的旁证我没从交通图上寻找到,却寻找到了金鱼胡同。进一步旁证四个真正热心的青年详详细细地告诉我的乘车路线,乃是一条非常正确的路线。

于是我说:"走,跟我出去一趟。"

同学愕然,问:"哪去?干什么去?"

我说:"去向四个热心的小青年赔礼道歉。"

遂将自己的恶劣复述一遍。

同学听罢哈哈大笑,说:"老兄啊,难怪别人常道你认真,我看你也太认真了!你问西边怎么走,他故意往东支你,这样的恶劣之人,北京有,咱们哈尔滨也有。到处都有,越来越多,何止小青年!今天让你侥幸碰到了四个不恶劣的,那是你今天的意外。我可没你这么侥幸。我就上过好几次当受过好几次骗。就算你今天替我瞪了那些恶劣的人吧!还赔的什么礼道的什么歉啊?"

我沉思片刻,觉得嘴上如此说说,倒也说得酣畅。而把这么一种思想方法,当成对现实的报复,似乎不是讲得通的道理。

于是又说:"陪我去吧。我自己去,岂不难堪?"

同学往床上一躺,连声嚷:"不去不去!你说什么也白说,要去你自己去……"

我也犹豫起来,不怎么太想赔礼道歉了。但是,头脑中的闪回,却不能因此而"渐隐"。恰恰相反,由中景而近景而特写而定格。这使我仿佛从四个青年的视角来看我自己。结果我感到视角变了,定了格的我自己也变了。变得嘴脸丑陋了。

那一时刻我是多么厌恶我自己啊。

于是我自己去找那四个青年。我知道如果我不这么做,我肯定会在相当长的日子里不自在。好比在自己身上某一部位发现了一个可疑的肿块儿,尽管很小很小很小,小得你也可以不理会它的存在,但对于具有敏感的癌恐惧心理的人,不去找医生,不切片,不割除,从此便总是不那么安生。我想,每个人的心灵里,都是有角落的。甚至有暗角,有死角。区别在于,仅仅在于,乐于洒扫,心灵才可能是卫生的……

然而那四个青年已不知去向。

我无法再找到他们。

这竟使我很沮丧……

今天的事情和几天前的事情似乎有所不同,也没什么必然的联系。并且,作为一件事情,一件也许的确不值当寻思的事情,已然过去。却不知为什么,在我这儿,竟过不去了似的。

外面风声呼啸。

从我家离去的,仿佛不是别人,正是我自己。

躺在床上的,一向以文字和语言声称自己不能容忍虚伪的小说家,在生活中最司空见惯的情况之下,运用虚伪像运用筷子一样谙熟的小说家,又是谁呢?

没有任何人逼迫我们,我们为什么要虚伪呢?

为什么我们一方面将诚意而热心地帮助我们的人也想象得那么坏,另一方面对他人又那么缺少诚意和热心呢?缺少到了连坦率都不肯相予的地步?难道我们已无可救药了吗?……

忽然又有人敲门。

开了门,竟是一小时前离去的那个大学生。

"你……"

毕竟不是我预料之中的事。我不免有些惊讶。

"有样东西我丢失在你家里了!"

他说得极肯定。

"什……么？……"

"尊严。我的尊严。"

"……"

"我一直在楼底下徘徊。后来我决定，我必须再次打扰你，找回我丢失的东西。"

我不禁朝窗外望了一眼——好大的风！

徘徊？——今天是多么不适合徘徊一个多小时的日子啊！

在我听来，分明的，他的话有经过加工的痕迹。有种明显的对白腔。而且是欧式的。我推想得到，为了这三段话说得含蓄而又尖锐（也许他的本意还希望不失幽默，但却一点儿也不幽默，甚至也不含蓄），他准背着大风打过"腹稿"。大概还可能像写对话时的陀思妥耶夫斯基一样，情不自禁地演习过。因为普遍的中国人是不这么说话的。只有演员演电影演话剧时才这么说话，或者小说家这么写对话。一个人既非在演电影亦非在演戏，却接连向你迎头劈面抛出三句显然预先打过"腹稿"的"演习"过的舞台腔十足书卷味十足的话，自然是怪可笑的。

然而我没笑。不忍再笑他。甚至也可以说有几分不敢笑他。因为那一时刻，他显得那么冲动。尽管他表面装得很镇定，很持重。但我还是看得出来，他内心里异常冲动。他在微笑着，然而他的全部面肌都是僵的。他的嘴唇在抖，并且，发青。他穿得实在太少了。装得很镇定很持重，此刻对他来说真不是一件容易的事，更不是一件轻松自然的事。他的眼睛里投出坚定的，义无反顾的，不成功便成仁似的目光，仿佛真的有一颗价值连城的珠宝遗落在我家了。如果我不愿意奉还给他，他便会和我以命相拼，直拼个血溅数尺、尸横一处。

我不禁被他深深地感动了。

我从他身上看到了二十多年前的我自己的影子。

我明白一个青年的自尊如果异常敏感，那么他的心理承受能力必定也是异常脆弱的。他们可能因遭到白眼而耿耿于怀，但倘被打翻在地就不知如何是好。他们丝毫也不具备韩信那种能受胯下之辱的别样的勇敢，也不能做到像某些古代士大夫那样可杀不可辱。他们过分看重他们的自尊乃是因为除了所谓自尊之外他们大抵再一无所有。故他们维护自尊的时候想要显示人格力量的高大也高大不起来，想幽默也幽默不成，想潇洒也不知怎样才算是潇洒。总之他们的自尊实际上还远没成熟到值得谁怀着恶毒去故意损害一下的程度。比如我对他的怠慢就绝不是故意要损害他的自尊。而他们过分敏感的自卫本能，却往往会使他们受到真的毫不留情的伤害。比如假设我正心烦，倘若对他大吼一下——"出去！没闲工夫和你演戏！"并将他推出门去，那么他又将把他自己如何呢？因为一个大前提是明摆着的——假使我肯定那么做了，他就是想把我如何如何实际上也是不能把我如何的。那么结果必然只剩下了自己把自己如何……

我望着他瞬间思考了许多，内心里不禁替他打了个寒战。他的自尊实际上脆弱得不堪一击。而他在自卫意识驱使之下的这一令我很意外的行为，或者说破釜沉舟的行为也未免太一意孤行带有冒险意味儿。当年的我为此曾付出极其惨重的代价，曾头破血流，至今处处疤痕。

我客气地说："不管你是来寻找什么的，到屋里坐下谈吧。"

我的客气是真的。

他傲慢地说:"不必了!梁晓声,我告诉你——我将来一定要超过你!"

他的傲慢也有几分戏剧化。我一时竟分不大清那是真的假的。但是我觉得,那一种傲慢虽然显示出主动的进攻性,但在本质上仍是本能的自卫性的。而且和他要寻找回"遗失"了的尊严的气概一样,也是脆弱的,不堪一击的。甚至,只要我简单地望着他沉默不语,便会不攻自破的,刹那间崩散的。

我感到他的造访似乎成了我今天没法儿避免的遭际了。纵然我自己倒退回去二十年,我想我也不会凭着年轻人的刚愎自用和过分意气用事的冲动,而像他这么做。我可能会接连几天,每天端起饭碗的时候就在内心里骂一次用虚伪的应付怠慢了我的人,却不太会第二次登门讨什么尊严。何况每个人的尊严,一生中肯定会被伤害会被践踏不知多少次,为诸如今天这样的一件事,以像他似的如此郑重的态度兴问罪之师,倒未免太娇气了。何况我本无伤害他的尊严践踏他的尊严的居心,只不过以虚伪的应付使他感到了实际上的怠慢而已。何况我也确实有病可托,便也应该被认为多少的情有可原啊。

人被谅解的时候,往往谴责自己。人被斥责的时候,就往往开始批判别人,并替自己据理力争了。

但是我哪里还会再用反诘式的话语继续伤害这么一个自尊心敏感异常的青年呢?比如我可以说:"那么就请找着你的东西包严了揣好了立刻出去吧!"如果我真的这样回敬,我自己不认为是伤害实际上也等于进行了二度伤害。

我笑了笑，说："别那么没志气。超过我好比一个孩子，指着一个侏儒说，我长大了一定长得比你高！是不是？"

他张了张嘴，欲言而未答。

我拍拍他的肩，搂着他的肩往屋里走。我觉得他还是非常希望我这样的。因为他走得很顺从。

待他在沙发上坐下，我去洗杯子。

他说："你别泡茶。泡了我也不喝。我可不是想喝你一杯茶。"

我说："要是牛奶你也不喝吗？有奶粉，很省事。"

"那我喝。"

他笑了。

当我回头看他，他立刻又不笑了。又变得表情庄严。

"梁晓声，我万万没想到你是这样的！"他急急切切地开始说，"你没情绪接待我，你可以开门见山直言相告，那样我绝不会泡在你家不走！你为什么既不下逐客令，又心不在焉地有一句没一句地用话应付我呢？你理解我当时是什么心情吗？如果我是一个将来可能对你有用的人，你能这么对待我吗？"

我说："不能。"

"你从上海复旦大学毕业，分配到北京，不也是一个默默无闻的小人物吗？"

我说："是。现在也谈不上是什么大人物。"

"你用不着假谦逊。你刚才对待我的态度证明你内心里是把我看成一个无足轻重的小人物的。当然也就证明，你内心里是误将自己当成一个有理由俯瞰我的大人物的！你初登黄宗江家和吴伯箫家，他们是像你对待我那样对待你的吗？你在作品里，把他们写得多好哇!……"

我真想把杯子摔了!即使我招了他惹了他,那也不是我找上门去,而是他找上门来的呀!

我正色提醒他:"他们的确是两位可亲可敬的长者。你什么话都冲我说,别牵连上他们。"

"这一点用不着你提醒!"他大声说,"我看了你的书之后,也曾去找过黄宗江老师。他对我很和蔼,很亲切,很诚恳。不像你似的那么虚伪地应付我!如果吴伯箫老人还活着,我也会去找他。不为别的,只不过为了证明,世上到底有没有属于我自己的那一份儿人间温馨!现在我对你那本小册子有了另外一种看法,你借着溢美别人的方式,其实也企图达到用文学把自己描写得性格挺可爱的目的。但今天我感到你与你笔下那个自己大相径庭!你当时给我的印象很丑!躺在床上,盖着小被子,假惺惺地说:'不再多坐一会儿吗?'你那么对待我,我还能再多坐一分钟吗?你当时整个儿是个丑陋的人!丑陋的作者!梁晓声你承认不承认?"

他这一大番话,又使我心里完全不生气了。他倒够坦率的。坦率得几乎无遮无掩,连招架的余地都不给自己留半点儿。这样的青年今天是不太多了。多的是另外一种——以十二分的虔诚当面用崇拜之类的话戏耍你,而心里却在暗加嘲笑:看他得意的!看他多么受用的样子啊!我这儿拿你开心玩呢,你当的什么真哇!俗不可耐!

"承认!承认!起码潜意识里不无你说的那种成分。"

我并未感到被当面戳穿后的难堪。因为经常分析分析自己的潜意识乃是我的职业习惯。有时甚至供朋友加以分析。好比当医生的诊断病例,即使某种病发生在自己身上,也不是不可分析的。何况我觉得潜意识这种东西，细分析起来是挺有趣的。如同解几何题一样，不但能清楚自己本质上是怎么回事，也能明白别人许多。更何况，从医学的角度讲，绝对健康的人是没有的。

我将茶几挪近他，将一杯牛奶放在茶几上，又说："别急，先慢慢喝着，我给你烤几片面包。"待我将面包烤好，用小盘儿拿进来，他已将那杯牛奶喝光了。我估计到一杯牛奶准不够他喝，另外还给他凉着一杯，便又放在茶几上。

他显然非常饿了。或者，认为尊严已经收复，并揣在自己兜里了，似乎就心理平衡了许多，一时变得腼腆起来，很秀气地，一小块一小块地撕吃着面包；一小口一小口地，斯文地饮着牛奶。我捧起一本书看，故意不注意他，怕他不自在。这时我已经知道他是"谁"了。

静静的几分钟内他吃完了面包，喝完了第二杯奶。我问他要不要再吃一个面包，或再喝一杯奶？他说不了。说时，样子看去不但腼腆，而且显得有些羞涩。他拿起杯子要到厨房去洗，我放下书制止他。他偏要去洗，我偏制止他，结果一只杯子掉在地上摔碎了。

他的脸便红得令人同情，讷讷地说："是我失手，是我失手……"全没了一心收复尊严时的愤世嫉俗。我说，按照民间的看法，客人失手摔碎了主人家的杯子，反而是主人求之不得的事，预兆着将财运临门。他便笑了。待他坐下，我正欲问他什么，他却又开口问我："你家几个房间啊？"我说三个房间。他紧接着问为什么？我没太明白他的意思，困惑地望着他。他说按照我的年纪和家庭人口，在北京能住上两个房间一套的单元就相当不错了。他的话中流露出毫不掩饰的，憎天下之不平事的抨击意味儿。我说是的。

我说原先我在北影住筒子楼时,只有十二平方米一间朝北的房子,摆不开一张写字的桌子,常在暖气上垫块板儿炮制小说。那时所有到过我家的人,都祝愿我早日有乔迁之喜。现在我真的乔迁了,他们从前替我感到的忧愁,就变成有时令我特别担待不起的羡慕了。我说我这个人从内心里讲,很愿意在各方面都和大多数人的水平一样,一点儿也不愿特殊。特殊在今天就有被列入"另册"的可能。一旦被列入"另册",很破坏活着的情绪。

他又问:你到儿童电影制片厂是为了当官吧?

我摇头说不是。

他又笑了。那种笑是很惹人生气的。似乎在说,瞧你又变得虚伪了,别忘了,你可一向是一个用文字自我标榜坦诚并厌恶虚伪的人啊!

我说真的不是。我说那时我预感到老父亲得了重病,作为一个儿子,我必须把老父亲接到北京,和我住一起,一尽孝心。而当时只有童影能为我解决房子问题。而我的老父亲一到北京,就被确诊为晚期胃癌。三个月后卧床不起,四个月后就在这一房间去世了……

他仍那么笑着。他说中国文人,内心里其实都想当官。嘴上说不想当,那是假的。偏说为别的原因而当官,不过仅仅是巧妙说法。

我说我不完全同意他的话。我说当官,当各方面的官,只要能当个好官,是完全不必羞于承认的。

他笑出了声。笑罢,刻薄地说:"你看,人一犯急,就说真话了吧?这是个规律。你也不例外。"

我瞪着他,半天没说话。心中只有一个想法,那就是狠狠扇他一记耳光。然后呵斥他滚。因为我不喜欢刻薄的人。生活中某些男人得意于自己的刻薄,如同不知怎么个美法的女人得意于她们的会飞媚眼。倘说幽默是一种机智是一种教养,而刻薄不过是从人的心灵的疤痕渗出的瘀血。何况当时我还没有完全从父亲逝去的悲哀中解脱。在我的老父亲逝去的这一个我家的房间,他竟坚定不移地对我进行着抨击,这也太过分了啊!而更主要的,我不知怎样对待他才好。应付当然是虚伪,客气仍会被视为应付,坦诚他不相信。以刻薄回敬刻薄,他又分明并不是对手。干脆板起冷面孔下逐客令呢,又显得自己太缺乏涵养。他就是说那些收复尊严的话时显得可爱些。吃面包喝奶打算洗杯子时也不讨人嫌。怎么吃也吃过了,喝也喝过了,尊严也彻底地算是收复了,大概身上也不觉得冷了,就又变了个人似的欺我太甚起来了呢?

我正色道:"肖冰,我不想和你抬杠玩儿。你对我的批评,我已经接受了。你的尊严,你也算是收复回去了。那么咱们互相都坦率些,开门见山吧!你找我究竟有什么事?"

他的惊异的目光,便凝视在我的脸上。足足半分钟的时间内,他莫测高深地沉默着。仿佛我是一个极其诡诈之人,而他糊里糊涂地被我绑架到了我家里,猜不透我的企图。我以鼓励的口吻说:"讲吧!既然我们俩今天遭遇到一块儿了,你还犹豫什么呢?""你怎么知道我的名字?"他的神情变得相当庄重了。甚至可以说变得相当庄严相当凛然了。

"你怎么知道我的名字?"他又说,语气很傲慢,"好像到现在为止,你还没问过我叫什么名字,而我也没有来得及告诉你。"仿佛他倒成了主人,似乎我是不期而至的一个令人不快的总将谈话搞得别别扭扭的造访者。

我说："因为你刚才提到了黄宗江老师。宗江老师有一次给我打电话特别关照过我，要我好好接待你。""他怎么讲我的？""他说你是个需要格外细致地接待的青年。""细致？什么意思？""我想就是不要虚假地应付的意思吧！""是这个意思吗？真的是这个意思吗？"他全身心都敏感起来。"当然是这个意思。"我十分肯定地说。我了解宗江这个人，他属于那种越老越善良的人。对青年尤其如此，绝不会包含任何刻薄的意思在话里。

宗江老师确曾因了坐在我面前这位大学生，在他造访了他之后，特意给我打过一次电话。也确曾吩咐过我，对这个青年"需要格外细致地接待"。还说，"善良是有意义的。今天生活中尤其需要些善良。不善良归根到底将与文学和一切艺术无缘。"

"他……他为什么用'细致'这个词？""他有时喜欢用与众不同的修辞方法表达他的意思。""是这样……他还说了我些什么？……""他还说，他和你共同度过了一个挺愉快的下午。""是的是的。一点儿不错。他说的是真实情况！"我看得分明，他暗暗吁了一大口气。由于过分的敏感所造成的紧张神态，也瞬间松弛了下来。真没想到，他竟那么在乎他给别人留下的印象！但转而想想我自己，也竟那么在乎给别人，具体说是给这个我遭遇到了的青年留下的印象！

我不禁苦笑了起来。

"你笑什么？"

"别多心，我笑我自己。"

"笑你自己？……"

"真的。"

当时我并没有领悟宗江老师说"需要细致接待"的含义。觉得不过是种"黄宗江语言风格"的说法。此刻我彻底地领悟了,面前坐着的是一个比小蜥蜴类还敏感的青年。别看它们有时似乎一动不动地木呆地趴在那儿,但是即使你的影子无意间晃到了它们一下,它们都立刻警觉起来,以为你打算伤害它们。甚至以为你已经伤害了他们。对于这样的一个青年,倘不"细致"地接待,简直不啻是一种罪恶吧。而他的内心,究竟布满了一些什么样的特殊的感知神经呢,使他那么提防受到伤害,使他那么易于觉得受了伤害呢?黄宗江,黄宗江,你自己又是一位多么"细致"多么善良的长者啊!你既能陪他度过了一个愉快的下午,我何以不能使他接受些他希望接受的诚恳呢?!

"肖冰,你是学生会的吧?"

"不……"他矜持地摇了一下头,"我不是。"

"那么现在起码有一点是肯定的了——你到我这里,不是为了把我弄到你们学校去对话什么的。"

这真是我的一个想愉快也不大愉快得起来的下午。有陌生的不速之客光临,却又不知他的目的何在,似乎得我自己猜,似乎得我哄着他对我说。这像是一个斯芬克斯嘛!而我可不是俄狄浦斯啊!也不愿做俄狄浦斯啊!猜不到,也许又将被认为是盼望"速战速决"进而"速胜"之逐客方法。好比陪皇上下棋,输了,你是故意输的,是亵君之罪;赢了,你是一心要赢,欺君之罪。

"如果是,冒着这么大的风,我来请你了,你去不去呢?"

他又凝视着我。我觉自己仿佛被斯芬克斯石像凝视着一样。

"那,我就去。"

他古怪地笑了笑。

"我想知道,当别人来请你的时候,你是高兴去呢,还是不高兴去呢?"

"有时高兴去,有时不高兴去。"

"不高兴去的时候,也去吗?"

"十之八九,也去。"

"还要装出高兴去的样子?"

"这,有时候装,有时候不装。通常情况下,即使装不出高兴的样子,也要装出不太不高兴的样子。"我认为我回答得够坦率够细致的了,但他似乎仍对我的回答不甚满意。"为什么?""什么为什么?""为什么你明明不高兴去的时候,也要装出,用你的说法,装出不太不高兴的样子呢?""因为我在当着别人的面的时候,总是缺乏勇气坚定不移地说'不!'""怕什么?"我想了想,老老实实地承认:"怕别人失望。"他凝视着我,古怪地笑着,不信任地摇着头。"怕别人对我不满意。""那,有没有那种时候,你明明心里高兴去,极愿意去,却装出不高兴去的样子,仿佛盛情难却,违心答应的样子?"我想了想,问心无愧地回答:"没有。"知道可能又被他以为是虚伪之词了。"一次也没有?"我又反省地想了想仍问心无愧地回答:"一次也没有。"我暗暗对自己发誓,一定要有耐性,一定不要生气,一定要诚恳地、坦率地、细致地回答他提出的一切问题。就当他是一位明察秋毫的心理医生,而我是一个心理病人吧!

"许多人坐在你面前,听你一个人侃侃而谈,你心理上就从没产生过某种自鸣得意?某种沾沾自喜?某种精神上的优越感?难道那不是一种心理上的满足吗?难道你潜意识中也不曾有过追求这种满足的倾向吗?"

"这……"

他沉静地默默地耐性可嘉地期待着我的回答。

如果他是居心不良地嘲讽我多好!那我就有正当的理由换另一种态度对待他了。可他丝毫也没有嘲讽我的内心动机。起码在我看来是那样。恰恰相反,他的样子很诚恳,似乎也很单纯。一副虚心就教的样子。一副洗耳恭听的样子。一副"与君一席话,胜读十年书"的谦恭的样子。一副"斗胆"讨论讨论商榷商榷的样子。我没把握判断他的样子究竟是诚恳的还是虚伪的,也没把握判断自己对自己的潜意识究竟谙熟不谙熟了。

"你们文科大学生,都像你对弗洛伊德兴趣这样大吗?"

我不得不以攻为守。然而克制得很好,未流露出任何所谓逆反情绪。只不过算是迫不得已的抵抗,将他的频频的发难式的问题挡回去一次罢了。

不料他说:"作为兴趣早已过去了。现在进入的是第二阶段。"

"什么阶段?"

"理论联系实际的阶段。"

我不由"噢"了一声。

"研究了弗洛伊德方知道,不研究弗洛伊德,简直等于白活了一场,不清楚人是什么东西。研究了弗洛伊德之后再研究人,好比通过显微镜观察细胞的活动,人变得有意趣多了。"我恍然大悟。难怪他时不时地凝视我一阵!原来我在他眼里是一个被滴了显示剂的细胞。"那么你说人是什么东西呢?"我终于也受他的影响,也对他发生了某种研究的意趣。"人不过是世界上最千篇一律的东西。科学工作者到目前为止,据说已发现了两枚完全一样的雪花。可是从潜意识方面来观照人,都是同样的东西。""何以见得?""怎么说呢,你回答我一个问题吧——面对那些漂亮的女人的时候,你通常作何想法?""指潜意识,还是指理性?""先从理性入手吧,这样彼此都轻松些。"

"我希望自己能获得她们的好感。能从内心里尊敬她们。如果她们值得尊敬的话。幻想她们是我的老婆。如果没法儿是老婆,是终生俊友也行……"

"等等,等等!"他打断了我的话,狡黠地笑着说,"在男人和漂亮的女人之间,所谓友谊是不存在的。"那意思仿佛让我明白,有一句话他不过不想说出来——"险些被你滑过"。

我说:"那么扣十分!"他说:"你的回答不怎么样。从伟人到无赖,郑重其事的时候,差不多都会像你似的回答。不过你及格吧!再回答你的潜意识。"我不假思索地,内心里憋着一股恶狠狠的怒气,嘴上却以一种近乎天真幼稚的口吻说:"只有一个念头。""什么念头?""强暴她们!""……"我的话是一字一顿清清楚楚地说出来的。我早已看出,他明明对一切人的理性根本采取轻蔑的不承认的态度,而我真把潜意识撕给他看,他又愣在那儿。好像这样的回答,出自我之口,同样是不真实的,是哗众取宠的,是企图惊世骇俗的。好像我从我的潜意识中放出了一条耷拉着血红舌头见谁咬谁的疯狗,而他被着实地吓着了。

我瞧着他那种样子笑了。体验到某种恶作剧的快感。趁他还没缓过来,我赶紧宣布道:"你对我的研究就到此结束吧,行不行?

里里外外的,你不是已经把我研究得挺透彻了吗?言归正传,你来的目的,还是要把我弄到你们学校去一次,对不对?"

怔愣的状态中,他点了点头。"你又不是学生会的,并没有这种义务,何必多此一举呢?""这……以后会告诉你的……一定……""告不告诉无关紧要。好。我答应你。大学又不是巴士底大狱。对我来说不是什么可怕的地方。你预先给我个题,讲什么?""讲……文学和人生吧……""嘿……"我皱了皱眉。他就不会想出个别的题来!他说人是世界上最千篇一律的东西,看来不无道理。"我打听过,在别的大学,你不都是讲文学和人生的吗?"他看出了我有些感到索然,便进行他觉得必要的解释。我不无烦躁地说:"正因为老讲这一套,所以我希望换个别的什么题。"谈话一和他发生直接的关系,他又变得对我有些尊重起来了,征询地问:"换个什么题好呢?"我也按捺下烦躁,以同样尊重的态度商讨地说:"谈谈文学本身怎么样?比如文学观念的嬗变……"

"不好。"他赶紧予以否定,"你可能不太了解现在的大学生。或者不真正了解现在的大学生。他们对文学本身的任何问题早已不感兴趣。他们学中文那纯粹是出于报志愿时的技术性考虑。"仿佛他自己不是一名中文系大学生。

"文学和社会呢?""也不好。真的,也不好。社会,政治性太强了。还是文学和人生吧!比较起来,这是一个最中性的题目了。"反正我已经把文学和人生搭配在一起好多次了,并不在乎再这么多干一次,也就点了一下头,算是顺水推舟地认可了。我问:"可以了吧?"他说:"什么?"我说:"你的尊严,你已彻底收复了。我作为一个东西,也大方地提供给你研究了一通。你光临我家的目的，也算比较顺利地达到了。我是不是可以希望，咱们到此为止，结束了呢？""可以。可以。"他知趣地站了起来。我便往外送他。在门口，他反身嘱咐我："记住，只谈人生，别谈社会。"我连说："一定，一定。""如果有人递条子，请你回答有关潜意识的问题，其实你不回答也行的。"

我说："回答过了你，我对一切有关潜意识的问题，都敢于无所顾忌地回答了。反正潜意识只跟人生似乎有那么点儿关系，跟社会距离挺远。"

他以忠告的口吻说："那也不能像你那么直截了当地回答。毕竟我请的是一位作家，不是一个心理变态的人。你应该了解目前的听众心理。你不讲真话，他们认为你虚伪。你连潜意识里的真相都亮给他们，他们又会认为你原来是个流氓。再说也犯不着是不是？"

我看出，他是唯恐我讲了什么不成体统的话，使他也跟着蒙受羞耻，便向他做了保证。

他迈到门外，又说："当然，你虽然答应了我，也是可以不去的。这没什么。我不是学生会的，没有义务干这事，你大可不必为我而扭曲你自己。那多没意思。"

我说："对，对。我不扭曲我自己。"

他说："那，咱们可有言在先，是你自己高兴去的。与我，便没什么关系了。我只不过，替你带回一个愿望，传达一个信息而已，对不对？"

怎么事情竟成了这样的！

我暗想，我多贱啊！

可是，事情已然成了这样的，再改变它的性质，不知又要费多少口舌。用他的话说——"那多没意思!"

"好,好,好!很好!那么就拜托你了!"

"这没什么。小事一桩……"

我们握了一下手,他走了……

我独自闷坐,将这件事的始末,细细地回想了一遍,觉得是一件很"他妈的"之事。越细想,越觉得"他妈的"。而且,觉得完全是由于自己很"他妈的",这件事才变成很"他妈的"之事了。更"他妈的"是——此前我已经到 A 大学去讲过三次"文学和人生"了!我不成了不厌其烦地贩卖"文学和人生"的个体户了嘛!就算是这方面的专家,也没么多可讲的了啊!

怎么他在的时候,我竟忽略了这一点呢?我恼得连连拍自己的头,后悔莫及。仿佛自己是扰乱市场价格的罪魁祸首。"文学和人生",由于我的贩卖,成了最廉价的东西似的。我觉得这一种搭配,也就是"文学"和"人生"的搭配,是挺胡乱的一种搭配。也许"人生",总应该还是不掉价的,但是被"文学"一搭配,如同贴错了商标的东西,怪令人起疑心的不是?

"你虽然答应了我,也是可以不去的。这没什么……"

他的话清清楚楚地在我耳边回响,如同被我的耳朵录了下来。

去?……不去?……

思想斗争了许久。决定还是要去。

某种时候你明明知道你的确是在扭曲你自己,但你却难免不这样劝你自己:唉,不就是扭曲一下吗?反正已经被别人被自己扭曲过无数次了。我们活着都不怕,还怕扭曲吗?你既活着,又幻想不扭曲,你不是活得太矫情了吗?你不是活得太烧包了吗?进而你甚至会得出一个足令你感到欣慰的结论：还是自己扭曲一下自己的好。具有了这种主动扭曲自己的自觉性和风格，某些事情似乎变得十分之简单了。何况，"扭曲"这个词儿，尤其"自己扭曲自己"这一种说法，听起来怪不舒服的，可真的"扭曲"起来，并不像谈论的时候那么痛苦。谁看见谁被另外一些人拽着胳膊抻着腿，像扭麻绳一样"扭曲"过呢？如果"扭曲"竟是那么可怕那么残忍，许许多多的人岂不是早就自杀了吗？人口，不是也会大大地减少了吗？许许多多的人，许许多多的时候，那么习惯成自然地"扭曲"自己，证明了的仅只是一点：扭曲自己，肯定的，比不"扭曲"自己，是一个便利得多的解决问题或摆脱困境窘境的方法。一个对于不少人非常切实可行，行之有效，立竿见影且又不痛不痒的方法。

不这么解释，怎么解释呢？

不这么解释我自己，便简直就对自己十二万分的困惑，从理性到潜意识都没法儿搞明白了！……

在咱们中国，无论谁谈什么，总会有不少的人想听。十二亿人口呢，只要你自己不甘寂寞，你就不会有寂寞那一天的。尽管我在Ａ大学已经大谈过三次"文学和人生"了，谈第四次，仍济济一堂地坐了一教室的人。三千多学生的一所大学，有十分之一的人来捧你的场，你就会觉得你有忠实的听众。

可是那一天我面对他们的时候，一时感到了从没感到过的惶恐。也许是心理原因，我竟然觉得，似乎有三分之二乃至四分之三的面孔，都仿佛是熟悉的面孔。而我却正要将同一个人第四次当"对象"介绍给他们似的。

我背后也站立着些莘莘学子。我听到他们在窃窃私语：

"一听这题目，我就知道又是他！"

"那你还来？"

"刚考完试嘛！再说宿舍里灯坏了，阅览室今天又不开门。"

"哎，这一次是谁请来的？"

"不知道……"

"据说是他自愿来的。"

"他怎么有这个瘾啊？"

"嘘，兴许他家的电灯也坏了……"

我发现肖冰坐在中间一排。和一切与"策划"此事毫无干系的人一样，一副反正没什么更正经的事儿可做的嘴脸。他还带了笔记本和笔！我发现他时，他正望着我。我们的目光一接触，他便将脸转开了，和身旁的人说什么。我的目光一掠过，他又望着我。

我便觉得被存心出卖了。只有产生了这种心理的时候，自己扭曲自己才似乎是挺委屈的事。主持人是这样介绍的："同学们，请大家安静。作家梁晓声同志，虽然时间很宝贵，但对我校有一种特殊的感情，所以他自愿向我们提出一个要求，希望再获得一次机会，继续对我们谈谈'文学和人生'，大家热烈欢迎！"

掌声竟如此热烈。大学生们真是最可爱的人。待掌声停息，我面红耳赤地说："同学们，我们的主持人对情况有所不知。其实，我虽然对大家有一种特殊的感情，但却不是自愿来第四次谈'文学和人生'的。这一点你们可以问肖冰同学。是他前天顶着大风到我家去请我的。我被他的诚意所打动。再说……再说他是我表弟。因为这一层特殊的关系，我不能拒绝。巴尔扎克有一句名言——表弟们是千万不能得罪的……"

我确实从一本小说里读到过最后一句话。但绝对不是巴尔扎克说的。哪怕是一句最寻常的甚至傻气的话，若使人相信是出自名人之口，不是名言也是名言了。所以我盗用巴尔扎克的名义，反正他已经是死人了，不认也得认了。何况他著作等身，没谁敢愚蠢地怀疑不是他说的。同时，足以证明着我自己的博览群书，强记善引不是?! 在我的潜意识里，大概还有某种小小的恶念作祟。因为望着一束束目光都朝"表弟"投去的情形，望着他在座位上扭捏地不自在起来的样子，我体验了一次机智地报复了别人一下的快感。最重要的，我当众澄清了不是我自愿的。而将那一种使我面红耳赤的尴尬，当众抛给了"表弟"……

隔日下午四点多，"表弟"又登门了。

我打开门，见是他，不由得一愣。依我想来，在这大千世界中，我们二人的一次遭遇，已经是一个结束了的事情。他怎么又来了呢？瞧他的样子，我断定他准又是来收复尊严的。我当他的一位表兄，我暗想，也不见得怎么玷污了他呀，又要问的什么罪呢？他那样子，完完全全是来者不善，善者不来的样子。

"梁晓声，你究竟怀的什么居心？"

他在走廊里就气势汹汹地质问。

我恐楼上楼下的邻居们听到后传播难以一一解释清楚的飞短流长，立刻将他扯进屋里。

"你小点声儿好不好？我又怎么了？"

"怎么了？你自己还不清楚吗？谁是你表弟？我当时把话说得很清楚，希望你不要扭曲自己。还说你虽然答应了我，也是可以不去的。说我只不过负责带回你的愿望，传达一种信息。你当时不是毫无疑义的吗？你怎么当众跟我来那一套？"

我强词夺理："那么你自己说，你顶着大风到我家，究竟是为了什么？"

他说："不错。我到你家，的确是为了请你。但这不过是我的一个愿望。你可以接受，也完全可以拒绝嘛！去，或者不去，你有选择的充分自由和充分权利嘛！我威逼你了吗？没有。我利诱你了吗？没有。我乞求你了吗？没有。你自己有自由有权选择不去，而你选择了去，不是你自愿的，是谁自愿的？你为什么又当众说成仿佛是我死乞白赖地求你呢？你这不是卑鄙吗？……"

我一边关窗子，一边据理力争："肖冰，你用词可要有分寸啊！你言重了！我说你是我表弟，无非想使开场白诙谐点儿，幽默点儿，谈得上什么卑鄙不卑鄙的？"

"但是你造成了我的女友对我的误解！"他的声调半些儿也没降低，"她以为我要求你说我是你表弟！她以为我不择手段攀附一位作家！你有什么了不起的？不就是在人们靠读小说打发业余时间的那几年中，写了几篇不俗不雅的小说吗？我怎么那么想攀附你？你必须对你造成的严重后果负责！你必须对我道歉！……"这时我的老母亲从外边回来了。当着老母亲的面，我不便发作，一笑，说："好，好，好。我向你道歉。是我不对，使你蒙受了奇耻大辱。行了吧？"母亲不知我做了什么亏心事，疑惑地，不安地望望我，又望望他，静静地站在旁边，忐忑地观察着事态的发展。我说："妈，你进屋去。没你什么事儿。"便往屋里推母亲。母亲不肯被推进屋里去，用息事宁人的口吻对他说："孩子呀，他要做了什么对不起你的事儿，我一定严厉管教他。你们有话都好好说，千万别争吵。俗话讲，冤家宜解不宜结是不是？……"

在我的老母亲面前，他变得有些不好意思了。忽然也笑了，礼貌地说："大娘，其实……其实他没做什么对不起我的事。我们也不是在吵架。我们不过……不过就是在讨论问题。一时激动，嗓门儿就高了些……"

母亲见他说得心诚，消除了不安，说："你们这些孩子哇，整天总有那么多问题要讨论。不是吵架就好。进屋去坐下慢慢儿讨论呗。"我又往屋里推母亲："妈，你自己先进屋里去吧！我们再讨论几句，就不讨论了。"他也说："大娘，我们绝对不是在吵架，您老就一百个放心吧！""没见过你这样的，堵着客人在过厅讨论问题！"母亲谴责地瞪了我一眼，终于进屋去了。他低声说："你只向我道歉不行。"我用比他更低的声音问："那怎么才行？"他说："刚才你的道歉不算数。你必须当着我女友的面向我道歉，并向她解释清楚，才能证明你的诚意。"我说："可以。你的话有理，就照你的话办。过几天，我到你们学校去。咱们一了百了。"他说："不必麻烦你再到我们学校去一次了。她今天跟我来了……""这……她在哪儿呢？……"

我不禁又有些发愣。

"在楼外等着。我说我记不清你家几层几门了，找准了再请她上来。我这就去请她来见你……"不待我有什么表示，他匆匆下楼去了。我暗自叫苦不迭。心想，生活真精彩。生活真奇妙。很"他妈的"的一件事儿，更"他妈的"了！倘若他叫上来一位"侃姐儿"，或一位比他对人的潜意识更有研究的女思想者，我可怎么应付呢?不扭曲自己也得再扭曲自己,不虚伪也得再虚伪了啊!

他请上楼来一位剪短发的姑娘。一张典型的南方姑娘的挺文静挺秀气的面庞。白衫,绿裙,一双黑色的布的平底坡跟儿鞋,整个人儿显得清清爽爽、娉娉婷婷的。

为了证明自己不无诚意,我恭候在门口。"徐索瑶。"她笑着,大大方方地向我伸出了一只手。笑时,样子挺甜,挺妩媚。我暗想,从外表而论,这一位"表弟",显然是与他的女友相形见绌的。这一点竟使我感到,比和他唇枪舌剑吵了一架心里还痛快。我和她握了一下手,请他们双双进门后,遂按照与他预先订下的"条约",向她说了些赔礼道歉澄清事实真相的话。不料她笑着说:"别跟我说这些。别跟我说这些。我和他一块儿来,主要的目的,不过就是想跟您认识认识,您怎么当起真来了!"说罢,无拘无束地在沙发上坐下了。我便装出不知所措的样子瞧着"表弟"。意思是,你看,你也太小题大做了吧?请进一步指示吧,现在我还应该做什么呢?他瞪着她,低声但是相当之严肃地:"原来你存心利用我?"她说:"什么话啊?这就算利用你啦?"她说着拉他坐下。"岂有此理!"他一甩胳膊,甩开了她的手,红着脸往外就走。"肖冰,你别走。你怎么能这么样说走就走啊!这……这闹得多不好?"我挡着他,不让他走成。唯恐他真走掉了,留下另一种品味儿的尴尬供我独享。

他的徐索瑶却对我说:"让他走,别挡着他。他想走就让他走。"

他反倒不往外走了。

她嗔了他一眼,又说:"你呀,你这个人有时候顶没劲了!好像别人处处都在暗算你,存心和你过不去似的!你就不能多少有点儿幽默感？别人认真的时候，顶数你玩世不恭。别人企图营造点儿轻松愉快的小气氛的时候，你却最讲认真，处处挑剔细节的真实与不真实。你干吗总扮演大煞风景的角色呢？"

他嘟哝："我怎么知道你心里是这么想的？……"她不依不饶地说："那你知道了以后，为什么又生气，又要走呢？你潜意识里，有什么古怪在作祟吧？""没有！"他分辩道，"我这会儿的潜意识，是空白而且干净无瑕的！"

"拉倒吧！有干净无瑕的潜意识吗？尤其你们男人的！"她继续抨击他。我觉得比他抨击我的时候，更加不留情面。我暗想，大概在研究和分析人的潜意识方面，她是他的先生或导师吧？我替他感到狼狈。也替自己感到狼狈。因为，"你们男人"这句话，使我也未能幸免。事实上她也抨击到了我，或者说我也受到了误伤。不管她自己是否感觉到了这一点。

他却主动和解地笑了。"你给我坐下。"他乖乖地坐下了。她用胳膊肘拐了他一下："先把你的潜意识放一边，回到学校再细细地分析你！"母亲闻声从另一个房间蹿了出来，打开冰箱，捧着一个大西瓜，放在茶几上，热情地请他们吃。徐索瑶从母亲手中接过刀，说："大娘，我来我来！"二下五除二，切得西瓜七零八散。他从旁看着，评论道："你看你是怎么切的？有你这么切的吗？人家都是，先顺着瓜纹切一刀，然后再……""你吃不吃？"她又嗔了他一眼，"嫌我切的不规范你就别吃！教条主义！"说罢，捧起一块就吃。母亲问："甜吗？"

她连连说："甜。又凉又甜，棒极啦！""你……你真岂有此理！你怎么不先让大娘一让？……"他的语气悻悻的。分明的，他是从内心里真对她不满起来了。"大娘,您吃中间这一块!"他双手捧了一块几乎无籽的,恭恭敬敬地递给我的老母亲。"好,好。大娘陪你们吃……"母亲搬了一只小凳,坐在他对面。他对我的母亲说话时,我觉得他的眼神儿很特殊,很异样。眸子里聚满了温柔,语调也极其温柔。那乃是一种只有最孝顺的女儿,对自己一辈子含辛茹苦的老母亲才有的温柔。那一种态度,也是不能仅仅用恭敬或礼貌这一类词来形容的。那一种温柔,仿佛使他变得十二分的女性化了。与他维护他尊严时的敏感,与他收复他自尊时的咄咄逼人,与他分析和研究别人潜意识时的刻薄的得意,与他诱使别人落入"自己扭曲自己"的圈套而不能自拔时的镇定的狡黠,判若两人。

难道还有什么别的事情,比看到他人以真挚的温柔对待自己的老母亲更愉快的吗。

那一时刻我对他产生了极大的好感。甚至完全可以说,我被他感动了。觉得他其实一点儿也不讨厌。觉得连他那种我非常不喜欢的敏感和分析与研究别人潜意识的怪癖,都是不但可以容忍而且有趣的了……

女大学生受到公开的批评,似乎立刻意识到了这批评正确得无懈可击,倒也没有显出多么下不了台的样子,只不过吐了吐舌头,连连说:"批评得对,批评得对。本人虚心接受。"又对我的母亲笑道,"大娘您别见怪啊!我自来熟惯了,总也改不了。"

老母亲说:"姑娘,我喜欢你这性格。你们太拘束了,我反而就不知道怎么对待你们才好了。"她又用胳膊肘拐了他一下:"听到大娘的话了吗?我不过故意卖个破绽,给你一次反击的机会。要不你心里能平衡吗?"他只顾庄重地吃瓜,不理她。她瞧着他,突然咯咯咯笑起来,笑得他和我、我的老母亲,都十分不解。

他说:"你怎么回事儿呀你?你在别人家里庄重点儿好不好?"

她说:"好,好!你多庄重啊!庄重得吃着瓜的时候,也像有一百台摄影机对着你录像似的。连籽儿都不会吐了!人家又没个现成的表妹待嫁,你不是白努力争取印象分了吗?"

说得我和母亲也笑起来。

真是性格截然相反的一对儿。不知他是怎么使她成了他的女友的,或者反过来说,不知她究竟喜欢他身上哪一点?尽管他们都是大学生,我却觉得他们在本质上仍是两个孩子。两个刚刚结束哺乳期,刚刚成长到断乳期的孩子。在这个时期的孩子,男孩总爱想象自己已经阅历了世界上的一切事情,成熟得不能再成熟、深刻得不能再深刻了。而女孩儿总爱故意滞留在少女阶段,想象自己永远十七八岁,二十岁是非常非常遥远的事情……

吃完瓜,他要告辞,而母亲留他们吃饭。母亲说:"今天不是星期六吗?回学校晚些不是没什么要紧吗?帮大娘包饺子吧!你们在学校里不是难得吃上一顿饺子吗?"她看他。他看我。我对母亲说:"妈,他们吃饺子并不难。"母亲一向如此,家里来个生人就当客人,客人肯留下吃饭就高兴无比。她尤其乐于招待二十岁左右的小青年们。和四十多岁的儿子生活得时间长了,所有的母亲们都会觉得寂寞的。母亲说:"你们别看他。看他干什么?难道我还做不了主,留下你们吃顿饭吗?""大娘,这……"他吞吞吐吐,不知怎么说好。她取笑他:"你当表弟的,在表兄家吃顿饭,还顾虑什么呀?"又对母亲说,"大娘,我可是好久没吃饺子了,我留下。我懂事儿,从来不扫老人们的兴……"我赶紧声明:"今天我不写东西，今天我不写东西……"后来我还是独自躲入另一个房间，关起门来写东西去了。两个大学生一边和我的老母亲包饺子，一边悄悄地相互斗嘴，不时地传来我的老母亲一阵一阵愉快的大笑。有时她也咯咯地笑，随后准能听到他的嘘声和训斥之词："你别那么大声笑好不好！这又不是在你自己家里！"

而又准能听到母亲替她不平："她笑你管她干什么？我就看不惯你们男的这么处处管束着女的！姑娘，笑吧，想笑，干吗忍着不笑？……"我忽然认为我是应该非常非常感谢他们的。因为我的老母亲很久很久没有那么愉快地爽朗地笑过了。母亲是太寂寞了。正如我的不堪搅扰。我断然放下笔，和他们一块儿包起饺子来。从此我有了一个"表弟"，搭配着也有了一个"表妹"……

二

一年级理想主义，二年级浪漫主义，三年级现实主义，四年级批判现实主义——是大学生们自己概括总结的"校园四部曲"。"表弟"和"表妹"这么告诉我的。"表弟"已经三年级下学期了。他的"现实主义"道路快走到尽头了。他的种种的关于个人分配去向的努力，似乎越来越成为不现实的梦想。他激烈地，越来越明显地处处表现出"批判现实主义"者的尖锐思想了。不过他毕竟还有整整一年的时间去寻找他在社会坐标上的那个"点"。校方倒是挺鼓励他们自己去寻找的，给开介绍信，老师给超前写鉴定。对于自谋出路之能力差的，去向无着落前途渺茫的学生，所下评语积极而且用心良苦。这种鼓励带有暗示性——抓紧时间啊，全凭你们自己啦！如同孤儿院的阿姨鼓励孩子们去寻找他们没见过面的生身父母。而在他们的周围，四年级的学生为了寻找到那个"点"，许多人疲于奔波，许多人碰得青头肿脸，许多人坚忍不拔，百折不挠地继续满社会推销自己，许多人终于认了，干脆放弃了寻找和选择的机会，听天由命地表示甘愿将自己交给国家，经由第一渠道统购统销，以有始有终的态度，在"批判现实主义"的最后一段乐章上，唱出他们告别大学校园的悲怆的低调和声，准备着"无可奈何花落去"和"壮士一去不复还"。这使某些三年级的同学不忍过分踊跃地超前地加入和他们的师兄师姐们的竞争。也使某些三年级的同学更有些迫不及待，更认为这种超前的竞争简直是当仁不让的事。于是有些四年级同学谴责他们不人道。而有些四年级的同学却变得一反常态地宽厚，说些"中国真小"之类的话聊以自嘲自慰。幸运的，对分配去向早有把握，对前途踌躇满志的人总是有的。他们为了不成嫉妒的目标严守着各自的秘密，绝不敢以自信去刺激他人的心理。有时甚至还要相陪着"为赋新词强说愁"，装出几分瞻望前程无比沮丧的失落的样子……

"表妹"大体上就属于幸运者一类。她比"表弟"低一届，整天仍在"浪漫主义"的红烟紫气的环绕之中炮制着体验着她的种种小感觉。她的父亲是某沿海城市的前市长。那座城市有一处新开辟的避暑胜地。他父亲任职期间亲自接待过的北京官员和文化艺术界的名人相当不少，他们就理所当然地成了她在北京的"伯父""伯母""叔叔""阿姨"们。其实她有时候陪"表弟"到我家来，于她自己而言实在是时间方面的牺牲。于"表弟"而言实在是一种奉献。于我而言,是一面镜子。因我一直对"表弟"所知甚少。他似乎也不希望我对他了解太详。有几次我试图和他聊他自己,他言语含糊地回答我。从此我不再深问。当一个从前不相干的人,事实上已经闯入你的生活里,你不总是想对他了解得更多更全面些吗?这与信赖不信赖无关。当然也不是好奇心,而仅仅是某种习惯性的心理倾向。

"表弟"到我家来了几次之后,已经不仅仅是我的"表弟",而且是母亲的"干儿子"了。母亲不乏"干儿子"和"干女儿"。有我的中小学同学、知青战友,也有弟弟妹妹们的中小学同学、知青战友和同事。他们或她们极乐于确定这种传统的民间关系。母亲也乐于。到目前为止,这种关系大抵都在良好地继续着。我现在仍不太清楚"表弟"是怎么成了母亲的"干儿子"的。我想母亲一向是很自尊的,不至于"毛遂自荐"。而"表弟"又是个内向的矜持有余的青年,尽管他每来一次,对母亲的亲近就增加十分,但却也使我难以想象他会主动说"大娘,以后我当你是干妈吧"这种话……

我只有从"表妹"这面镜子中,偶尔窥见"表弟"出于其间的某种模模糊糊的背景——一个很穷的地方,一个很穷的村子,在很深远的大山里。他是近百年来全村唯一产生的一个大学生。也是近半个世纪以来,全村唯一能有幸出现在北京的人。"表妹"这么告诉我的。

有一次母亲问起了他家乡的情况。母亲乐于向别人谈自己的家乡,一谈就没完没了。其实她不过是在缅怀自己的童年往事。因为她自从当了母亲之后就没回过家乡,家乡也没有任何亲戚了。毫无疑问的,我认为母亲她早已是一个彻底被家乡遗忘的女人了。可是母亲却似乎相信,在家乡始终流传着关于她的种种琐碎的然而却是永恒的故事。她的想象中,关于自己,在家乡已经具有传说的色彩了。家乡的人们怎么会忘掉当年那个敢于像男孩子一样爬到高高的树上去掏鸟蛋的小姑娘呢?她死也不信。"你不知道。你不懂。生在一个村子里的人,和生在一座城市里的人,那是不一样的。一个村子,那是最能记住人的地方。你活着的时候是哪一个村子的人,你死后仍是哪一个村子的鬼。你自己不愿回去,阎王爷也要把你打发回去。你几十年不回去,村里人几十年间念叨着你。你一辈子没回去,村里人几辈子念叨着你!"母亲经常对我这么说。母亲也乐于听别人谈别人的家乡。听的时候,极其专注,极其虔诚。在这一点上,我觉得母亲像某些爱听别人讲关于鬼神的故事的孩子。

"冰啊,你上大学三年来,一次也没探过家?"

母亲是这么开始问"表弟"的。

他说没有。

"第一次离开家乡这么长时间,就不想?"

他说有时候也想,更多的时候不想。

"你们那村子有多少户人家啊?"

"十四户。"

"那是个小村子呀!村子越小,越让人装在心里,是不?"

他说是的。

"若生在一座大城市,几百万一千来万人,都当它是家乡,也就不值得你独自很想着它了,是不?"

他说是的。

"咱娘俩,越聊,越能聊到一块去!"

"妈，你聊点儿别的吧！"

我试图把话岔开。

"你一边去！"母亲生我的气了，"你不过只写了几篇小说，还没当什么大官呢，就不爱听人聊家常嗑儿了？不比活人，咱们比死人，曹操你比得过吗？连戏里的曹操，还说过'狐死归首丘，故乡安可忘'的话呢！"

我当然也是家乡观念极强的人，但我不愿母亲和"表弟"聊他不愿与人聊的话题。有一次我顺便问他，他却反问我："我可不可以不回答？"从此我知道了关于家乡是他忌讳的话题。

不料那一天他却说："我和大娘聊什么，都挺投机的。"

尽管他已经是被母亲承认的"干儿子"，但仍称呼母亲"大娘"。倒是索瑶，立竿见影地废止了"大娘"的称呼，而一口一声地叫母亲"干妈"了。

"大娘，你说人心里，是能长久地装住大事呢，还是能长久地装着小事呢？"

他低声问母亲。他和母亲说话时，似乎只有母亲一个人存在。即或我和索瑶在一旁相陪，他也并不关照到我们的。

母亲想了想，说："当然是小事喽！人心从来，只能长久地装着小事。谁都记不住他每次洗脸用多少水，但谁都忘不了他最渴的时候，在什么情况之下吮过的几口水，你说呢？"

"我说也是。我们村里人少，关系处得都挺好。可使我做梦都梦见过的，是一只老母羊……"

母亲一愣。

我也一愣。不满地瞪了母亲一眼。

他却娓娓地讲起来。他说在他之前有人离开过他那个村子,不过是新中国成立以前的事。但却没有一个离开的人重新回到那个地方那个村子。他们有的为革命而死了,有的继续革命不止。村里的人习惯了被离开他们的人所遗忘,正如他们习惯于遗忘了那些人一样。他们都说,穷乡僻壤的,忘了也就忘了吧。该忘。不忘,咱们也感觉不到的。莫如被忘了,也省得咱们记着了。他说,他爷爷那一辈人活着的时候,还常常谈起那些当年离开的人。谈到全村人为谁谁凑路上吃的糠饼子。谈到将谁谁一直护送到大山以外,怕他在山里独自走,被谋财害命。为了一身补丁少的衣服,当年山里杀人的事是经常发生的。你路过一个村子,可能被诚心诚意留住一宿,而第二天又在半路截住你,把你给杀了。为了太需要你那身补丁少的衣服。留你住一宿是诚心诚意的,为了你那身补丁少的衣服而半路再截住你把你杀了,也是真的。诚心诚意地冷酷无情地只为你那身补丁少些的衣服。他说他爷爷临死的时候,还叮嘱他父亲牢记谁谁的小名叫什么,若有朝一日他回村里来看,就说他爷爷咽气儿前还念叨过那个人。他说,现在他爷爷那一辈的老人们全都死掉了。而他父亲那一辈的人,互相并不谈论当年离开的那些人,也不讲给他们听,不要求他们也铭记不忘。父辈人认为,当年的那些事不过是历史。当年离开村子那些人,也不过是历史。没死也是历史。而且不过是村子的历史。是仅仅与上辈子人有点儿记忆关系的历史。倘非要说与他们,以及与他们的子孙有种什么关系,也不过就是种牵强附会的并没什么意义的关系。

他说时表情淡淡的,语气也淡淡的。低着头,仿佛是和母亲同样年纪的老人,讲述某件旧家具的来历似的。而别人要将它卖了或拆了或继续摆在哪儿,却是任随别人的便的。

我想起母亲对我教诲过的一个村子是最能记住人的话,觉得如果也对"表弟"说,不知他会作何表示?

他沉默片刻,话题一转,接着说:"但是有一只羊,有一只老母山羊,我却经常缅怀着。当我六七岁的时候,和村里的几个孩子都得上了一种怪病。不吃,不喝,发高烧。从早到晚昏睡不醒。村里穷得连一头驴、一辆破大车都没有。赶到公社卫生站去搬大夫的人回来说,好几个村都流行这种儿童病,顾不上我们村,要来也得四五天之后。当娘的都急得哭了。那只羊却救了我们几条命。羊是老村长家养的,已经老得跑不动了。但是每天还能挤出些奶。老村长就每天挤了,灌在瓶子里,一天两遍,挨家挨户给我们几个病了的孩子送奶。瓶子上用线绳扎了几道儿,谁家的孩子也不偏向,喝到线就不给喝了。一个孩子一次也就只能喝几口吧。一天两遍,一遍几口羊奶,竟维持着我们的小命儿活了下去。后来几天,那羊的奶头儿,都被老村长撸肿了。再后来,一滴奶也挤不出了。老村长就下狠心,把羊杀了。熬了羊肉汤,同样灌在瓶子里供给我们喝。奇迹似的,我们几个孩子的病,没等公社的大夫来治,一天天好转了。那是全村唯一的一只羊,也是全村唯一能算得上财富的一只羊。老村长的女儿,因为每天吃糠咽菜,没奶水,他的外孙女,刚一岁多,也是靠了那只羊的奶养活的。羊杀了,那小女孩儿整天饿得哇哇哭。等到我们几个孩子能离开家了,我们就相约,到埋羊骨头的地方,一溜儿跪在地上,全给羊磕头。全哭了,好像一奶同胞的几个小兄弟姐妹,哭我们死去的妈。可怜那只老母羊,奶为了我们被挤光了,肉熬成汤被我们喝光了。连骨头,都熬了一遍又一遍,直到熬得再也不见一个油星儿,熬白了熬酥了,才舍得埋掉。没人教我们去给那只羊磕头,去哭它。完全是我们几个孩子心里一致的想法。我们还在埋羊骨头的地方,用山石为那只羊垒了个坟包儿,周围栽上了几棵小树。到北京后,我最见不得的情形,就是人们围着卖羊肉串的,吃羊肉串儿。见到一次这样的情形,夜里就做一次梦。梦见当年救了我们命的那只老母山羊,咩咩地朝我叫……"

某类事情,或者某类人生经历,听老人们的回忆是一种接受,而听一个青年娓娓道来地诉说则完全是另外一种接受。因为它使你感觉某种现实虽与你并不相干,但它的确矗立在某一个地方,仿佛也在向你诉说着什么,使你简直就没法儿无动于衷。

我震惊于一颗敏感的青年的心灵,需要怎样的一种保持平衡的能力和技巧,才会将这样的童年往事完整地包容住,并且磨合成一种绵长的情愫呢?我尤其震惊于他的娓娓道来。那一种淡淡的语气,反倒使我自己的心灵感觉受到了强烈的冲撞。

"这孩子,这孩子,真没想到……那个小女孩儿呢?结果就饿死了吗?……"

母亲唏嘘了。

他笑了笑,说:"我们几个孩子,怎么会让她饿死呢?我最大,我带着他们,四处捉青蛙。我们那儿是山区,没有河,也就没地方去钓鱼。只能四处捉青蛙,熬蛙汤。蛙汤当奶,她才没饿死,后来我们就叫她蛙妹,现在已经长成大姑娘了……"

这时"表妹"来了。她见母亲那样儿,诧异地低声问我怎么回事儿。我说没什么,不过是他讲了一些动人的事儿,不过是母亲天生爱落泪罢了。

"你还会讲动人的事儿？哪天给我也讲讲！我要听。我得证明我自己还能不能被感动……"

"表妹"又调侃他。

而他冷冷地回答她了一句英语。她的脸倏地红了。

我虽然不懂英语，也知道他说的肯定是一句伤人的话。立刻打圆场，问母亲："妈，你不是说索瑶来了，今天还包饺子吗？"

"对，对。索瑶啊，今天你拌馅儿，大娘和面。你不是说吃饺子的关键在吃馅吗？咱们今天就把关键的事儿交给你做了！"

母亲说着，站起来，以十二分的亲近，安抚"表妹"的尴尬。拉着"表妹"一只手，一块儿到厨房去了。我低声问"表弟"："你用英语骂她了是不是？"他说："我总不能当着你们的面，用汉语骂她吧？""你骂她什么？""我当然不会骂她太难听的话。"我固执地问："你究竟骂她什么了？"他嗫嚅地说："相当于'滚你妈的'意思吧……"我说："听着。你必须向她认个错！我可不愿看见你们吃饺子的时候，也互相横眉竖目，谁也不理谁的样子。要不你们今后都别来了……"他沉默片刻，顺从地站起来走到厨房去了。母亲随后叫我，说也得分派给我一件事做。随后暗示我跟她走到门口。"你去打酱油和醋！"母亲故意大声这么说，塞给我十元钱，却一个瓶子也没给我。我说："给我瓶子呀！"我早已不清楚家里哪个瓶子是装酱油的，哪个瓶子是装醋的了。母亲又悄悄说："让你去买肉馅儿！"我奇怪，问："你不是昨天已经……"母亲一手捂住了我的嘴："我原想换下口味儿，昨天买的是羊肉馅儿……"

"表弟"虽然向"表妹"认了错，那一顿饺子吃得仍不怎么愉快。吃完不久，"表弟"就告辞。他问"表妹"走不走，"表妹"

悻悻地说："你管我！"母亲说："你要有事，你就先走。索瑶比你来的次数少，我们娘俩还有几句体己话要聊呢！"他似乎领悟了什么，便走了。母亲遂将我撵到另一个房间，开始劝"表妹"千万不要生"表弟"的气。她说她没生气。她说她受他的伤害，也不是一次两次了。她说如果换了另外的谁，早和他绝交了。她说她就是不忍下这个决心罢了。她说她内心里有些委屈，是没法儿对人说的，都自己偷偷哭过好几回了……

她越说她没生气，只不过是有些难过，母亲越劝她。而一位七十多岁的，难免说起话来颠三倒四、前言不搭后语、絮絮叨叨的老母亲，劝一位正难过着的女大学生，有时候显然是力不从心的事。母亲越劝她，她似乎越难过，最后竟呜呜地哭了。分明的，母亲认为，她和"表弟"之间的别扭，与自己有着不可推卸的责任。母亲满面内疚地把我推入了房间，并将房门关上了。好像她已感到无能为力的事，由我接替是理所当然的。

我坐在"表妹"对面，默默期待她自己哭够。终于她不哭了。当她掏出手绢擦泪痕的时候，我问："哭够了？"她难为情地笑了笑。我又说："你看，你也没给我表现的机会，就帮助我完成了任务。"她说："我长这么大，从没惹谁用那种话骂过我。英语也不行！就算我是自讨没趣儿，我妈又怎么他了？我当时不过没话找话儿，纯粹想跟他开几句玩笑，引逗他快乐点儿罢了！他经常那么满脸旧社会的样子，和他在一起，我觉得都快把我影响老了……"

我说："他不是已经向你认错了嘛！他这人性格是有点儿怪，你应该比我更了解……"我正打算起身去向母亲交差，不料她问："梁老师，你就不想更了解他吗？"我看了她一眼，见她请求地望着我。在我家里，从她第一天出现在我家起，就半真半假地，戏谑地称我"表哥"，我已习惯了，而且内心里也将错就错地承认了。忽然她叫我"梁老师"，同时问那样的话，使我感到，"表弟"也许早就令她苦恼了，也许早就是她的某种负担了吧？否则她何以会那么望着我呢？我暗暗替"表弟"预测到某种危机，缓缓地又坐下。

她却犹豫起来，不开口了。我说："你讲吧。我当然想更了解他一些。尽管，我是通过他，才认识你的。但也是通过你，才多多少少地了解他的。是不是？"她点了点头表示承认，又思考再三地说："我告诉你的，你可千万要装作一无所知，更不能对他讲。他猜到了会恨我的，真的。那我又何苦呢？"

我信誓旦旦地说："一定。"

她说，他家的生活至今仍很穷苦，他家乡的生活至今也仍很穷苦。她说，在全校，有一些来自穷苦地方的学生，可是绝不会再有另一个学生，来自比他的家乡更穷苦的地方了。她说那一种穷苦的现实，是许多城市里的人难以想象，因而也根本不会轻易相信的。所以他从不对别人讲。她说即使在大学校园里，对来自极穷苦的地方的同学，周围其实也是很少有发自内心的真诚帮助的。她说同学之间情感的冷漠、互不关心，往往也是表现得咄咄逼人，令人不寒而栗的。何况那些来自极穷苦的地方的同学，大多性格都有些与众不同，自尊心也都异常脆弱而且敏感。他们又大都以独往独来的方式软性自卫。即便有些家庭生活条件优越的同学，发自内心想要在钱物方面对他们偶尔予以周济，也不敢轻举妄动，唯恐被理解为廉价的同情，甚至被误解为贵族式的施舍行径。而一旦不被理解，甚至被误解，注定会引起他们内心里的逆反。如果这样的事发生在女同学之间，逆反也就是逆反而已，倒也没什么大不了的。但发生在男同学之间，有时就不仅仅是逆反不逆反的问题了。何况普遍的大学生们，家里的经济情况即使并不穷苦，也是谈不上多么富裕的。生长在城市的大学生，尤其男生，哪一个家庭每年不寄给他们八九百元？只靠助学金，他们简直在大学里就会变得像叫花子。六七百是最少的，就是每年家里寄一千多元，他们平时还是会觉得钱很紧。他们买书的时候，需要下很大的决心。一些十几元二十几元一本的工具书，再想买，往往也只能叹息一声作罢。谁都很难慷慨到拿父母的血汗钱去周济别人啊！她说她认识"表弟"，就是因为有一次发现他偷书。而那时她已知道，他是学校文学社负责诗歌的编委，在喜欢诗歌的同学中有着一定的威望。而且她已经是他默默的崇拜者。当然，她所崇拜的仅仅是他的诗，不是他这个人。

"其实那也谈不上是崇拜。只不过是认为他写的诗有种真情罢了。他在文学社的刊物上发表过一组情诗，总题是《不为爱活着》。什么——爱我的少女／我不爱她／我不爱她／她无奈，我亦无奈／在无奈的无奈中／我不为爱而活着／却也乐于／为爱而死去……当初我喜欢他的诗，喜欢得要命。我刚跨进大学校门，一心准备爱上一个人，或被一个人所爱。体验像歌里唱的那样，爱得死去活来的感觉。高考前，我都快变成一台紧张的学习机了。考上了大学，人似乎也松弛下来。尽管事实上已完全松弛了，但还是觉得松弛得不够。好比一个害了一场大病，伤了元气的人，不来一针强心剂，仿佛就不能从虚脱状态恢复。我并不是一个天资很聪明的女孩子。我竟会考上大学，对我自己来说都是一个奇迹。从小学三年起开始知道刻苦，其后整整九年啊！考上了重点中学接着考重点高中。九年间整个人上足了弦,一刻也不敢松弛,你就仔细想想吧,绝不比有工作的人轻闲自在!我讲这些你能理解吗?……"

她似乎讲得有些累了,长长地喘了口气。

我说:"能理解。"

"我刚才讲他,讲到哪了?"

我说:"讲到你当初多么喜欢他的诗。"

她说:"现在我是一点儿也不喜欢他的诗了。那也算诗吗?可我当初认为他将来准能成为一名大诗人!"她自嘲地苦笑了一下,"有一次我坦率地告诉了他,我觉得他根本没有什么写诗的才情,也根本没有什么能成为诗人的希望。而且坦率地告诉他,别人也开始这么认为了。"

我暗想,姑娘,我要是你,绝不会这样做。你的失望,是你的错,并不是他的。你把你的错转移给别人,这不公道啊!"他生气了吧?""他没生气。他说'我为什么非得成为诗人呢?'以后他再也不写诗了,并且再也不肯当文学社的诗歌编委了。"我觉得,对这件事,我就没有表示什么看法的必要了。"我怎么竟讲起他的诗来了呢?我都忘了,是从哪儿讲岔开了?""从他偷书。""对。是从他偷书。你一点儿也不觉得惊讶吗?"我说:"不。我不觉得惊讶。"我读大学的时候,因为囊中羞涩,也产生过偷书的念头。

她倒是很惊讶地瞪了我一会儿,接着说:"那一天同学替我取出家中寄来的钱。刚给我。是一张一百元的。因为穿着裙子,上下没个兜儿,就夹在笔记本里了。然后又直接到图书馆去看书。不知怎么搞的,钱又被夹在书里了。那是一本《中国古典小说鉴赏词典》。很厚,大概定价要三十几元。我要离开图书馆的时候,发现钱不见了。一想，准是夹到那本书里去了，立刻到书架间去找。恰巧看见一个人，正从敞开的窗子往外钻。同时发现那本书已不在书架上了。不跳窗，是不可能将那么厚一本书带出图书馆的。我断定那个人肯定是个偷书的贼。刚要喊，又一想，万一是镶玻璃的工人呢？万一那本书在另一个人手中正看着呢？图书馆在二楼，哪个偷书的贼，为了一本书便冒险从二楼往下跳呢？闹得虚惊一场，岂不是贻笑大方吗？我也从窗口探出身瞧，见那人正从阳台上冒险攀向三楼一间教室的窗口。我们的目光碰在一起。我认出了他是谁。那一刻，不知为什么，我决心不喊了。虽然我已知道那本书为什么不在书架上了。发现了他偷书，我自己倒显得慌张了。离开图书馆的时候，管理员见我神色异样，起了疑心，一直用目光把我盯到门口。如果那一天我带了书包，说不定会遭到检查。我一走出图书馆，就噔噔噔往三楼跑，一口气儿跑到二楼那教室门口，想在门口堵住他。可是教室里静悄悄的，熄着灯。几分钟后还不见他出来。我推开门一看，见他的影子正站在窗台上，由于窗子的推轴锈了，只能开到一小半的程度，他没法儿钻进来。我赶紧跑过去，从里边替他推开了另一扇窗，帮助他钻了进来。幸亏是晚上。否则他早就被发现了。他说：'谢谢你。'我说：'不用谢。谁在这种危险的情况下都会帮助你。你把钱还给我吧，那是我这个月的生活费。'他问：'什么钱？我不明白你的话。'我说：'你借的这本书中，夹着我的一百元钱。'我把'借'字，说得很强调。他一翻书，果然翻出了钱。他又说：'对不起。我不知道。真的。'我说：'我相信。别解释了，快离开这儿吧！'我接过钱，转身便走。虽然我们说话时离得很近。但我却看不清他脸上当时是一种什么样的表情。事实上我始终垂着目光,并不敢正视他一眼,仿佛偷书的是我自己。回到宿舍,我的心还在怦怦乱跳。我有些暗暗后悔自己的做法,觉得无形中,我也参与了他的盗窃行为似的。但我还是下决心,只要不被查问到头上,对什么人都不说这件事。好像也是在为自己保密似的。以后我又见过他几次。他总是远远地就绕道而行。躲不开,则点一下头,加快脚步与我匆匆擦肩而过。忽然有一天,我心血来潮,突发奇想,也写了一首诗,装在信封里,填上他的名字,寄给了文学社。其实完全可以直接送去,但我思忖再三,还是采取了寄的方式。并且,在诗的下面,还注了一句话——'你认识我。因为我帮助过你。'

"分析起来,在我的潜意识中,一定闪过一个可耻的念头,那就是何不利用他一次呢?你看,我什么都对你讲了,你不至于鄙视我吧?"

我说:"不会。我觉得这一切都挺孩子气的。"

"孩子气?你这么认为?可不,就是太孩子气了嘛!

"几天后,他把我邀到了文学社。在只有我们两个人的情况下,他和我面对面坐着,郑重其事地谈我的诗。他问我:'你自己觉得你的诗如何?'我谦虚地说:'写得不好。我刚开始对诗发生兴趣。'他说:'我同意你的看法。现在请回答我第二个问题——为什么要把自己明知写得不好的诗寄来呢?而且为什么偏偏寄给我,还要加上那么一句话呢?'我万万没有想到,他竟会这么直截了当地、面对面地问我这样的话!我一时语塞,不知怎么回答才好。'让我替你回答吧,'他盯着我的眼睛,低声地,但却几乎是一字一句地说,'你想利用我,是不是?'我觉得全身的血一下子都涌到脸上了,霍地站起来,恼怒地说:'你诬蔑我!我才不是你想象的那种人。'他说:'你别冲动。如果你的确不是我想象的那种人,这件事就好办多了。我现在正式把你的诗退给你。我们虽然办的是个小小的油印刊物,但也是有水平线的。'我一把从他手中夺过我的诗,三下两下,撕得粉碎,往地上一扔,转身就走。在门口,我气势汹汹地对他说:'你完全是做贼心虚!'他冷冷一笑,说:'这话可能也同样适合你。不错,我做过一次贼,可是此刻并不心虚。'我跑出去,又羞又恨,气得躲在一个背人的地方哭了一通。我想我得把我的诗找回来,一片碎纸片儿也不能留在那儿。万一又被他收集起来,以后有机会就拿出去示众,既贬低了我,同时又证明他的原则性呢?我才不给他机会!这么一想,我又回去了。他果然已在粘我撕碎的那几页纸。我冷笑着说:'我想到你这一手了!所以我又回来取我的诗。你白白效劳了不是?'他有些困惑地瞪着我。不待他说什么,我夺过自己的诗便走……"

母亲给她送了一杯茶进来,转了个身,却不马上离开,分明也很想坐下听听。

我说:"妈,厂里放电影。你闷了,就去看电影吧!"

母亲快快地说:"那好,我去看电影。索瑶,心里有多少委屈,都跟你表哥聊聊。他毕竟比你们大几岁,或许能帮你参谋参谋……"

母亲走后,她喝了一口茶,试探地问:"表哥,我不是在耽误你的时间吧?"

我说:"不是。"

我想:你讲,我便听;你不讲了,我也不多问。每个人某些时候，都会产生强烈的诉说愿望。在火车上、在旅馆之类的地方，许多人在诉说愿望的支配之下，向刚刚认识的人毫无保留地倾谈自己的一生，而且唯恐对方听烦了。诉说某些时候不但是人的一种愿望，也是一种快感。我觉得她已处在从愿望嬗变到快感的心理弧度上，我不好不奉陪。何况这是母亲给我的一项任务。由我完成，总比由母亲完成效果理想一些。

她又认真地说："那，真耽误了你的宝贵时间，可完全是你自己的责任啦！"

我说："难道你看出我听烦了？"

她笑了。

此时她情绪已经稳定多了。我暗自认为她开始时未免夸大其词。起码我听到此刻，还没有觉得她真的陷入了什么不幸的情感漩涡。她讲出的一切，在我听来，不过挺好玩的。如此而已。仅此而已。

"我一边走一边重看我那几首诗，自己也觉得真的不好。他为我改了十几处。经他一改，似乎有了点儿意味了。韵律工整了，但也强不到哪去。而且，他替我粘贴得相当细致。大概，他是想找个什么机会，再来当面退还我一次。我忽然惭愧起来，谴责自己把别人想象得太坏了。这件事，并没有使我原先的决心动摇。我对自己说，索瑶，索瑶，你已经替他的不光彩行径保守了很长时间秘密，你就保密到底吧！否则，你就成了一个卑鄙的人了！以后，我们再碰见，情况反了过来。不是他躲避我，而是我躲避他了。你觉得这可笑吗？"

我摇摇头。

"你信缘分之说吗?"

"我很信。"

"我从前不信。可是自从和他有了这种……关系(她似乎极不情愿用'关系'两个字),我开始信了。可是我想不明白,大学里男同学那么多,对我表示过好感的也不乏其人,为什么偏偏是我和他之间;或者反过来讲,大学里女同学那么多,为什么偏偏是他和我之间……你明白我的意思吗?"

"明白。"

"人们所谓的缘分,究竟是由谁决定的呢?难道真有上帝吗?"

我早已习惯了大学一二年级的学生,尤其是那些放下尼采和萨特,转手就捧起琼瑶的女学生,提出比这类问题更天真更幼稚更没有意义的问题了。

我不假思考地说:"信其有便有,信其无便无。信其有,比信其无,看问题的方法也许更简单些。每个人都可以认为自己就是自己的上帝,却没有一个人临死的时候仍保持这样的自信。"

"去他的上帝吧!本来,过了些日子,我就把他给忘了。我还从来没向你提到过我的姐姐吧?"

"没有。"

"我姐姐在另一所大学读研究生。亲姐姐,比我大五岁。暑假期间,我和姐姐到黄山去玩儿。全国各地方的大学生们,似乎在支持国家的旅游业方面,热情都高涨得没法比。黄山附近的农民,就有了第二职业。你去过黄山吧?"

"去过。"

"几次?"

"一次。"

"我那次是第二次去了。第一次是跟同学一块儿去的。姐姐已经去过好几次了。但是我们姐妹从没一块儿去过。所以姐姐动员我,和她一块儿再去一次。你去的时候,见过农民怎么背游客上山的情形吗?"

"见过。背上负一把竹椅,请游客坐在竹椅上,把他们背上去。一次五元钱。"

"你坐过吗?"

"没有。"

"早已经不是五元了。我去那次,已经十五元了。现在可能更贵了。姐姐说,她前几次去,是登上山顶的,这一次,应该'坐'上山顶才对。'坐'上山顶比登上山顶,一定会有很不同的观感。两种不同的游览兴致都满足了,以后就不来了。再放假该到峨眉山去欣赏佛光了。和我在一起,姐姐一向是以决策人自居的。姐姐雇了两名背夫,她将我唤到她跟前时,两名背夫都蹲在地上,等待我们坐到竹椅上去。姐姐先坐了上去,催促我也快点坐上去。我见那另一名背夫身体瘦小,犹犹豫豫不敢坐上去。怕他半路力气不支,把我摔落山谷里。而那背夫却固执地蹲着不起来。他像奴仆一样低着头。他说:'小姐,请放心大胆地坐吧!虽然我瘦,但是有瘦人的干巴劲儿。我每一步都走得谨慎,会绝对保证小姐的安全的。'他说话的口音,完全是山里人的口音。在姐姐的催促下,我终于坐了上去。两名背夫一前一后,始终保持几步远的距离。姐姐在前,我在后。姐姐不时回转身为我照相。姐姐每拍一次,就要求背夫们停一次。'索瑶,笑一笑!''索瑶,看镜头!''索瑶,指远处!'

我每一次都得按姐姐的话摆出各种造型。登了一个多小时以后……"

我纠正她是背夫们登了一个多小时后。

她说:"随你怎么认为。我知道你是怎么看这类事的。我既然毫无保留地讲给你听了,就不在乎你怎么看。我从包里取出易拉罐饮料喝。背姐姐那名背夫,坐得离我们很近。背我的那名背夫,坐得却离我们挺远,似乎并不太愿意和我们坐在一起。姐姐笑指着他说:'索瑶,我的,要比你的,看样子可靠多啦!你可要提防点噢。别在我光顾看山景的时候,让他把你给背回家去!'她的背夫听了嘿嘿笑。姐姐取出一听饮料,给了她的背夫,又指着我的背夫问:'你们一个村的?'那背夫摇头说不是。说不知另一个背夫是哪个地方来的。说他去年前年这时候都来过。还说,小伙子人挺厚道,和黄山的背夫们都混得挺熟。哪次来黄山干这行,都挣个六七百。说如果不是因为他人缘好,当地的背夫们哪容他来撬行,早就把他臭揍一顿赶跑了!我又取出一听饮料,走过去送给我的背夫喝。他摇摇头,将身子一转,背朝着我,故意不看我。我见他赤裸的瘦背上,被竹椅压出了几道深深的紫红的沟。我想幸亏我才一百斤多一点儿。他这是瘦马硬驮啊!我绕到他对面,又将那听饮料递给他。他低垂着头说:'小姐,谢谢。我若渴了,有自己带的水喝。'这次,他的话,不是用山里人的口语说的。我听到的是一个熟悉的人的声音。我震惊极了。可是我怎么也不敢相信。我请求道:'老乡,抬起头吧!'他说:'小姐,我不敢抬头。"我说:'别叫我小姐,我是大学生。'他说:'对于我们背夫,男的一律是先生,或者老先生;女的一律是小姐,或者夫人。大学生也不例外。'我急了,说:'你为什么就不敢抬起头看我一眼呢?'他说:

'你当然不可怕,我不过怕你太吃惊。'我这时已经完全能断定他是谁了……"

我也早就想到了。

可是我不知该对她说什么好。也不知该对这位"表妹"予以同情,还是该对"表弟"予以同情。

我恍如从天上看到深渊,于酷暑之际遇到寒流。觉得某种现实在恶作剧之间,将人戏耍得真是够可以的。仿佛有一股冷,在我和她都不经意间,悄悄地充满了室内。

"我喊叫起来:'肖冰,你抬起头!'他终于抬起了头。他漠然地望着我。好像奇怪我怎么知道他的姓名。他注视着我问:'小姐,有何盼咐?'……那会儿……我……我……"

泪水顿时从她眼中泉涌而出……

她伏在沙发扶手上,呜呜地哭了……

那一种哭是心灵的哀泣……

我仍不知对她说什么好。

我瞧着她哭,一时竟无话可说。

母亲真是把这一位"表妹"和那一位"表弟"当成了什么至亲家的孩子。也许这母亲般的关心也是上了年纪的女性们的本能的自我价值的证明吧?"表妹"的伤感情绪,竟搅得她没心思看电影,门一响,我知道她回来了。"表妹"的哭声,不但引得母亲脚步急促地出现在我面前,而且动了气。

"让你劝个人,你都不会!你光会听着别人哭吗?我走时,她都情绪好了。怎么这会儿工夫,反倒哭得泪人儿似的了?你出去吧!索瑶,索瑶,别哭了!赶明儿他再来,大娘替你数落他……"

母亲洗了条湿手巾,替她擦脸。

我说:"妈,还是你先出去吧。你也不了解情况,乱干预个什么劲啊!"

我不管母亲生气不生气,将母亲"请"了出去。

我重新坐下,说:"你接着讲。"

索瑶说:"我打了他一耳光……我觉得,好像不是我在他头顶上高高坐过,而是他在我头顶上高高坐过。总之,我感到从没被那么严重地侮辱过。恨不得纵身一跳,跳到山谷里摔死自己!我怎么会想到那会是他?如果我知道那是他,我会心安理得地高高坐在他头顶吗?可他分明知道他背的是谁,却还照背!这不可能只为了挣我的钱。我想,当我高高坐在他头顶的时候,他心里其实是有快感的。这样的事完全可以避免,而他故意使之成为一种现实。用他存心制造的这一种现实,将我摆在丑陋倍出的位置上,使我自己审判自己。他站了起来,仍那么素不相识地望着我,仍用那么一种冷冷的语调说:'小姐,如果我使你不满意,你可以不给我钱,但是你无权打我。'我干瞪着他,气得浑身发抖,眼泪唰地淌下来了,却说不出话。姐的背夫跑了过来,对我吼:'你凭什么打人?有理讲理,打人不行!你不道歉,老子也扇你!'样子变得特别凶。姐姐也跑过来了,也对我嚷:'索瑶你干什么?无缘无故的,你为什么要打人家?你说话呀!'我对姐姐说:'我恨你!'姐姐就扇了我一耳光。这时前前后后的游人,聚拢在我们周围了。另一个背夫,向人们哇啦哇啦地叫喊:'我们是按劳取酬的人,不是奴才!自从这黄山开放以来,还没见过敢扇我们嘴巴子的呢!何况没做错任何事,没摔了她,更没对她耍流氓!……'一时公理都站在那背夫一边。我没法解释,也向人们解释不清。我能怎么对人们说呢?能说'他是我同学,所以他背我,我就该扇他'吗?

"'还戴着校徽,是大学生呢!'

"'长得倒文文静静的,怎么这么野蛮!'

"'不能轻易放她走,记下她是哪所大学的,一定要向她学校反映这件事!让她记住应该尊重劳动人民!'

"'罚她款!重重地罚她!把她身上所有的钱都罚了!'

"人们都对我表示出极大的义愤。我想,大学生坐在背夫头顶的情形,肯定的,早已在某些游人心底引起强烈的反感了。只不过没有时机释放。他也没想到事情会弄成这样。也和我似的,不知所措。还有人向我举起照相机准备拍照。姐姐一把用手捂住了我的脸。姐姐掏出钱包,往他手中一塞,扯着我便走。人们却仍不肯罢休,吵吵嚷嚷的,挡住我们的去路。他终于开口了。他说:'她们是我的姐姐和妹妹,这是我们兄弟姐妹之间的事,你们别乱起哄!'他说完,扛起他的竹椅,径自下山去了。人们都发愣,呆呆地望着他的背影。我和姐姐,也趁机赶快溜了……我和姐姐,第二天就返回北京了。在火车上,姐姐显得比我更心事沉重,不断地向我问他。姐姐担心他回到学校,会将这件事在同学间张扬开,对我形成精神压力。我说那他倒不至于。姐姐问我为什么对他有这样的信任?我就将我和他认识的过程交代了一番。姐姐听后才放心了些。嘱咐我:'你回学校一定要尽快地、主动地接触他一次。大学不是君子国,不能掉以轻心。要把话和他摊开了,挑明了。得警告他,你的态度是人不犯我,我不犯人。人若犯我,我必犯人。'还说,我如果自己没这个勇气,她亲自到我们学校去一次,替我和他进行一次谈判。我坚决地反对姐姐的建议。回到学校后，我也没听姐姐的话，主动去找他。但我总觉得，心中笼罩着一片阴影。开学前几天，同宿舍的一个女生风风火火地从外面一进入宿舍就大声说：'索瑶，你还两耳不闻窗外事，一心只读圣贤书哪！校园里沸沸扬扬地都快开锅了，你不知道哇？'我问发生什么事了？她说：'新闻系的同学放大了一张照片，放得老大老大。能有桌面儿这么大！照片上，是咱们校的一个女同学，坐在一名黄山背夫的头顶上。不，你别误会，是坐在背夫背负的竹椅上。她在上边笑。背夫在下边笑。都笑得咧嘴露牙的！照片旁贴着几页大白纸，钢笔字、毛笔字、彩色笔字，在上面写什么话的都有。新闻系的同学可来劲啦，据说还要组织召开辩论会呢！'我几乎停止了呼吸。我看的书从我手中掉在了地上。我忐忑不安地问：'能认出那个女同学是谁吗？'她说：'放成那么大的照片，能认不出来吗？'我全身都紧张起来了，追问：'是谁？哪个系的？'她说：'围了那么多人，我挤不上前，没看。'我猛地站起来冲出了宿舍。我一口气跑到新闻系的广告栏那儿，挤上前一看，悬在喉咙的心才算归了位。照片上的女生并不是我，也不是我们中文系的。紧张感一过，我几乎有些站立不稳。那一天我到校外给姐姐打了一次电话，告诫她，千万千万不要将她在黄山给我照的照片往学校寄。我说一旦我没收到，被别人拆看了，我就完了。以前，在学校里，最活跃的是中文系的学生，这一次，却让新闻系的学生出尽了风头。几乎每个系都有学生参加。还有不少老师、教授们也参加了。辩论进行得相当激烈。有同学认为，这件事是某些大学生天之骄子的准贵族心态的大暴露，实际上是八旗子弟纨绔而丑陋的遗风之现代标本，从根本上说与知识分子应具有的精神素质格格不入。持这种观点的同学言辞犀利，个个疾恶如仇。有同学认为，这样的一件事根本不值得进行如此严肃的辩论。时代不同了，对任何事都应持更宽厚的态度。旅游就是寻求欢悦的方式。有人从中挣钱，有人为此花钱，各得其所，没什么值得大惊小怪的。辩论这样的事本身就是小题大做，无事生非，哗众取宠，证明辩论的发起者们不甘寂寞而已。老师和教授们，只是听，没有参与辩论的。由这一件事引发开了另外的辩论：大学生究竟算不算是天之骄子？究竟什么是贵族心态？究竟什么又是准贵族心态？知识分子，在当代又究竟应具有什么样的精神素质？当代大学生究竟算不算得上知识分子？有同学说，如果像我们这样的名牌大学的大学生，都不算知识分子的话，那么我们中国当代知识分子，岂非比熊猫还少了吗？有同学说，别忘了我们还没毕业呢，不过是知识分子的分母。只能希望从我们中会产生未来的知识分子。够不够得上是知识分子，主要不是由文凭来区别的，而是由是否具有当代知识分子的思维方式来区别的。分母越大，分数越小。有同学说，这是典型的思想分类法；也是简单化的政治分类法的翻版。凡有大学文凭的，都应被视为知识分子。不过知识分子和知识分子，又另有不同而已。有保守型的，有激进型的，有专业型的，有仕途型的。好比同是一种花，品种繁多。哪一种类型，都不应自以为是，认为老子天下最知识分子，而歧视别种类型的知识分子。有同学说，中国当代知识分子，只有一种类型。那就是'毛'型的知识分子。谁都是'毛'，谁都不是自己的'皮'，想成为一张'皮'也根本不可能成为一张'皮'。过去是附在工农这张皮上，现在知识分子又转而去附国家这张'皮'，附得牢靠的，就得意扬扬、心满意足,想象自己是国家多么多么重要的一部分;附得不牢靠的或自我感觉还附不上去的,就觉得失意,觉得怀才不遇。'采菊东篱下,悠然见南山。'证明人在东篱,心向往南山。斜眼病。瞥南山,南山上又有什么呢?还不是瞥向仕途路上吗?连陶渊明、李白、杜甫,甚至屈原,都是这么样的一些'毛',何况我辈莘莘学子呢?有同学说,古今中外,知识分子从来都是'毛'。只能是'毛'。只能是'毛',又委屈于是'毛',不甘是'毛',却幻想当'皮',那不也是一种晦暗的心理吗?更有同学说,辩论这些干什么呀?我们不过是被缓期四年的待业青年。翻翻我们学校的毕业生分配工作备忘录,八五年以前,除了有社会背景,有门路,有人际关系的不讲,分的都是哪些单位?新华社、人民日报、光明日报、中国日报、电台电视台等等。外地的,有几个不分在省市主要新闻部门的?现在呢?能分到少年报、儿童报也不错了。想分得更好些,我问问你们削尖了脑袋能去得了吗?知识大贬值的这个时代,所谓知识分子的精神状态和心理状态,除了像一条条被抛弃了的狗的心态,还能是什么心态?这一个同学的发言,使会场肃静了好几分钟。每个人都似乎忽然意识到了,坐在这里听一通有演讲癖的人进行辩论,其实是很没意义的事。正在主持人觉得怪尴尬的时候,又有一个人站起来发言了。我不说你也知道。是肖冰。他说:'我想提醒大家注意一个事实。我们今天举行的辩论,是由一张放大了的照片引起的。我对关于知识分子的一切辩论不感兴趣。正如受着民生问题困扰的人,对民主问题不感兴趣。因为他头脑中首先不会产生那么奢侈的要求。'他的话立刻遭到一片嘘声。在普遍的大学生中,'民主'是一个很神圣的词,还没有人公开声明自己对民主问题不感兴趣。许多同学觉得他在亵渎他们崇尚民主的思想。而他相当镇定。别人嘘他的时候,他就闭口不言。嘘声一过,他又说:'我还要提醒大家注意第二个事实。那就是,那张被放大的照片上,我们的女同学在笑,而背夫也在笑。上下都在笑,就笑得很和谐,很完美。我认为可以选送参加什么摄影比赛。最好这么命题——黄山的笑。也许,那个背夫,内心里还充满了对那位女同学的感激呢,因为她使他多挣了一笔钱……'他的话还没说完,立刻有许多人站起来反对他:'请问,把钱给背夫,而不坐在他头顶上,岂不更符合大学生的做法吗?''你有什么根据认为那个背夫内心里怀着感激?'甚至有人骂他:'滚!滚出去!你大概就坐过背夫的头顶吧?你这样的人没有资格在这里发言!'如果他以一种调侃的、风趣的、玩世不恭的态度说他那番话,也许不至于遭受那样的呵斥。而他说得太认真、太庄重,听来太具有结论意味儿了。这就使许多人感到,他不但否定了一切人说过的话,而且也当众挖苦了说过话的一切人。他依然相当镇定。于是有些女同学对那些围剿他的男同学抗议——'让人家说下去!''人家话还没说完呢,为什么打断人家?各抒己见嘛,凭什么让人家滚?'他那种镇定,显然大受那些女同学的青睐。也许还征服了她们的心。当时我明白了,一个人,即使他其貌不扬,即使他身材瘦小,在成为众矢之的的情况之下,能保持住一种镇定,他没有魅力也似乎有魅力了。他不英俊也似乎英俊。比起那些平时处处故意表现潇洒倜傥,张口则滔滔不绝、侃侃而谈,而听到一声嘘,就面红耳赤,立刻坐下一声不吭的才子们,他的的确确是显示出了不寻常之处。对那些伪才子们,你们作家们怎么说?"

我说:"银样镴枪头。"

她说:"当时我也不由得对他另眼相看起来。他从容不迫地进行驳斥。'你们在座的大多数,'他说,说时还伸手一指,'你们过生日的时候,可以毫不迟疑地一出手就是十几元,买一个生日蛋糕。甚至,还可以一次就花掉几十元,去下馆子。可对那些向你们乞讨的男孩、女孩、老人和妇女,你们何曾表现过一点儿慷慨好施呢?你们买一个茶叶蛋,都和卖茶叶蛋的老妪讨价还价一番。你们一块儿买汽水喝的时候,难道没做过互相掩护,企图多喝一瓶的事吗?难道,我能相信你们,会白给一名背夫十几元钱,而放弃可以坐在一名背夫头顶上的机会吗?你们在这里说的是一种话,表明的是一种看法。如果真到了黄山,你们说的未必不会是另一种话,表明的未必不会是另一种看法。你们中的大多数人,未必不会也想花上十几元钱,坐在别人的头顶上,优哉游哉地登上黄山,甚至登上鲫鱼背!你们会说背夫要的钱太贵了,你们也会讨价还价,就像某些总希望买到最便宜东西的人,和市场的小贩讨价还价一样。你们心里会想,如果只花几元钱,就可以舒舒服服地坐在竹椅上,便能游览遍黄山的话,那是多么美妙的事啊!甚至也许还会想,最好竹椅有遮阳的棚盖儿!这就是你们中的某些人。你们像少爷和小姐一样花费着你们父母每个月寄给你们的钱的人,难道会对别人产生真的同情?你们知道背夫们是怎么想的吗?你们了解他们吗?就算你们把钱白给他们,他们中的多数人,也不会白收。也肯定要请你们坐到他们头顶上。因为那样,他们才觉得,那钱是自己挣的。花着也仗义。就算他们白收了,他们心里反而会暗想:他妈的,这小子跑黄山来施舍来了。大概内心里窝藏着什么罪孽吧?你要赎,你就

得大方点儿，起码一百元。那也算施舍！十几元就想赎罪？你做梦吧！……'

"教室里异常静。在我入校后，只有一次的情形能和那么静的情形相比。就是有一名历史系的四年级的学生，假期在家乡犯了流氓强奸罪。开学后公安局的人到学校来进行二次宣判，恰恰也是在那同一所大教室里。大家当时的神态，仿佛又是在聆听宣判似的。他所讲的事，在大学生中是发生过的。当时除了我，我想很多人内心都会承认那一点。但是，承认是一回事，能否承受他那种公开地面对许多人进行的、带有挑衅意味的、尖刻的、冷嘲热讽的抨击，显然又是另一回事。我想人们肯定都觉得，遭到了他的羞辱。那一时刻，他站在大家面前，显示了一种毫不掩饰的目中无人的轻蔑。岂止是轻蔑，简直还包含有毫不掩饰的憎恶意味儿。仿佛人人都是伪君子。仿佛人人在他之前所说的，若不是自我表现的话，起码是没有任何实际意义的空话。我至今仍不能充分判定，当时在他自己的潜意识中，是否也有着自我表现的成分。终于有一个显然被他的话大大激怒了的学生猛地站了起来，像他每说到'你们'两个字就指着大家一样，也指着他厉声喝问：'你又有什么资格站在背夫们的角度信口开河胡说八道？你对那些背夫们又了解多少？你以为自己是谁？是无所不知无所不晓的上帝吗？'他目光咄咄地逼视那个人，冷笑着说：'我当然不是上帝。但三个暑假里我都当过背夫。我在黄山背上背下的大学生研究生何止百人。我感谢他们使我有机会公平合理地挣他们的钱。有人的活法是不断地花钱。有人的活法需不断地挣钱。当他们寻找不到其他的正当的方式，就只有靠租赁自己的体力。我们都是大学生，而我是不得不面对这一现实的一大学生。所以我尊重这一现实。'他解开衣扣,向大家转过身,脱下了上衣使大家看到他的脊背。同时他说:'这深深的痕迹,像标志印在我身上。黄山的背夫们欢迎更多的大学生明年还去游览黄山,我将在黄山恭候诸位。'他说罢,从容不迫地穿好上衣,离开了教室。离开时,对谁都没看一眼……"

索瑶沉默了。

我也用沉默真心实意地奉陪着她。

她低声问:"你怎么看?"

我反问:"你指什么?"

她说:"辩论。"

我说:"一切人们进行辩论的事,本身都是没有唯一正确的定论的事。"

"那么对他呢?"

"看来大学对他和对你是不一样的。"

她若有所思地盯着我。

她的声音更低了,"辩论会以后,我想,他的孤独将会结束了。许多原先不理解他的古怪性格的同学,肯定将对他增加理解了。经济条件优越的同学,说不定由此受到启发,开始关注到某些像他一样的,大学里的'六等公民'了吧?在我们的大学里,一等公民是侨胞后代;二等公民是大公司和大企业家们的儿女;三等公民是高干们的儿女;四等公民是知识分子中的某些自由职业者的儿女,比如有个体执照的律师、医生、演艺人员、拥有专利的人们的子女;五等公民是平民子女;六等公民,便是来自僻远而穷困的地方的农家子女。我想,也许会有人创立一种什么'会社'的,以使人乐于接受的形式，关心一下'六等公民'们吧？然而我想错了。他更是一个孤独的人了。男同学们更疏远他了。有些男同学，在许多场合，一看见他就唱'我的家乡并不美／低矮的草房苦涩的井水／男人为它累弯了腰／女人为它锁愁眉／过了一年又一年／过了一辈又一辈／……'而且只唱这首歌的上段，并不唱下段。哪一所大学里，都有那么一伙雅皮士。他们玩贵族玩得很火。有的女生穿三百多元一条的裙子，这你相信吗？你别那么瞧着我。虽然我父亲当过市长，但离休了啊！何况那不过是一个中等城市。如果没有一处新开辟的疗养地，十之七八的中国人原先想不到它的存在。你还那么瞧着我？我不能算是大学里的贵族学生。真的不是。比三等公民低，比四等公民高罢了。我认为我跟那些学生不一样。我不玩世不恭，也不纨绔。我觉得自己挺善良，挺富有同情心，挺愿意主动用心灵去理解别人的。我想，那些一看见他就唱歌刺激他的人，心理是很糟糕的。大概他们认为，他损害了他们在大学里的形象吧？所以他们要从心理上对他实行报复？……"

我却想，亲爱的表妹，这没什么可奇怪的。当穷困作为一种现实，对优越发表不敬的宣言的时候，结果得到的肯定不是关怀，而只能是敌对。这一种敌对，其实是互相的。"表弟"的做法，又何尝不是一种对他所妒羡的人精神上的进攻呢？理解、善良、同情、为自己满足优越感的施舍或为他人的奉献，是填不平这种心理沟壑的。反差越大，沟壑越深。唯一奏效的办法，是消灭贫穷。像消灭丑恶现象一样，使穷人不再是穷人。对一个国家一个民族，丑恶其实并不那么可怕，如同脸面上的疮痕，影响容貌但并不危害生命。而贫穷是另一种可怕得多的丑恶。贫穷是国家的癌现象。如果这一种可怕得多的丑陋,和国家其他许多方面的丑陋结合在一起,就会发生"天翻地覆慨而慷"的大事……

然而我认为没有必要对她说出我的想法……

她语调缓慢地说:"几天后,那张被放大的照片上的女生自杀了。她成为大学生还不到一年。她的死,仿佛就是那次辩论的句号。我认为她的死,与发起那次辩论的学生有直接的关系。认为把那张照片放得那么大,并贴出来的人,是罪魁祸首。认为那样一种行为,是一种谋杀行为。不管他们自己是否也这么认为。然而,却没有谁觉得,对此应负有不可推卸的责任。更没有谁忏悔过。人们很快就把自杀者忘掉了,也把那次辩论忘掉了,好像什么事情都没发生过。校园里又恢复了以往的平静。每天傍晚,一对儿一对儿的,仍在树荫下、池塘边喁喁私语、卿卿我我,沉浸在浪漫和柔情蜜意之中。我也认为,他参与了谋杀。我对他又憎恨又感激。感激他在那次辩论会上,在内心里其实很冲动的情况之下,毕竟,没说出我的名字。如果,他当时指着我说:'她,就曾高高坐在我头顶上!而且也照了相!'我想,我也肯定会自杀的。因为我的承受能力是很脆弱的。从小长这么大,我还没真正承受过什么。然而他却成了某些女学生心目中的'拉赫美托夫'。她们都是大学一二年级的女学生。她们在背后称他'小拉赫美托夫'。遗憾他身材未免瘦小了些。我经过请教式的询问才知道,拉赫美托夫是车尔尼雪夫斯基的名著《怎么办》中的人物。我就找来那本书看。看到三分之二还多,那个拉赫美托夫才露面。他每天晚上睡钉板,为了预先锻炼一旦被沙皇的警察逮捕,能经受酷刑折磨的毅力。除了这一个情节,书中那个拉赫美托夫并没给我留下什么感人至深的难忘的印象。但是倾心和仰慕，在女孩子中是互相传染的。好比伤风感冒的人打喷嚏互相传染一样。有些女生开始给他写情书。这使某些比他英俊得多，以才子自居的男生嫉妒得要命。这一种嫉妒，如同白马王子对流浪的乞儿的嫉妒。他们给他起了个绰号叫'校园里的人马王子'。把他比作罗马神话中人首马身的怪物。说他只不过想从马的肚子里钻出来，加入诸神的行列，其实怀有堂而皇之地登上奥林匹斯山的野心。他要与马的身躯分离开的痛苦，其实是他自己的野心造成的。他们越是贬低他、诽谤他，那些女生越痴情地倾心于他。终于有一天我不得不对自己承认，他也钻入到我的心灵里来了。这是说不清道不明的。我只能这么解释，我被那些女孩子们的莫名其妙的痴情传染了！你仔细想一想就不觉得奇怪了。全校英俊的男生很多，经济条件优越的男生很多，自以为是才子或自以为是贾宝玉的男生很多，善于以各种方式讨女同学们喜欢的男生也很多，但像他一样，其貌不扬，却又相当孤傲，来自很穷困很穷困的地方，却又蔑视一切经济条件优越的幸运儿，并且在黄山当过背夫的，就他那么一个啊！而他对每一个女同学都一视同仁，一视同仁地冷淡，可远观不可亲近的样子。女大学生和普通的女孩子们并没什么大的区别。男性越冷淡她们，越对她们显得仿佛永远不可亲近，她们往往偏会对人家产生好感。偏想去亲近人家。你觉得奇怪是不是？……"

我说："不，我一点儿也不觉得奇怪。对于没有恋爱过的女孩子，这其实是恋爱演习。本质上不是爱，是潜意识里的征服念头。"

"你也学会对人进行潜意识分析了！我给他写了好几封情书。但一次也没敢鼓起勇气直接或间接地交给他。一想到那么多女同学都给他写过情书,我竟自卑得要命。觉得自己哪儿能配得上他啊!觉得与他比起来,他仿佛是一块经得起雨蚀风化的山石,而自己不过是一颗玻璃珠子罢了。何况在黄山我打过他一耳光。我想,那些日子,我是为他患了单相思了。不料,有一天晚上,同宿舍的女生表情很古怪地告诉我,宿舍门外有人找我。我出去一看,是他。他说:'我是来还钱包的……'我说:'求求你,别在我宿舍门口谈这件事,我们找个地方谈吧!'我近乎低声下气。我想我当时的表情一定惊慌极了。他显然理解我为什么一见到他会那样惊慌。他说:'放心,我没有什么恶意。不过好吧,听你的。'尽管他这么说了,我还是惴惴不安。觉得只要是在校园内,无论哪儿,都可能被人发现,也许会被人偷听到谈话的内容。'心中没有鬼,不怕鬼敲门。'而我当时心中是有'鬼'的啊!黄山的事,就成了我心中的'鬼'。自从那个女学生自杀以后,我心中这个'鬼'常常在梦里对我进行威胁。我竟一直把他引到了校园外。他一路默默地跟在我身后,并没有对我提出抗议。在校园外的一片树林里,我站住,背对着他开了口。我说:'你说吧!'他说:'我也没什么可说的啊,我就是要还你姐姐的钱包。里边有三百二十六元七角三分。黄山的事,我非常对不住你和你姐姐。你点点钱吧!'他说着就把钱包往我手里塞。我仍背对着他。我一甩手,不接。他说:'你不收不行,我怎么能要这钱呢?'而我,已经泪流满面。你想想,我们这不是也等于约会吗?可这是怎样的约会啊!他说:'你拒绝,我就只好把它放在你面前了!我总不能变相地敲诈勒索吧!'他真的转到我对面,把钱包放在地上了。他直起身的时候,才发现我在无声地哭。'你……'他吃惊了,犹豫片刻,又从地上捡起了钱包,

'你别哭。你为什么哭啊！……'轮到他惴惴不安了，'其实，我心里一直挺感激你的呀！那一次我碰到的如果不是你，而是别人，我也许早就身败名裂、臭名昭著，出现在哪儿，都被视作一个贼了！至于你那几首诗，当然也是可以发表的。可我这个人，自尊心太强了。因为我内心里太自卑了啊！除了一点儿可怜的自尊，和一切学生比起来，我一无所有啊！不错，在黄山我一眼就认出了你。当时我心里真羡慕你和你的姐姐啊！你们暑假可以无忧无虑地游黄山，而我却不得不在黄山当背夫。我承认，我当时产生了一种报复的念头。我觉得，让一些坐在我头顶上的人，内心里长久地被忏悔折磨，也是一种报复方式啊！我这种心理，不只是对你才产生的。背一切大学生们的时候，都强烈地产生过。可是你从我的角度想想，这又是一种多么可怜的报复方式啊！我……我有时也恨我自己，既当背夫，心理又这么阴暗，多坏呀！我也想像你们一样，假期无忧无虑地四处玩玩。可我得挣钱啊！我得用自己挣的钱供自己念完大学啊！我还得经常往家里寄点儿钱啊！我……我家里很穷，我们那个地方很穷啊！……'

"起初我始终一言不发，默默流泪，默默品味自己因他而感到受了伤害的委屈。可是听着听着，我的眼泪的成分变了。后来眼泪完全是为他而流的了。那一时刻，我明白了，他并不像别的女生们所以为的那样，是什么拉赫美托夫。我倒觉得他更是一个校园里的卡西莫多了！只不过他的容貌毕竟不丑陋，而是清秀的。他终于默不作声了。他蹲在了地上，样子十分悲哀。我觉得，在我眼里，他仿佛变成一个比我小十几岁的孩子了。而且，从里到外，遍体鳞伤。那一时刻我内心真是对他同情极了！怜悯极了！我不哭了。我什么委屈也没有了。我觉得归根到底，我不过是自以为受了伤害，而他才是那种真的受了伤害也只有躲在某个角落默默舔自己伤口的人！我也蹲了下去，像哄一个小孩儿似的哄他别哭，掏出自己的手绢替他擦眼泪。那一时刻我觉得自己是一个天使般善良的女孩儿。而这一种自我感觉使我都快将自己融化了。我喁喁地柔声细语地对他应说尽说，说的都是一些傻兮兮的话，都是那种年轻的母亲抚爱被自己无缘无故打骂过的孩子的话。真的。你别笑话我。你笑话我，我也不在乎的。我现在已经比较明白，什么才是值得羞耻的事，而什么事是根本不值得羞耻的事了。接下来的事情你可以想象。在天黑的情况下，在我们两个当时那种情况下，一切事，都自然而然地发生了。那一天以前，我根本不知道温柔究竟是怎么回事儿。在我没有收到大学录取通知书时，父母对我管束很严。我看的书极少。好几年没进过电影院。父母限制我看电视。允许我看的节目，是新闻、《动物世界》、《外国文艺》和节日晚会。我也不知道一个像我这样年龄的女孩子，究竟能温柔到什么程度。更不知道自己怎样才能学会温柔。我总是很天真地想：温柔是男人的本能。当女孩子们渴望表现温柔的时候，是别的男人们将他们教会的。而直到那一天我才明白，原来温柔天生是女人的本能，而且根本就不用男人教。正如喝水不用教一样。我竟变得那么温柔，使我当时感到好幸福。真的。我觉得那种幸福那种美妙仿佛是无边无际的，由我生发出来，像一层层茧衣，包裹住了他，也包裹住了我自己。不断地再从我们两个人内心里身体里濡出来，弥漫了整个树林似的。而晚上的树林静悄悄的，仿佛也变得无比温柔了。用更加浓重的温柔，也将我们包围起来。他的温柔，却是孩子般的。我觉得他渴望一种温柔，一种女孩子给予他的温柔，好像已经渴望了一万年了。而他回报给我的温柔，只不过是一种更弱小的羊羔般的乖顺服帖。我觉得，他仿佛从一种壳里蜕了出来。那种壳，便是他平素的孤傲，独往独来，拒人于千里之外，凛然不可亲近不可侵犯似的假象。而偎在我怀里的，头依我心口的他，才是真真实实的他。他吻我像男孩子吻一个襁褓中的婴儿。他的温柔甚至是羞怯的。肯定也是他人生最初的一种尝试。偎在我的怀里，他向我讲述了他的童年少年、他的家和他那个村子，他们那个贫困落后偏远被大山囚禁的地方。他又说了一次：'我的家很穷啊！我们那个地方很穷啊！'那一天之前，没人对我说过那样的话。我也从没想过，有的人的家很穷。有的地方很穷。我们城市里的人，不太会想到那些人和那些地方。听别人讲与他不相干的穷与你更不相干的穷是一回事，听一个偎在你怀里的人讲像脐带一样拴住他的穷，又是一回事。他一说，我的眼泪又簌簌地往下滚。我觉得，他那么说了，其实也就是说了一切一切一切。那一种我从前根本没想到过的穷，虽然我依然无法想象得太具体，但却似乎是早已熟知的事了。他告诉我，他十二岁的时候，他母亲死了。埋他母亲那一天，老村长当着全村人的面，把他父亲咒骂了一通。因为他的父亲舍不得用家里唯一的一床旧被卷他母亲的尸体。而他就跪在坑穴边上，等着在母亲的尸体下葬时，给母亲磕最后一次头。父亲流着泪喃喃地说：'被子卷了他娘，我和孩子盖什么？我和孩子盖什么？……'当年父亲就为他找了一个继母。继母比父亲大六岁。因为是寡妇，他从此多了三个弟弟。而父亲决定再娶那寡妇的想法非常单纯——三个弟弟长大了，将是能做活的劳力。多了三个劳力，也许兴家致富就有指望了。他们那个地方，兴家致富的含义，也是十分朴素而实际的：能吃饱饭，有换洗的衣服，睡觉有被盖，不枕土坯，枕枕头，那便是富的标准了。然而这样的奢望并没能实现。因为第二年他的父亲也死了。他告诉我村里的人没有病死在医院的，都是病死在家里。再痛苦的病也只能病死在家里。祖祖辈辈的人没有病死在医院的。不晓得能够住院治疗是怎样的一种福气。没有一家付得起钱将病人送到省城或县城的医院。过去治病靠的是山里土生土长的巫医。现在治病靠的是乡里的草药大夫，兼用针灸。他的父亲临死前把他唤到床前，指着继母，上气不接下气地对他说：'你得孝敬她。你得给你几个弟弟，当一个好哥哥。要不，咱们太对不起人家母子们……'那一年他已读到了小学六年级了。父亲死后，他不想再念书了。老师到家里来了。对他的继母说：'我教了十几年书了，学生是越教越少，到现在只剩三个学生了。三个学生中，只有这孩子一个是六年级生。我还没教出过一个能考上中学的学生，这孩子却准能考上。你就成全了我当老师的十几年的夙愿，让孩子考中学吧！家里以后的日子会多么艰难我是知道的。我一定替孩子申请免费。孩子的书本费，我也包了。'他的继母一听就哭了，说：'虽然我和他爹只搭伙过了 年日子。但是他爹对我挺好。不冲别的，冲他死去的爹，我绝不断了这孩子的前程。是龙是虫，他自己扑奔吧！'接着便命他给老师磕头。他自己也哭了，当即跪下就给老师磕响头。磕罢站起来发誓：'妈，老师，我将来要不出息成条龙，我不活着见你们。我自己弄死我自己！'

"他以全乡总分第一名的好成绩考上了乡里的中学。村子离学校三十多里地。可以宿校。但是他不能。因为每个月要支付二十八元的伙食费。家里根本交不起。每天,书包里带块干粮,或者几个土豆,一棒玉米,一个萝卜什么的,顶着星星去上学。披着月光回到家里。三年来风雨无阻,没缺过一天课。三年后以全乡总分第一名的好成绩考到了县高中。县高中是他的小学老师的母校,校长曾是他的小学老师的老师。开学前一天是他小学老师带着他去报到的,并且带着他去见了校长。老师对自己当年的老师说:'老师,我对不起您当年对我的期望,十几年来,打我手下,就学出了这么一个中学生。今天我亲自把他给您带来了,但是他的成绩是全乡第一名啊!老师,怎么对待他这样的一个学生,您具体掂量着办吧!'老师说着,潸然泪落。他又想给校长磕头。校长扶住了他,没容他跪下去。校长很受感动,校长说:'咱们县高中,贫苦的农家子女,占百分之三十多。能考来都不容易啊!破、旧,教室不像教室的样子,宿舍不像宿舍的样子,校园不像校园的样子。可每年的升学率,在百分之九十以上,是全县升学率最高的高中。连县里那些领导,都把子女送到这儿来读高中。咱们这儿就是一座龙门啊!不谈那些为社会主义培养知识人才的大道理了,只为你这一片当老师的心,我一定全面照顾他。至于他能不能越过这龙门,那就看他的造化了!'

"他的老师是个发表过几篇小小说,但还没有被公认为是作家的人。老师走时,送给了他一个笔记本。老师走后,他才发现笔记本里夹着二百元钱。还有一张纸条。纸条上写着:'这是我收到不久的一笔稿费。你留着急需的时候用吧。将来你工作了,再还我也行。记住,你不过是我"创造"的一件半成品。你要成为一件成品,接下来只有靠你自己"创造"自己了!老师永远不需要你报

答,只希望你能证明,奇迹在任何地方,都是有可能被"创造"出来的……'

"他去追老师,没追上。对着老师带领他走来的,那一条蜿蜿蜒蜒,盘旋着十万大山,无尽头地通到山里的崎岖山路,他连鞠了几躬……

"在他读到高三时,老师死了。一次山洪暴发被泥石流砸死的。他闻讯后当天就回到了村里,伏在老师的坟头上哭得天昏地暗,死去活来。老师的死对他的刺激很大。高考没考好,只考了个全县第四名。他对我说,他本来应该考第一,有自信考第一的。他说,得知自己没考第一,他又哭了一场,觉得对不起老师。老师给他的二百元钱,他存了整整三年。一分也没舍得花过。带着来上学。得知一个弟弟生病,连本带息全寄回家了……

"他说他离开村子的时候,全村男女老少都为他送行。一直将他送到山口。他说那其实不像为一个离乡的人送行,倒像为一个活人送殡。他说当年和他一样,靠羊奶和羊肉汤侥幸活下来的伙伴,一个个分别和他抱头痛哭。他说他从他们的哭声中,感到了他们对他们自己的绝望,以及对于他们的生活的某种恐惧。还有对于他的,由抱头痛哭所掩饰的嫉妒。他说那一时刻他觉得自己简直是一个罪人。似乎在全体村人们眼里,他是一个注定了要遗忘那个地方、遗忘乡亲们的人。他说然而人们的目光里,却都有着一种真真实实的宽恕意味儿。和他抱头痛哭的那几个伙伴也是。他们对他的依依不舍,他们对他的嫉妒,他们对他的宽恕,一样是真真实实的。那时小学校已不存在了,被山洪冲得无影无踪了。他说全村最老的一位老妪莫奶奶,双手攥住他的一只手说:'孩子,争口气。

要奔出息，就该奔一个大出息。听奶奶的话，别走学问那条路，你要走当官儿那条路。全村人盼着你有朝一日当上个大官儿，全村人也能跟着沾点儿光啊！你可不能辜负了大家伙儿的巴望！'

"他的继母就命他给全村人跪下起誓。

"他跪下起了一个重誓，人们一个个才露出了点儿欣慰的表情。

"只有蛙妹子与众不同。似乎满心怀里只替他感到喜悦，没有丝毫嫉妒的成分。她送给了他一块羊白骨。他知道是那头老母山羊的。她一句话也没对他说，立刻就躲到人群后，眼神儿定定地望着他。这使他受到了提醒。他又返身回到村里，伫立在老师的坟前，说：'老师，我考上大学了！'又深深地冲着坟鞠了一躬。而后他又到埋那头老母山羊的骨头的地方，用双手，给那个坟样的土堆培了几捧土……

"他说他每年都往家里寄一次钱。他说，当然北京也是可以找到临时工的，但怎么能比得上在黄山当背夫挣的钱多呢？他说他掌握了在那条铁路线上乘车逃票的窍门。去时和归途都很少买全票。他还说，他好可怜那个自杀了的女大学生。那么漂亮，那么活泼的样子。只因为一张照片，就被谋杀了！是的。他当时就是这么说的——谋杀了！他说偷拍了她并放大那张照片的学生全是凶手。他说发起和组织那场辩论的人们也是凶手。他说包括他自己。他说他的本心，原是想站在一个背夫的角度，替那女学生讲几句开脱的话。他说那一天也可能恰恰是他自己，对那女生的伤害最严重。他承认他内心里总怕被伤害，经常觉得被伤害了。但是，他又说，他从没产生过害人的念头。他这么说的时候，他就又哭了。而我认为他好善良啊！我陪着他哭。我们俩又抽抽泣泣地哭了一通。我感到哭过之后，如同久久地泡了一次澡，浑身软软的，却也爽爽的。似乎连灵魂也明净多了透亮多了……"

"他以后又到黄山去当过背夫吗？"

"又去了一次。没当成。黄山的背夫们不信任他了。不容纳他了。毁了他的背椅，将他揍了一顿，赶下黄山了。那一次他回到学校后很沮丧。我看出他心里憋着股火，却不知朝哪儿去发泄……""为什么？""什么为什么？""为什么黄山的背夫们竟那么对待他了？""他们怀疑他居心叵测。怀疑他不过是想捞点儿写什么纪实文学的材料。当然他们并不懂什么纪实不纪实、文学不文学的。但是总之他们对一名大学生三番五次到黄山当背夫这种他们难以理解的事儿，具有很高的警惕性。他们认定他必是打算写他们。而且认定他必是打算用文字贬损他们。他越辩白，他们越怀疑。我劝他将这件事儿看得淡一点儿。劝也没用。他不但沮丧，而且挺难过。他说，他们原本对他很友善，很照顾。有什么心里话，都愿意告诉他。没想到，却是那么个结果……"

我又觉得无话可说。我缓缓地站了起来……

她低声问："你烦了？"

我说："去拿烟。"

我接连吸了两支烟，才攥着半盒烟和打火机重新坐在她面前。我想我不是一个听客。对当代大学生之间的恋爱故事并不感兴趣。何况，听来听去，我也不认为他们那便算得上是"恋爱"。如果真的不是，我又何必再听下去？我的老母亲又是何必？岂非庸人自扰吗？

我说："索瑶，你们之间的事儿，估计你再讲上两个小时也讲不完。现在我问你，从你这方面，你承认你们是一种什么关系？"她大概怎么也没想到我会这么直截了当地问。她勾下头沉默不语。良久未开口。"他对我说，你是他女朋友。""嗯。就算是吧……""什么叫就算是呢？"她又沉默不语。"你得回答。""那……你说我是不是？"——她徐徐抬起了头，目光盯着我。倒好像我和她正在讨论的，是我们之间的关系。我有些生气了。

我说："那总不该是一场校园游戏吧？"

她的头，便又勾下了。

"你们互相间，从来也没谈过这个问题？"

她点点头。

"你连想都从来也没想过这一点？"

她又沉默不语。

"你一向，有意对他避而不谈吧？"

"……"

"难道他也是？"

"……"

"要不，以后我有更充足的时间，再听你继续讲吧！"

她又伏在沙发扶手上哭起来。

母亲又轻轻推开门望她。

我心烦地大声说："妈，你真是！"

也许我的声音带出了一些恼火，母亲立刻将门关上。

我便又吸烟。

"那不可能……那根本不可能……"

她抽抽泣泣地说。

我只吸我的烟。内心里却感到了一阵冰凉。为"表弟"感到的。

人是多么的奇怪。我早已从她的杂杂碎碎的诉说中，料定了最终的结局将是怎样的，却非要迫她亲口道出，而且腰斩了她本能地抻长又抻长的诉说。仿佛她所回避的，正是我所要直面的。我觉得她说"那根本不可能"时，艰难得全身都快抽缩成一团了。倏忽间我觉得索瑶这姑娘那么可怜。而我自己很可恶。归根到底，无论对于她这位"表妹"，还是肖冰这位"表弟"，我是谁？我究竟不过是谁？我究竟有什么权力，审讯似的介入他们的事？虽然我的动机并不卑鄙，甚至还可以说是善良的。但这一种粗暴的近于无礼的介入，难道是她应该容忍的吗？尽管我的介入也并非情愿。

我最鄙视自己充当神父之类的角色，而我已经又无形之中在这么充当了。她猛地抬起头，瞪着我，几乎是恨恨地说："这么告诉你，你总该满足了吧？"

"我……你擦擦脸吧……"

我躲闪着她的目光，将母亲拿给她用过的湿毛巾递向她。

她没接。她用自己的小手绢擦。只擦双眼周围。

"我受够了！"她又开始说，"我真是受够了。我是一个从不知什么是忧愁的女孩儿，而他是从一个很穷很远的地方走入大学的。我承认他走过的路途，比我这样一个女孩儿所能想象得到的，要艰难得多。我承认像我这样一个女孩儿有时仅仅因为一个人来自艰难，就崇拜得要命！如果那又是一个同龄人，我会忍不住有企图接近他的好奇心。我没什么值得谁同情的地方，所以我将同情给予别人的时候，好像将自己拥有太多留着也没什么用处的东西送出手了。有人肯接受，我就高兴，就感到愉快。甚至感到幸福。这就是罪过吗？去年我才十八岁！我知道，在我和他之间，被谴责的一方，将永远是我。但是善良也是害人的吗？与其说害他，莫如说害我！不知不觉地，我就成了他的女朋友！女朋友就女朋友吧！女朋友不就是女朋友吗？……"

"是他宣扬的？"

"不，不是他。他没这么说。"

"那么是你自己宣扬过？"

"我？……我自己也没宣扬过。我确实感到得意过。有些女孩儿想接近他，被他拒之千里。而我成功了。我承认我因此而得意过。当一个女孩儿没什么太可得意的，这就是一种最大的得意了。我承认这也是一种心理虚荣。该我承认的，我都承认。该我自省的，我都自省。但是我绝对没有将这一种得意当成件时髦的外衣穿在身上招摇过。我甚至有意识地将它收藏在我的心灵里。当然，说收藏也不完全准确。某种时候我也希望别的女孩儿羡慕我有那么一种得意。起码并不怕被人知道我有那么一种得意。甚至遭到点儿嫉妒也不在乎。这也不能算宣扬吧？反正这是说不清楚的。反正你是没法儿理解的……"

我说："你说清楚了。我理解了。"

"你理解？"

"理解。"

"你自认为你理解了。我就相信你已经理解了吧！总之，我更希望我内心里这一种特殊的得意，能像蚌含住一粒沙似的，变成珍珠。变成一种特殊的温柔。那不但是我认为他其实非常需要，其实非常渴望获得的，也是我自己的心灵非常需要的。甚至可能比他更需要。我是指那一种温柔。一个像我这样的女孩儿,如果确信自己心灵里充满了温柔,你不知道对我这样的女孩儿又是一种多么良好的感觉。那是一种很自悦的感觉。真的。女孩儿会惊奇地发现,似乎自己忽然变得可爱多了。似乎能比任何别人更认为自己可爱。甚至会自己也喜欢起自己了!怎么说才能说得更清楚呢?仿佛哺乳期的母亲,她觉得她的乳汁饱满得要命。她觉得发胀。她渴望被一个孩子吮哑。而这时恰恰有一个断乳期的孩子,她就将他抱在怀里奶他了。我想我当时的情形可能就是那样。我想我当时可能还是在扮演织女、七仙女或珍珠姑娘什么的。我想既然是我心甘情愿地扮演使我感到自己整个人都变得生动起来了的角色,我干吗不呢?我干吗不好好扮演呢?我说我扮演,你别以为我是在做戏。我不是在做戏。我不是一个善于做戏的女孩儿。我是想说,我不知怎么的,一下子就进入角色了。我和某一类戏剧角色合二为一了。我没法儿将自己从那样一种角色中分离出来。再说,当时我对自己也认识不了这么透彻……"

"而现在你极想将自己从那样一种角色中分离出来了,是不是?"

她眯起眼睛看了我半天,好像思考我的话符不符合她现在的实际情况,但是却没有正面回答。

"我讲的是当时。我还没讲到现在呢!"她怨怨地说,似乎对我打断她的话不无抗议,"当时我真是从内心里关怀他。我不吝啬给他很多很多的温柔。我想,如果他不是个毫无良心的人,那么他任何时候也不会否认这一点的……"

我说:"是这样。起码在我面前,他一再肯定你是个非常非常好非常非常善良的女孩儿。他说如果没有你出现在他的生命里,他也许会自杀。真的。"

她又眯起眼看了我半天。

我说:"索瑶,你得相信。我对他没有任何义务。我没必要替他取悦于你。"

她垂下目光,喃喃地说:"这我当然相信。他对你说过的话,也曾当着我的面,亲口对我说过。他说他的确产生过好几次自杀的念头。他说他有时候对自己十分困惑。说在家乡的时候,无论生活多么苦,多么没快乐,却从未产生过不想活的念头。他说他那个村子里,以后二十多年内病死了不少人。怎么死的都有。有把从乡卫生所偷的酒精兑上井水当酒喝醉死的,有因为被水蛭叮了感染而死的,有吃地瓜噎死的。就是没有自杀的。他说尽管他们那儿的人,命都很不值钱,却都很怕死。一旦知道自己要死了,或者怀疑自己要死了,连平时最刚强的男子汉,都会怕得像孩子一样哭起来。他说他不明白为什么自己来到了大都市成了大学生,反而常常不想活下去了。我知道,他自己非常清楚为什么。有一次,我让他陪我到一座饭店去看望我爸爸的一位老首长,我正在大厅打电话,一转身他不见了。他连告诉我一声都不,就撇下我走掉了。我回到学校只不过责备了他几句,他却对我大发脾气,说我不该带他到那么豪华的地方去。就像我是带他到一个什么下流的场所去了似的。而那不过是一座三星级的饭店,如今哪个大城市没有几座三星级的饭店?'你怎么不替我想想,在那种地方,我是一种什么感觉?'他对我直吼:'我觉得我好像一只苍蝇!苍蝇!一只苍蝇你懂吗你?我根本就不想知道中国有那么豪华的地方!苍蝇配出现在那么豪华的地方吗?'还有一次,我在街上偶然看见了一个收旧家具的,平板车上摆着一台收到的旧电视机,十四英寸,黑白的。正好那天我身上带着钱,是我平时从自己的生活费里节省下来,准备去买一台中档录音机的。我就用二百七十元,将那台旧电视机买了下来。捧着那么大那么沉一台电视机,转了几次车才回到学校,衣服都被汗湿透了。我一换下衣服,顾不上洗把脸,就这儿那儿找他。找到他,高高兴兴地告诉他,我给他买了一台电视机。他却无动于衷,问我为什么要买。我说:'是给你家买的。再放假,你无论如何也该回去探一次家啦!带回一台电视机,尽管是黑白的,尽管才十四英寸,家里人也会喜出望外的!'你能想到他是怎么说的吗?他反而板起面孔问我:'让他们从电视机里看看,外面的世界很精彩?然后使他们绝望,觉得自己的命运很无奈?这未免太冷酷了吧?'我说:'你怎么可以这样想呢?有了一台电视,起码可以使他们的生活增添一些娱乐吧?'他说:'把两种现实差距比照在一起,你认为他们在穷困之中,会从别人的五彩缤纷的生活中获得什么娱乐吗?'我说:'是黑白的,谈得上什么五彩缤纷吗?'他说:'你还把他们当人不当人?你以为他们像些动物似的连一点儿想象力都没有?他们就不能从黑白中想象出彩色来?如果近在眼前,看得见又可望不可即,那么想象是不是一种变相的虐待?'我气得再说不出一句话来。而他一说完就走了。只留给我四个字是'恕不感谢!'那天我哭了一场。如今那台电视机还摆在我宿舍。六个人同宿舍。三个人共一张桌子。谁也不同意把电视摆在桌上,嫌占地方。我只好摆在我的床上。摆在床上占的是我自己睡觉的地方。得斜着躺,躺在床对角线上,才能伸开脚。平时同学不想看的时候,我不敢开,怕影响别人。大家想看的时候,我不能不开,怕令大家不愉快。他从没接受过我的任何实质性的帮助。钱、饭票，或者，哪怕是一袋儿奶粉。只吃过我几袋方便面。他好像非常怕欠下我什么。他好像其实并不需要我这个具体的人，需要的仅只是一份儿预备在那儿的温柔，一份儿情，似乎越纯粹越好，似乎纯粹到抽象更好。似乎内容再多了一点儿，便不是他想要的了。归根结底，我不知道他究竟需要什么。还是我刚才举过的那个例子，他好比是一个孩子，他明明在断乳的状态下，却不要乳汁，仅仅能偎在一个类乎母亲的女人的怀里就行了。而且须得是在他想那样的时候。如果不是他想那样的时候，你主动将他抱在怀里，他会哭闹，甚至会咬你。他这样，使我原先那种良好的自我感觉，渐渐地烟消云散，渐渐地不存在了，没了。到如今，一丁点儿也没了。如今我倒是在做戏了。我也不清楚他是否明白了这一点。他明白不明白，对我都无所谓了。我是由他，才无形中学会做戏的。我的角色还没完成。我还不能摘下行头。我还卸不了装。如今我才知道，有时候，从某一种角色中退出，要比继续扮演难多了！因为现在，我似乎不仅仅是他的女朋友了。在别人眼里，早已经是'一对儿'了！我当初真蠢，其实并不像我想象的那样，有很多女孩子嫉妒我。这真荒唐！好比花市上的一盆什么花草，被许多人围着看，你便以为那肯定是奇花异草。其实人们之所以围着看，也许仅仅因为那花盆儿样式有些特别。你以为大家都想买，其实并没谁真想买。你一时受到了蛊惑。你唯恐会属于了别人，而你连再凑近的权利和机会都没有了。于是你不假思考，你迫不及待地买下了。而别人呢，故意用嫉妒的目光看你，故意说几句嫉妒的酸溜溜的话给你听。于是你暗暗喜悦，不禁地面有得意之色。其实人们不过是成全你的兴致。既然你最有兴致，人们干吗不成全你呢?那对于别人是没什么损失的啊!结果呢,你终于意识到,那根本不是你所喜欢的一种花草。而最重要的,是你不知怎么侍弄它,你养不活它。它原本怎么样,还怎么样,并不因为你浇水啦,上花肥啦,它便多长出一片叶子来。也根本没有芳香。你又不能不管它了。毕竟是盆花呀!而且已经属于你了!总不能眼看着它渐渐干枯吧!你不关心它你有一种罪过感,别人也会谴责你。你关心它吧,它并不回报你。并不因为你的关心就变得绿了一点儿。最糟糕的是,它已经成了你自作自受的一种尴尬。你不知该把它摆在你生活的什么位置。这一点也由不得你自己了,不是你想把它摆在哪儿,就可以摆在哪儿的。因为摆法是人们约定俗成地确定了的。你也不能藏起它来。你已经是'一对儿'中的一个了,你想不是就不是了吗?不是你得付出代价。如果他不是他,而是另外的一个男学生,我早就不忍受这种关系了。但他是那样一个人,问题就不那么简单了。如果从我这方面关系有变,'嫌贫爱富''以貌取人''门当户对的观念作祟',等等等等,我知道人们早已拟定好了些什么样的罪名,准备扣在我头上。我也不知道我将为此付出什么代价。我其实是个惧怕成为舆论目标的女孩儿。好的或不好的舆论,一旦成为目标我都怕。我知道我根本承受不了。我脆弱得很。后来又有同年级的男生向我表示过亲近。暗暗塞给我纸条儿,邀我散步,假期一块儿去旅游,我都不敢有任何暧昧的表示,都一本正经地拒绝了。还装出仿佛受了侮辱的样子,好像我在忠贞地维护着什么似的……完了。全过程。就是这样……就是这样……你听了,认为我坏吗?……"

我说:"不。你一点儿也不坏。"

她微微苦笑，垂下目光，神态很委屈地说："你不必想要安慰我。我也并不是问你。我是问我自己。最近我经常独自回想我们之间的事。回想了就这么问问我自己。"说罢，她向后一靠，将头仰在沙发背上，撩起目光，望着吸顶灯。

她深长地呼吸了一次。如同练气功的人吐故纳新一样。又仿佛一个溺水者刚被救起，一副四肢瘫软的样子。我想她一定是累了。因为在她诉说的时候，我看得出她始终处在一种亢奋的状态。而且，始终以一种异常端正的姿势坐着。始终以一种一句紧接一句，紧密得仿佛唯恐被打断似的，连绵不绝的语调诉说。

回忆是人唯一不能被逐出的天堂。

回忆又是人唯一经常被打入的地狱。

我自己就是一个经常处于回忆之中的人。也经常回忆初恋、情感历程，如果那是苦涩的、无奈的，每回忆一次，便如心灵被剥了一次皮，便如虚脱。何况，我的回忆，都可以说是很久以前的事了。而她的回忆，还没醇到谈得上是回忆的地步。不过全是一年前的事。并与今天的她连着脐带。这脐带的两端，都是要从现实中再蜕生一遍的骨骼刚刚定型的大婴儿。她是。他也是。她想充当圣母玛丽亚而终于精疲力竭承认自己不能胜任。他的确是反常态的。他是一个被穷困所扭曲的青年。世界上还没有一个人经历了穷困而能幸免未被扭曲。敏锐的人只需十分钟就能从一个人身上发现这种经历。穷困是红斑狼疮，不在脸上，也定在被衣服遮住的什么部位。穷困扭曲人的心灵，这也许便是穷困最主要的丑恶了吧？区别也许仅仅在于，人曾被它扭曲的程度和样式千差万别。何况，从他所走来的地方，穷困的遥远的阴影，仍追踪并笼罩着那孤独敏感的青年。他逃不开它。在这繁华的京都，在似乎云集了天之骄子的时而浮躁时而空虚时而激情荡漾时而纨绔成风的大学校园，那阴影显然更加咄咄逼人。我仿佛看到一片雷云在天空戏耍地追逐并企图吞没一只小小的走投无路的蝴蝶。不，一只蛾子……

我简直不知道更应该先助谁一臂之力，她或他。

而我，除了听，和怜悯，又能实际做什么呢？

我还须严谨地包裹起无论对她，还是对他那种廉价的怜悯。因为倘他们感到了这一点，无异于是感到了一种伤害。

我说："你坐随便点儿，干吗又变得那么拘束了？"

她便将一只手臂撑在沙发上，身子倾斜着，使自己的姿势懒散了些。

"说了这么多，你究竟打算怎么办呢？"

"我还要对他好。"她不假思索地说，"反正我还要对他好。明年他就毕业了。我曾劝他考研究生。他坚决不考。他说，学中文的，硕士又怎么样？博士又怎么样？将来反而比本科生更难分配。我想也是。六七年前，我们中文系毕业的，大报社、大出版社、文化单位争着要。现在，连一些少年儿童报、少儿出版社都不要我们了。一切文化单位，像连加床都住满了的招待所。想联系工作，跟你说三句话后打发走你，就算给你面子了。两年前考上研究生的，今年都后悔极了。因为连两年前他们觉得屈才的单位，如今都被本科生占满了。所以他毕业时，我要尽全力帮他。调动起我爸爸的一切社会关系，满足他留在北京的愿望，磕头作揖也在所不辞……"

我问："他非常想留在北京吗？"

她赶紧反问一句："到时候你也能帮他吗？"

我比她反应更迅速地说:"不,我不是那个意思……不过我能理解……到时候看吧……"

我不忍当面给她一个毫无指望的回答。也不忍给自己留下一种将来根本尽不到的义务。我的话含含糊糊吞吞吐吐。我感到自己脸红了。我觉得我的话很笨。本可以说得更巧妙些,却因仓促防御未免捉襟见肘。我难堪地讪笑着。我想我当时的样子一定很令人讨厌。

她说:"我知道这是难事。你别不好意思。其实,就算是某种义务,也不该轮到你。只能是我自己义不容辞的义务。他倒没对我说过愿不愿意留在北京的话。一次也没说过。但他对我说过好几次——说他一旦分回省里,就前景黯淡了……"

我从难堪的窘况之中爬出来,以劝人宽心的口吻说:"那倒不一定吧?全国每年毕业那么多大学生,总不能年复一年都分配在北京啊!地方也可以大有作为嘛!"

她说:"他一分回省里,肯定就得再由省里分回到县里。如今,县里考出来的,没后门,没关系,想留在省里也相当之难。再说他又是学中文的,到了地方,最不受欢迎的,就是中文系的大学生。"

我说:"现在提倡大学生到基层,从基层干起。基层也更需要人。在县里做出成绩了,还可以被调到省里嘛!"

她说:"两个月前,他给县里写过信,询问过。县里也不知什么人给他回的信,希望他还是不要回到县里,真回去了也很难安排合适的工作。当秘书,他不是党员。搞宣传,现在搞宣传的人已超编了,还不知该往下裁谁呢!计划生育办公室倒空着一个缺,但要的是女的。接到信后,那一个多月他心情灰到了极点。他曾对我表示,再也不愿碰壁了,听天由命了。他说大不了是从哪儿出来的再回哪儿去,回到他们那个村里去当个'孩子王'也不错。毕竟他读过大学了。仍然是全村最幸运的人。又说,怕只怕村里的人们误认为他在学校犯了什么错误。要不怎么会读了好几年大学哪儿都不要,又被贬回村里了呢?他说这是有口难辩的事。我听得出,其实他内心里最怕再回到他那个村子。他显然希望自己能预先做好种心理准备,可是又怕这一点最终成为现实……"

我张了张嘴,想说句话。

她问:"你想说什么?"

我反问:"你……有把握到他毕业时帮他留在北京吗?"

其实我想说的是——能下决心献身于家乡的教育事业,也不失为一种人生选择,也是大有作为的,等等。但是猝然间我意识到,如果我真那么说了,自己就挺不是个东西的。那些话在舌尖打了个滚儿,说出口的刹那间变了。

她挺自信地说:"大概没什么问题吧!这也是我能为他做的,唯一最实际的事了!对这一段缘分,从我这方面总得有个善始善终的交代,是不是?"

我用一支烟堵住了嘴。我明智地认为,此刻"第三者"最不该表示什么态度。而且我也不知应持何种态度。倘说"是",好像我支持她"终";倘说"不",又仿佛我企图代人强求某种"正果"似的。

她却显得乐观起来。

她说:"反正一年的时间不长,一眨眼就会过去。这一年内我要加倍地对他好。他毕业再帮他留北京,他会感激我的。每当他回想起大学生活,他便会想起一个女孩儿,曾用温情一再地给他的心灵涂抹暖色,并改变了他的命运轨迹。我相信,他将庆幸自己的生活里出现过那么一个女孩儿,他将对我终生铭记不忘!"

我说:"能这样最好,能这样最好……"我心里替"表弟"觉得挺感伤。"我已经在着手进行了!连姐姐都被我调动起来了。姐姐认为我如果能将自己又顺利又得体地解脱出来,就证明我成熟了。许多叔叔阿姨、伯伯婶婶,都答应到时一定竭力帮忙……"我还是说:"能这样最好,能这样最好……"除了那一句话,我也再寻找不到什么更适当的话。她叮咛我:"你以后在他面前,千万要装得什么都不知道。他这人特敏感!更不能把我的底牌暗示给他。那你就会把我正在进行的事搅得一团糟!你明白吗?其实我本不该告诉你这一切。可我今天太想对一个人说说了,要不我怕我会憋闷出心病来……"

我郑重地说:"如果你希望我发誓,我就发誓。"

她说:"那倒不必。"

说完笑了……

那一天她总算是心情舒畅地离开了我家。起码使母亲和我感觉是那样。

她走后,母亲对我说:"要不,哪天,把他俩都找来,我出面,替他们做个主,把他们的事儿定下得了!也算我老了老了,又做了件成人之美的事儿……"

我不得不以警告的口吻对母亲说:"妈,你可千万不要乱来!"

母亲不解地说:"这怎么是乱来呢?两个好孩子,又都是大学生,将来又都能分在北京。不是挺合适的一对儿吗?"

我耐心地说:"妈,现在不兴订婚那一套了,你想替他们做个主，就能做得了主吗？你趁早打消这种念头吧！"

母亲叹了口气，自言自语道："可也是。要说呢，我更喜欢索瑶。心眼儿好，有情有义的……可小冰这孩子，从那么穷那么老远的一个地方，能走到今天这一步，人家孩子可多不易啊！一个好汉三个帮，你也认识不少的人，到他毕业的时候，你就不能也帮帮他？……"

我已经被搞得很心烦意乱了。

我有些起急地对母亲说："妈，你已经有四个儿子了，我大哥至今还在医院，你这一辈子还没操够心吗？还认下左一个干儿子右一个干儿子去操心！毕业分配的事，是我想帮，就能帮得上的吗？我有那么大能耐吗？绝不许你替我吐这种口风。你要是对人家主动承诺了，到时候你负责！再说人家索瑶已经着手进行了，那已经是不太成问题的问题了，用不着你，也用不着我……"

"你看你，你看你！"母亲面呈愠色了，"我不过就这么絮叨絮叨，你倒发起脾气来了！你给我买车票，我明天走，不在你这儿受你呵斥！……"

三

很久一段日子里，"表弟"没再来过。"表妹"索瑶也没再来过。渐渐，我将他们都忘掉了。偶尔想起，也不过就是偶尔想起罢了。并且，随后便又都忘了。原来这世界，能被我们真正挂记在心的人，除了自己至爱的人和至亲的人，实在不太多。原来有些人，一旦闯入我们的生活,也便随他们闯入。一旦从我们的生活中隐失甚至消失,我们竟不觉得真的缺少了什么。何况,"表弟""表妹",原本不过是戏言。是一种八竿子也搭不上的莫须有的关系。所以,我有时想起他们,倒是觉着忘也忘得心安理得,无疚无愧。

母亲当然常常念叨他们。说又很久没吃饺子了。我说您不怕麻烦您就包吧!母亲必会说,家里连个客人都不来,包也包得没意思,吃也吃得没意思。我说几乎每天都有人来,不全是客人吗?母亲说,每天来找你的那些人,那也能算得上是客人吗?他们来找你,不过就为一件事儿——讨稿子。你接待他们,不过就为发表。你们那纯粹是"工作关系"。倒好像只有"表弟"和"表妹",才名正言顺地算是客人。我认为是母亲不甘寥落和寂寞,往往一笑置之。

忽然有一天,久违的"表妹"来了。那时已是冬天了。我记得那一天特别冷。我记得她是晚上八点多骑自行车来的。也没围条围巾,脸颊、鼻尖冻得通红,一进屋就往暖气前凑。母亲当然对她亲热得没比。拉着她双手,就想和她一块儿坐在沙发上,摆开阵势长谈久叙。她很抱歉地说她没时间坐了。她说她没戴手套,手指尖儿都冻麻了,得在暖气上焐焐。她说学校还差十几天才能放寒假,不过她父亲病了,她被允许提前十几天探家,她说已经买好了明天的车票,和姐姐一起走。她说她主要是不放心"表弟",似乎总觉得,在这个寒冷的假期里,若没有她在他身边,他不定会出什么事儿。她说着说着,眼圈红了。我问她,他们之间是否又发生了什么不愉快?她摇头。她说,当然也许什么事儿都不会发生,不过是自己对他太过虑了。她说,她走后,就把"表弟"托付给我这位"表兄"了。希望他不来,我也能到学校去看他一两次。她说要不托付这件事儿,她真的是有些放心不下……

毕竟,我属性情中人,我受了挺大的感动。

我连连保证:"一定的!一定的!……"

母亲干脆是在抹眼泪。一边抹眼泪一边说:"姑娘呀,你放心,你放心,学校一放假,我就让你表哥把他接到家里来住!……"

她就一下子拥抱住母亲,和母亲贴了贴脸,还吻了母亲一下,说:"大娘你真好!我要给你捎回来一个药枕头。我们那儿也生产药枕头……"

她连坐也没坐,始终站在暖气前,和我和母亲加在一起说了十五六分钟的话,就走了。母亲这儿那儿要给她寻找出一双手套戴,她没等。她说,她还没收拾东西哪……来也匆匆,去也匆匆。我追出门想陪送她一段路,却又没带自己的自行车钥匙(不是故意的)。眼见她骑上自行车,逆着北风,消失在冬天的黑夜里……

几天后,在母亲的提醒之下,我正打算出门到大学里去看看"表弟",他却"光临"了。仍是我第一次见到他时所穿的那身单薄的衣服。严格讲,从上到下,那都不能算御寒的冬装。

我说:"我正想到你们学校去看看你呢!"

他说:"我也挺想大娘的,来看看老人家。"

偏偏母亲不在家,买东西去了。

我又说:"你很久没来了。"

他说:"很久没来了。"

"外边冷吧?"

"冷。"

"都考完了?"

"嗯。"

"考得怎么样?"

"马马虎虎。不过全及格了。"

我自感交谈颇为涩滞。我告诫自己须臾不要忘了"表妹"的叮咛,有意识地避免可能会使他猜测什么的话题。而他,分明地,隔了很久突然到来,内心里不无猜测。因为他似乎打趣儿地问:"我没变成一个不受欢迎的人吧?"我听出那不是打趣儿的话,我看出他不是打趣儿的样子。我觉得他问得并不轻松。我猜想他一路来时,肯定也这么问过他自己好几遍。我有点儿做作地笑了。我说:"你干吗这么认为?"他也笑了。笑得极不自然。有心事。"这段日子里,她再没单独来过?""索瑶?……没来过。""一次也没来过?""噢,她走前的晚上来过一次。只待了十几分钟。"

"干什么来了?"

"临回家前告别一下。"

"她……聊了些什么?"

"没聊什么。才待十几分钟,能聊什么?"

"这人……也不邀上我一块儿来!"

我有些替索瑶不平地说:"你什么时候能对她好点儿?"

他愕异地看着我。惊讶于我的话所流露出的立场倾向。

我急忙弥补地又说:"男人嘛,应当对关心自己的姑娘们好点儿。"

他缄口不言了。

我起身打开壁橱,取出一件半新的军大衣,放在床上。他立刻就明白了什么,局促起来,竟至于面红耳赤了,他语无伦次地说:

"我接受……我诚心诚意地接受还不行吗?但是我不要……我坚决不要啊!"我理解他的话——诚心诚意接受我对他的批评,但坚决不要我想送给他的大衣。我说:"我也没想送给你。借你穿。这是我在兵团时发的,送给你我还舍不得呢!你不至于觉着穿了有损你的形象吧?"他极窘地一笑:"行。是借我穿,我就穿。"我试探地问:"没事儿的话,今天干脆就住这儿怎么样?"他说:"有点儿事儿。"我不禁"噢"了一声。暗想肯定是非比寻常的一件事儿了。"我……我手臂上长了一个……肿物……""肿物?……"他捋起了袖子。在他的左前臂,肘弯以下一寸处,静脉旁,明显地,凸起了一个蚕豆大小的瘤子。我轻轻按了按,问:"疼吗?"他摇摇头。"发现多久了?""一个星期。刚发现的时候,才黄豆那么大。"对这方面,我有一些常识。因为阅读各类医书,也是较主要的消遣的一种。"我在你书架上,看见过一本关于癌的书。我想,我想借回去翻翻。不知道你那本书还在不在?"

我又接着按那肿物,与皮肤并不粘连,根部更大些。而且,隐埋得挺深。我轻轻推了推,推不动。显然较固定。我想象,那定是蜗牛状的一个瘤。凸起的是"蜗牛"的壳部。寄生在纤维组织或静脉壁上的,是"蜗牛"的"躯体"部分。

那绝非粉瘤。

亦非脂肪瘤。

他问:"究竟是什么?"

我说:"当然是个瘤。"

他又问:"你看,会是什么性质的?"

我说:"你别那么紧张,不过就是一个小小的脂肪瘤。"

他说:"我倒不紧张,但是手臂发麻。"

我说:"那是压迫了神经。"

他笑了笑,说:"要是没什么大关系,我就不理它了。但……我还是想借你那本书看看。反正现在刊物上也没特别值得一看的小说,还莫如看点儿专科书,能获得些常识。"他那笑,是怪勉强的。那本书当然还在书架上。我说:"那类书我翻完就卖了。其实你不看也罢。"他愣愣地瞅我。我说:"那我去给你找找。"他说:"我和你一块儿找吧?我记得夹在哪一排书之间。"我说:"书架我早又重新整理过。我可不愿被你翻乱了!"说罢,我便抽身离开,去到另一个房间,将那本关于癌的书从书架上抽下,藏了起来。回到他身边,见他的袖子仍未放下来,在瞧着他手臂上那个瘤。像猫研究一只玩具老鼠。

我说:"没找到。"他那种研究的目光,转移到了我脸上。我又说:"压迫神经毕竟不好。不能置之不理。我明天要到医院去开点儿药,你如果有时间的话,和我就个伴儿,一块儿去看看吧!"我故意把话说得轻描淡写而又轻描淡写。其实我明天无须乎到医院去开什么药。

"有时间!我明天有时间!我一定和你就伴儿,正好有些话想和你聊聊……"

我的建议,分明地,正中他下怀。

他说着就站起来要走。我让他再坐会儿,坐到我母亲回来。他却不肯再坐了。一副心神不宁的样子。我也不勉强他,将大衣披在他身上,和他约好在医院门口会面,凭他去了。

他走后,我独自翻起那本关于癌的书来。

纤维瘤——良性。

纤维肉瘤——恶性。常发生于前胸、前臂、血管和淋巴结附近,并侵袭血管和淋巴结,导致全身性转移……

我想,我不借给他这一本书,是对的。

在医院,咨询台让我们挂皮肤科。皮肤科的医生两分钟就把他打发出来了,说是应该看外科。我便要他到外科去等,又替他挂了一个外科。那时已经十点多了。外科挂号台的中年护士,问我怎么了。我说不是我,是我表弟,就叫他过去,挽起袖子让对方看。对方说,这看外科干什么?去看皮肤科。我替他说,已经在皮肤科看过了,是皮肤科让到外科来的。对方说,明天吧。都十点多了,给你挂了号,上午也看不成了。我说上午看不成,还有下午呢!对方挺腻歪我们似的,扯过他胳膊,又看了一眼,百般厌烦地说,有什么了不得的呀!不就是脂肪瘤吗?明天再来看死不了人!她是烦那一天上午就诊外科的人太多了,也许会耽误她中午下班。能推走一个是一个。我忍不住火了,说你是专家吗?你敢断定就是脂肪瘤吗?而"表弟",却只在一旁一声不吭地听着。显然,到了医院这种地方,又碰上这么一个女人,他简直就不知该怎么对付,只有一声不吭。那女人听了我的话,冷笑起来,说对对对,我不是专家。二楼有专家门诊,你们干吗不去挂专家号?外科这儿,每天挂满一百号为止。正说着,一个人将挂号本和挂号单递给了她。她看也不看,拿起笔就写了一个"100",递还给那人后又说,瞧,已经"100"号了吧!我看出她存心气我。我想我可别生气。生气就太照顾她了。也会使"表弟"不安。我反而笑了,扯了他的手说,多谢这位女士提醒,咱们挂专家门诊去!"表弟"跟随着我走了几步,骂了一句非常之难听的话。登上二楼，只见挂专家门诊的人，多到近百。排的队绕来绕去，顺着楼梯，又绕下了一楼。窗口立的牌子上写着——已预约到三天之后了……

我和"表弟"望而却步。我听见他恨恨地嘟哝："孙子才挂专家门诊！"我真想哈哈大笑，但又怕被视为精神病，更怕他再吐出句容易招惹是非的话，或者竟无端地引起某些人的怒火，又一把扯了他的手便走。一离开医院，我就掏烟吸。我也觉得心头有股无名之火在上蹿，一阵阵往脑门儿拱。他说："给我一支。"我说："不给。你不会吸烟，就永远别沾烟味儿。"他说："你就当给我一片儿镇定药。在北京，我还没踏入过医院的大门，这次领教了。"

我犹豫了一下，给了他一支烟，说："医院就是这么一种地方，等一上午，看三分钟病。要不怎么叫'看医生'呢？哪位医生三分钟还不够病人看的呢？"

他只将烟放在鼻子底下使劲儿嗅了几嗅，又还给了我，说："不能跟你学坏。索瑶知道我吸烟该生气了！"我故作诧异地望着他。他说："你这么望着我干吗？"我说："你感觉对了。男人总得多少体恤着关心着自己的女人点儿。"……我们约好，两天后再来。我说我需要两天的时间托托关系，走走后门儿。我向他保证两天后再来，会一切顺利的。他表示很信赖我……

两天后我们虽未挂专家门诊，但给他诊断的是一位中年的副主任医师。诊断结果是神经纤维瘤。不过诊断后面有一个不能完全肯定的问号。

问号使他忐忑不安。我对他说："别疑神疑鬼的。什么人都不会轻易下结论。最后的结论须经过切片和活检才能得出。"他说：

"那就意味着，还存在是纤维肉瘤的可能，对不对？"我一愣，问他："什么纤维肉瘤？我没听说过。你怎么知道也有这种可能呢？"他说："我自己买了一本有关的书。"

"……"

我不禁仔细看了他一会儿。希望能从他脸上看出些他不必说我就懂的东西。他一副坦然的，若无其事的，简直就是无所谓的样子，仿佛早已参透生命的真谛，到达了生生死死，有何涕哉的境界似的。而我看出那不是真的。看出了掩盖在无所谓下面的一派张皇失措的心态的紊乱。这使我感到我像一个陪刑者。

外科手术室预约他两个月后动手术。我对那司空见惯、真正到达无所谓境界的姑娘说，同志呵，请您替患者想一想，肿物（当着他的面，我避免说瘤，因为它太容易使人直接理解成癌）每时每刻都在继续生长，如果真是不良的东西，现在没扩散，两个月之后，岂不就扩散了吗？我们都应该加强点儿热爱生命的积极意识啊！她说，如果人人都无一例外地要求照顾，她能热爱得过来吗？我早有所料。从小窗口塞入一本我新出的小说集。于是手术日期提前了个月又二十二天。她说是为我们夹了个"楔儿"，再一天也不能提前了。而我替"表弟"一再地说谢谢。

离开医院，走在路上，我试探地问他愿不愿到我家住几天？他先说不忍干扰我的生活规律，接着又说他喜欢独处和肃静。说全系的同学差不多走光了，宿舍里就剩他自己了，成了主人，想几点钟睡就几点钟睡，想几点钟起就几点钟起，想大声唱就大声唱，想写便写，想读便读。他说他想趁机会狠学一段外语……

我没强求他住到我家去。我想，即使有"表妹"临行前的嘱托,扪心自问,我对他做的也算可以了……

但是我将他动手术的日子记错了。他比我记住的日子早一天来到了我家,托着左前臂。我问:"怎么,竟是今天吗?"他说:"是啊。"我抱歉地说:"真是的,我记成明天了。本来我想陪你的。"他说:"小手术,陪什么啊!"我问他手术动得顺不顺利,他说还算顺利。忽然电话响了。是给他动手术的医生,朋友的朋友的朋友很负责任地打来的。他在电话里说,"表弟"紧张得要命。躺在手术台上的时候,脸都吓白了。刚一打上麻药,就默默地流起泪来了。还说:"医生,是良性的还是恶性的,你可千万要告诉我实话啊!我已经三年多没探过家了……"言外之意,如果不幸是恶性的,他要死在家乡……听对方那话,似乎包含着责备我的成分——既然是表兄弟,陪一陪的时间总该有的嘛……

我只能嗯嗯啊啊而已,不敢多说什么,也不便再问什么,唯恐"表弟"听到,又增加一重心理负担。

我和母亲没让他走。

他也没太坚持要走。

那天他就睡在我的房间。我看书,他也看书。我看英国作家卡内蒂的《迷惘》。他看《癌的早期发现和预防》,他自己买的并带来的一本。我把那本书从他手中夺下,塞给他一本《马背上的水手》——杰克·伦敦的传记。他翻了几页,说没多大意思,往枕头底下一塞,翻个身睡去了。我独自又看了一会儿,也觉得《迷惘》没意思起来,见十一点了,熄了灯。

第二天,我和母亲仍不许他走。他一只手洗脸,连毛巾都没法儿拧;一只手吃饭,连碗都没法儿端。怎么能让他走呢?

第三天,我们都躺在床上之后,终于推心置腹地聊了起来。而且,是从索瑶开始的。是他主动开始的。开门见山,没有任何铺垫。我也没对他说过一句诱发的话。我不想那么做,也不愿那么做。坦率讲,我根本不愿介入他们的事,更不想进而陷入。我认为那完全是他和她个人的事。觉得任何一种关心的表示和方式,都是不理智的,不明智的。尤其在与索瑶长谈之后,我打算在这件事上信守诺言到底。何况,这件事并非他手臂上的瘤……

"在你看来,我和她有几分可能性?"

虽然我明知"她"是谁,还是佯装糊涂地反问:谁呀?什么事儿可能不可能的?"

就是这样开始的。

"索瑶。我和索瑶。"

回避似乎反而涉嫌,我想了想,策略地说:"事在人为。情感方面的事,没有什么规律可循。"

黑暗中,只能期待一纸化验单作最后的命运宣判的这青年,不得要领地沉默着。我觉得我的回答其实等于没回答一样。我又说:"睡吧!"他说:"不困。"我说:"我很困。我先睡了。"他"嗯"了一声。其实我一点儿也不困。我觉得在他终于产生了主动向人倾诉什么的时候,我的"事不关己,高高挂起"的态度,未免太油滑。我问:"你究竟喜欢不喜欢索瑶?"他说:"喜欢。"我说:"既然你喜欢她,为什么还要那样一次次伤她的心。"他说:"我也不知道。""那么对她,对你自己,你又知道些什么?""我知道……我对她,还没她对我一半好……""不公平的事,到头来都只能走向反面。""她……她对你说过,我们的事情已经走向反面了吗?"

"她什么也没对我说过。我不过是泛泛而谈。""有时候我很爱她,很感激她。但有时候我也恨她。""恨她?……""不是恨她这个人。而是恨她的无忧无虑。她也一次次伤害过我。她自己不知道。但确实伤害了我。常常是,当我对她的爱对她的感激,在我心里占了上风的时候,她无意中又用她的无忧无虑伤害了我。有一天她过生日,她请了十几个好同学玩一天。不知道她通过她爸爸的哪一位老下级的关系,居然搞到了一辆面包车,开到学校门口,接上大家去逛八达岭。而且,那些同学一路上的吃吃喝喝,她全包了,甚至还为吸烟的男同学们一人买了一盒'骆驼'烟。那一天她花费了将近二百元。那一天顶数她显得高兴。她说人生只有一个十九岁生日。她说她怕一过二十岁,就再也找不到十九岁那种仿佛永远是小女孩儿的感觉了。近二百元啊!一个暑假,我在黄山也不过只能挣六七百元。半路我借故离开,乘公共汽车返校了。当然,我承认我做得不对,使他们到处寻找我。她心里很着急,破坏了她生日那天的大好情绪,也使所有的人都多多少少感到有些扫兴。但是你知道我在公共汽车上怎么想的吗?我一想到这一点,心里就觉得解恨。像终于报复了你早想报复一下的人一样解恨。有时候我也弄不明白我自己是怎么回事,我觉得总有一种报复谁一下的念头,深深地埋藏在自己心里,随时怂恿我恨某些人,暗暗诅咒某些人被汽车撞死,得了艾滋病,或者癌。或者因为某件事,一夜之间身败名裂,再也没有任何前途可言。他们平时倒没得罪过我,更没侵犯过我,但是他们各方面都优越于我。如果你周围有许多这样的人,有时候你也会忍受不了的。你没被侵犯你也会觉得你被侵犯了,你没被伤害你也会觉得你被伤害了,你没被压迫你也会觉得你被压迫了。经常的，别人并没有存心讽刺你嘲弄你，可你说服不了你自己。你会觉得他们的每一言每一行，就是存心讽刺你嘲弄你。你会感到时时处处受到了无情的严重的伤害，如同你经常处在极大的痛苦之中。对索瑶，我真是又恨又爱。有时候我觉得，冥冥之中仿佛有一个什么主宰。它对我怜悯，将索瑶这么一个女孩儿，引到我面前，赐给我爱她的权力，和被她所爱的权力。可另外一些时候，我又觉得，冥冥之中那个主宰，其实赐给我的，似乎更是憎恨的权力和报复的权力。它仿佛经常对我说，既然你心中有一种憎恨，那么你就更具体地憎恨这个女孩儿吧！既然你心中有一种报复什么的冲动，那你就更具体地向这个女孩儿实行报复吧！她给予我的关心、爱护、温柔和对我的安慰，还不及我伤害她之后所获得的快感大。我伤害了她，仿佛就等于是伤害了一切。仿佛能抵消一切对于我的伤害一样。但是那一种丑恶的快感却往往是暂时的，绝不会比你吸完一支烟的时间还长……"

我于黑暗中摸索到烟和打火机，迫切地吸了起来。真话有时候是很使人害怕的东西。有时候讲真话需要某种勇气，听真话也需要某种勇气。因为关于人的心灵的真话，尤其是关于人的心灵最深处的那些最原始的角落的真话，真是具有直指你自己心灵的力量。某些真话如同镜子，逼照出你原先不敢承认的，你自己心灵最深处的，那些最原始的角落或曾也有过和依然有的什么。我自己反倒感到不知所措了，更不知该对他说些什么话好。我吸烟，乃是为了使自己在黑暗中镇定，也是为了向他证明，我在虔诚地聆听着，并没睡着。我能理解他。我也有过类似的心路历程。甚至，我自己也曾产生过向别人诉说的愿望，并且向别人诉说过。但是，与他的诉说是不尽相同的。我诉说得很细，软线条的。很细，其实便是很技巧的考虑。本能地，通过一些微枝末节的伪装，使人听起来，理解的成分多一些。于是可爱的成分多一些。最终不失可爱。既满足了自己诉说的愿望，也同时从别人那儿获得了宽恕。在这种情况下，连忏悔仿佛都是精致的、玲珑的。而他的诉说，却分明是硬线条的、粗糙的、直白的，摒除了一切微枝末节的，一语中的、赤裸裸。如果说也有忏悔的意味儿，那也是附带性质的。不，他似乎不是为了忏悔才诉说，似乎更是由于诉说才忏悔。或者，仅仅就是诉说而已。并不存在我所想到的忏悔不忏悔的因素……

黑暗中，他的语调很机械。

"我知道，她一定对你，也对大娘说过，我怎么怎么三番五次伤害了她。其实那不完全对。我的意思是，我总感到，我根本就伤害不了她。不错，我使她哭过，使她落过泪。但是，只要离开了我，几分钟后，她又是那么无忧无虑的。我嫉恨她，非常嫉恨她无忧无虑这一点。结果，我对她的伤害，又统统落在我自己的头上。这使我感到很不公平。我总觉得，她永远是优越于我的。她给予我的关心、爱护和温柔，似乎都更是一种施舍。她对我越宽宏和隐忍，越委曲求全，越意味着，那一种施舍仿佛是她天经地义的权力。而我，连不接受的权力，仿佛都在无形中被剥夺了。有时候我甚至很坏地想，如果她是天使，那么就让我做暴君吧！可我又做不成一个暴君。而她做天使，却做得几乎无可指责。如果我只是一味地憎恨她，那么也许我们之间的关系，早就有一个了结啦。但我又根本不可能一味地憎恨她。因为，一旦没了她给予我的关心、爱护和温柔，我马上就会处于失魂落魄的状况，似乎一天也活不下去。

有时候我又那么害怕她真的不理我了。我已经不能没有她那份儿温柔。我像一个孩子需要搂抱需要奶汁一样，需要她那份儿温柔。而我总觉得，她所给予我的，其实是小女孩儿给予布娃娃的那一种情感。我不是怀疑她对我的情感是假的。我完全相信，我完全清楚那是真的。很真很真。小女孩儿对布娃娃那一种情感，就是很真很真的情感。她们有时充当布娃娃的小姐姐、小母亲、小阿姨等等角色，那是又真实又动人的。但我不是一个布娃娃呀！而我，也想扮演一个女孩儿的监护人的角色啊！也梦幻过自己是一位白马王子，使某个小女孩儿崇拜并依赖于我啊！却仿佛命中注定了，我只能配扮演一个布娃娃的角色似的。有很多时候我想，她要是蛙妹子就好了。你肯定知道蛙妹子是谁。我不信我对她讲过的，她会守口如瓶，什么也不对你讲。可她不是蛙妹子。蛙妹子也不是她。蛙妹子永远不会知道上大学是怎么回事儿，永远不会像她那么无忧无虑，永远不会把我当成布娃娃。如果我和蛙妹子在一起，不管是一块儿成了大学生，还是一块儿四处流浪，甚至一块儿乞讨，蛙妹子都会把我当成一个哥哥，一个她必须依赖的人，一个男人。我有时候试图就把她当成蛙妹子，把我认为颠倒了的关系重新颠倒过来。然而却不能够。归根结底，更像布娃娃的还是我。更像监护人，更像小姐姐、小母亲、小阿姨的，还是她。更像天使的，也是她。我只能在一个懂事的小弟弟，或者不懂事的小弟弟之间进行选择。非此即彼。精神上、心理上、主动性方面，一切方面，占优越地位的，似乎只能是她。我伤害她，却丝毫也无损于她的优越地位。她哭了，她流泪了，她委屈了、难过了，但是在我面前，依然是处于优越地位的。我想，她对我那么宽宏大量，那么隐忍，那么委曲求全，也许恰恰证明，她清清楚楚、明明白白地知道，在我和她之间，她永远是处于优越地位的。这一地位，是我所根本不可扭转，也不可动摇的。我想重新握有拒绝的权力，可是仔细想想，她又并没有剥夺过我这种权力。只能说我自己放弃了这种权力。除了情感和她那份儿温柔，我不再接受她的任何给予，正是因为，我不想彻底放弃，不想一点儿也不给自己保留。有几次，我真想大声对她吼'滚你妈的'，可是我根本没有这个勇气。我害怕果真失去了她，远远甚于我希望摆脱她。我爱她，却又觉得爱得屈辱。我恨她，却又觉得恨得没有人味儿，不近情理。我也曾暗暗诅咒她患上癌症、艾滋病、白血病什么的。不是因为对她恨到这种地步，也不是因为我灵魂邪恶到这种地步，而是因为，那么一来，也许只有那么一来，我对她才会爱得更自尊些。我可以无微不至地照顾她，我可以周周到到地服侍她。我会经常守在她身边，轻轻握住她的手给她无尽的温柔。甚至，我可以毫不犹豫地和她结婚。她由于病痛而耍脾气的时候，我也可以逆来顺受。什么都可以。但是我只要体验一种优越。一种对方改变不了的动摇不了的伤害不了的打击不了的优越。哪怕仅仅在她一个人面前才可能具有的。哪怕一生仅仅能体验到一次！可是我知道这只不过是我的幻想。谁都会有某种优越感而我就没有。我成了大学生之后我仍没有。我高考的时候是全县第四名啊！这一点在大学里似乎不值一提。而我仍然要为毕业分配问题所苦恼。苦恼得夜里失眠服了安眠药片也睡不着。我羡慕别人嫉妒别人诅咒别人包括对我好的一个女孩儿，而现在这诅咒似乎落在了我自己的身上。我知道化验结果会是什么。否则我从手术台上坐起来的时候，那动手术的医生不会以那么怜悯的目光瞧着我……"我悄无声息地下床，到洗脸间去为他洗湿了一条毛巾。

我说："给你。"

他问："什么？"

我说："湿毛巾，擦擦脸。"

他说："我没这习惯。"

我原以为他肯定早已泪流满面，坚持道："还是擦擦好。哭过了接着睡，明早起来，闹火眼。"他说："我没哭。"我说："你何必在这一点上也固执？"他说："真可笑。你怎么会以为我哭了？"我想开灯，看他究竟哭了没有。但又觉得那样，更加显得自己可笑。他说他没哭，我也就只能当他没哭罢了。我将湿毛巾放在床头柜上。接着，去为他倒了半杯水，拉开床头柜的抽屉，取出安眠药，命令地说："接着。"他问："又是什么？"我说："安眠药和水。"他沉默了片刻，说："你不会错拿成别的什么药吧？"我说："放心。错不了。我这抽屉里，只有安眠药。"他又问："哪一种？"我说："安必定。""我没服过这一种，你一次服几片儿""两片。""那，我可能得服三片儿。"我就又加了一片。待他服下，我才上床。"如果我明天起不来，多不像话！"我说："几点醒，你几点起就是了。没人会非弄醒你的。""那你的意思是，咱们该睡了？"

我指指床头柜上的小夜光表："你看，都一点多了，该睡了。你别想那么多，什么癌不癌的！纤维肉瘤，那是万分之几的概率，干吗偏要往自己身上想？"他说："如果真是，命运对我就太冷酷无情了。"隔了一会儿，又说，"生死有命，富贵在天。去他妈的吧，睡！……"我说："什么都别想都别讲了，真的太晚了。睡吧！"……他第二天中午才醒。他的眼睛向我证明，昨夜他确实没哭。也许掉过几滴泪，但那是不能算哭的。吃过午饭，他坚持要回学校去。母亲和我，都留不住他。母亲是真留他。而我，是表示要留住他，不能说是虚伪。但也仅只是一种表示而已，他毕竟不是一个孩子。不陪他聊，似乎冷淡。陪他聊，又没那么多的闲工夫。与其使他暗暗觉得受了冷淡，还莫如悉听尊便的好……

我送他的时候，他请求我，到了日子替他去看化验结果。他说，如果是良性的，就打电话告诉他。如果是恶性的，则不必告诉他了。过了一天他没得到消息，他就明白了。他希望让他自己明白，别当面告诉他……

我将那个日子，用很醒目的红色笔记在挂历上，唯恐自己忘了。并一再叮咛母亲，帮我记住那个日子……

不是。不是纤维肉瘤。也就是说，不是恶性的。是——纤维脂肪瘤。可以理解成脂肪瘤纤维化，或纤维化的脂肪瘤。总之，虽也不是什么好东西，但毕竟和癌沾不上边儿。何况医生向我保证，手术效果理想，切除得一干二净。

我直接骑自行车从医院到学校去告诉他。并将化验单交给他。说如果他不相信，可以再看看他买的那本书，是否清楚地写着纤维脂肪瘤是怎么回事儿……

他说他当然完全相信。

似乎为了证明他完全相信，他将他买的那本关于癌的书，更准确地说，是关于癌的知识普及性小册子，当着我的面一撕两半，扔进了纸篓。

这一场虚惊过后，不但他的心情豁然为之开朗，就连我也顿有如释重负之感。我提议请他吃顿饭，以示庆贺。他赶紧说："不不不，该我请你。该我请你。给你添了不少麻烦!"说着开了一个属于他的写字桌的抽屉的锁,探入手抽出三十元钱揣进兜里。

我暗想,"表弟"啊"表弟",你那点儿钱来得容易吗?你又何必在人前这么要强呢……那一天,我们还一人喝了将近一瓶啤酒。对我来说,绝对是例外壮举,近乎舍命陪君子。对他,显然也是下了一醉方休的决心。我们最后一次碰杯时,他说:"咱们祝祝索瑶吧?"我说:"对,对。祝祝她。"他谦让地说:"你祝一句!"我说:"你,你!当然得你祝!"他郑重地想了半天才说:"索瑶,我们祝你万事如意!"我又加了一句:"一切顺利!"尽管我当时已有几分头重脚轻,可并没糊涂。"一切顺利",包含着我对她已进行着的一件事的祈祷——他的分配去向问题。

我当然不允许他花那三十元钱。

我挽着他,将他送回宿舍。告辞时,他讷讷地说:"表哥,我……对你讲过的……希望你……千万别对索瑶讲。我那几天情绪太坏。有些想法,其实是潜意识里的,被我自己放大了,那就是夸张了。不能算数的。"

我拍着他的肩说:"你放心。你什么也没对我讲过。"他不好意思地笑了……索瑶返校后,真给母亲送来一只药枕,也不知她到底收没收母亲坚持付给她的钱。她和母亲之间的事儿,我也不愿多问。听她说话,肯定并不知道"表弟"臂上动过手术。我也就没提,并悄悄叮咛了母亲也别提。

她很高兴的样子,她说她对"表弟"开始刮目相看了。她说她真没想到,一个寒假里,他的英语水平提高了那么多。她说他还译了几首诗。有一家刊物回信颇感兴趣,问他还能不能多译几首,集中发表，也许会引起点儿小小的注意。她说他又开始译了。打算译十首，一共二百多行呢！

我让她捎话给他，如果那一家刊物最终又不发表了，我愿意替他向别的刊物推荐……

几天后我出差到南方去。母亲提醒我，那是"表弟"家乡所在的省份。母亲说人家孩子四年多没回过家乡了，你一定要抽出几天时间，替人家孩子回家乡看看。并且翻出一件件旧衣服，命我捎去。我坚决地说一件也不带，但为了使母亲高兴些，我保证我会到他的家乡去看看的。我没向"表弟"问地址。也根本没对他提这事。地址是索瑶抄给我的。她说她也是瞒着他，从他的家信信封上抄下的。她说根本不提对，提了他反而又会顾三虑四的……

我一到外地，就对接待我的单位提出——此行要看望一家亲戚。他们知道我是北方人，知道我的原籍是山东，奇怪我怎么会在西南，而且是在一个三省交界的偏远之地有什么亲戚。我说是亲戚的亲戚，希望人家成全我一次。他们说这倒也不是什么难事，安排在返程前三天就可。说乘火车是直接到不了的，得转车。转车也还是到不了，还得乘六七个小时的长途公共汽车。说那仍到不了，只能到县里。从县里再往下怎么去，多远的路，便非他们所知道的了。说莫如给我派一辆吉普车，走公路，到了县里，再烦县里的什么人领领路。说三天的时间去回足够了。我自是感激不尽……

上路那一天早晨，下起雨来。小司机是个复转兵。他说一下雨，有几段泥沙公路可能会封，问我还去不去？我说车到山前必有路。小司机便不再多说什么。

还好，一路顺利。小司机是个开快车的，但路面时时刁难他。

在下午五点,比估计的晚一个多小时到了县里。也许是因为在凄冷的雪雨中淋了一天,那县城使人顿生索落萧瑟之感。被湿漉漉的一片阴郁笼罩着,没有丝毫的生气。吉普车直开到一座破败的院落前停住,竟没遇见个人影。下了车,看到牌子,才知是文化馆。我觉得这县城似曾相识,仿佛来过不止一次。困惑之中恍然有所悟。是因为看电影和电视太多了。拍新中国成立前的某些边省镇县,大抵都选景在这种地方。接待我们的是副馆长。他说正馆长刚刚去世不久,他说他已经等了我们很久了。他说再往前尽是山路了,天将黑了,又下着雨,还是住一夜吧。

于是我们只好住宿。吃罢晚饭,小司机早早睡了,副馆长怕我寂寞,陪着我聊天,他说这文化馆曾是一位县长的家,县长荣升到地区去了。工青妇几方面争这地方。刚巧省里下达了一个文件——加强地方群众性文化娱乐工作,结果批给了文化馆,他说否则文化馆可占不了这便宜。我暗存一份儿心眼,问他文化馆是不是还需要人才,比如名牌大学的中文系毕业生。他连连摆手说不缺不缺。他说别看这么破败的一处地方,但牌子值钱啊!文化馆,毕竟和文化连着,再怎么寒酸,也还是与文化连着。已经有十几个人选在等着他点头了。而他苦恼得要命,因为只给了两个扩编名额。他说处理得不好,他能不能成为正馆长就很难讲。他说万一再委派一位正馆长,那么两个名额就变成一个名额了。他说他倒没当正馆长的野心,巴不得赶快委派一位来,他就可以从苦恼中解脱,剩下的一个名额,让别人圈定吧!得罪了谁也是别人得罪的……

听他大诉苦衷,我没好意思再向他介绍"表弟"的情况。

第二天雨大了,他一早就来了,说前面的山路上出现了塌方,到不了我要去的地方了。下午再动身吧！他带来了一副扑克，陪着我和小司机玩了一上午扑克。我没心思玩扑克。可坚决不玩，又怕冷落了人家一番好意，就强作欢颜玩，其实等于是我陪着他和小司机玩。

下午，据悉塌方清除了，终于上路。车一钻入大山里，小司机全神贯注起来。盘山路绕了一圈又一圈，一边皆是悬崖深谷。以为绝对不该有人家的些个蛮野的地方，倏忽间柳暗花明又一村。有柳，有花，自还会有惊奇的赞叹。那季节无柳，也无花，便只有讶然的惊奇。惊奇之余，不无怵然。因为路越来越窄，坡度越来越陡。一边的悬崖深谷，越来越使人替小司机提心吊胆。更是替自己。仿佛将性命交付给小司机了……

车速慢得如同蜗牛的蠕爬。开车的坐车的，三个人屏息敛气，半句话都不敢互相交谈。只有看不见的第四者，一位不知容貌的姑娘，一路不知疲倦地为我们以刚刚能听到的声音唱——小司机插入录音机的一盘音带。前头唱了些什么没注意听。心不在焉地听到的一段是《故乡》：

山里的花儿开

远远的你归来

期盼着你的身影

牵着我的手儿走……

唱得人直想落泪。我将去到的是"表弟"的故乡。可"表弟"自己却不能归来已经四年。忽然我怀疑此行的必要究竟何在？对

"表弟"，对我，对远远的某一个村子和那里的某一户人家？愁雨凄迷，一种解释不清的忧郁缠绕心头，让人想家想父亲想母亲想妻子想儿子想女儿想自己一切想念的亲人，还惆怅地想——某一个也许与自己根本无关也许与自己有根土之缘的地方……

我索性闭上双眼，不瞥一旁的悬崖深谷。我在心中描画着"表弟"的故乡，想象那究竟会是一个什么样的故乡。却无论怎么想象，也想象不清。模模糊糊的，远远的，仿佛在湿漉漉的云里雾里，它朦朦胧胧地存在着，冷漠索落地等待着人接近它。而它似乎又是不可接近的。车往前开，它向后去，永远隐在湿漉漉的云里雾里，隐在一座座大山的背后。永远和想接近它的人，保持着无法缩短的等距离。

仿佛，从朦朦胧胧之中，走来了一位姑娘，她身旁伴行着一只羊。

吉普戛然停在一小块场地。小司机探出车，向那姑娘问什么。

却并非我的幻觉。我指那姑娘和那羊。姑娘是姑娘。羊是羊。姑娘很瘦，很憔悴。一张不是清秀而是精瘦的脸上，眼睛就显得特别大。她那种空洞的目光中似乎无所含有，似乎连点儿好奇也没有。她双手抻着一片塑料布，就是平原上农民搭保温棚用的那一种塑料布，遮在头顶上罩雨。那只羊却还算壮，是一只母羊，乳房挺鼓，可以挤出奶的样子。它也以空洞的似乎无所含有的目光瞧着人。

当我明白那姑娘和那只羊并非我的幻觉的时候，我比幻觉呈现于眼前还更惊愕。我无法准确判断出那姑娘的年龄。看身体十三四岁。但是脸上全无点儿少女的精灵。谁知道呢，也许实际上她已经十七八岁了吧?

她使我想到与"表弟"的活着有某种联系的蛙妹子。那只羊更使我想到了这一点。尽管它肯定是另外一只羊……

原来又是一个只有十几户人家的村子。

那姑娘薄薄的双唇紧抿着,仿佛被缝上了。对小司机的问话,一概摇头。

文化馆副馆长说:"不用问,远着哪!"小司机嘭的一声关上车门,扭回头对他说:"刮雨器出毛病了!"他又看着我,迟疑地说:"刮雨器出毛病了!"他见我一时没反应过来这句话有多么严重,又补充了一句,"再往前开,太危险了!"我才明白了他们是什么意思,连忙说:"不去了。不去了。我的诚心到了。你们的诚心也到了!真是对不起你们二位……"小司机说:"梁作家,别这么讲。你们大老远来的,是我对不起您啦!……"副馆长说:"咱们赶上了这么个坏天嘛!只能怨天,只能怨天……"

小司机又庆幸地说:"再往前开,如果连个坪场地都没有,掉不过车头,不敢进,不敢退,困在山道上,就更糟了!……"边说,边在坪场上将车谨慎地转过了弯。那坪场,可能是那里十几户人家唯一的一处平地。几棵大树生长在四周。树的后面,便是深谷。它显然是劳动的结果。十几户人家,为了那一处坪场,一定流了不少汗水……

车掉过头我才看出一些房屋。房屋都傍依着山体而建造。用的便是山石,和山体成一色,仿佛皆浑然一体。隔着玻璃我又望了那姑娘一眼。玻璃外面的层层雨痕,将她变得模模糊糊,似乎就是呈现于雨中的幻影……刮雨器确实出毛病了。小司机更加全神贯注地驾驶。然而，在这种须臾不能分心的情况下，他反倒更加需要听那盒录音带了……

山里的花儿开
远远的你归来
……

唱得人直想落泪。我心里默默地说：蛙妹子，等山里的花儿都开了的时候，他一定会亲自归来的……愁雨凄迷，一种解释不清的忧郁缠绕心头。

这雨呵……

还有那一首《故乡》呵……

回到北京的第二天我到大学里去看"表弟"。我觉得似乎有些什么话要对他讲。我也产生了某种诉说的愿望。那是一种非常主动性的愿望。近乎一种想唱歌给别人听的愿望。或者那一首《故乡》转化成了一种愿望，也许我要对他讲的仅仅是这一点？我不清楚。我不想将自己分析清楚。我啊，我一向总在分析自己，我对自己这一套早烦了……

和他同宿舍的学生都回来了。那一晚上他们在宿舍里喝酒。他们也在唱。我在楼梯上时听他们唱的是《一无所有》。我站在门外时听他们唱的是《妹妹你大胆地往前走》。那根本不是唱。那是嚎叫。如同黄昏的雪原，几只饥寒而胆怯的狼在悲啸。

我想他们是全醉了。包括"表弟"在内。门开后，一阵熏人的酒气汹涌而出，混合着一股秽气。门口有一摊呕吐物。门旁的角落

"保存"着一堆垃圾。桌上是一箱啤酒。两瓶白酒。遍布着啃剩下的骨头。二层铺上,一颗头和一条手臂垂下来。垂下的手臂像什么东西的尾巴。连天天眼瞅着的垃圾,都仿佛在期待别人来清除。你一想到他们守着垃圾激昂慷慨地讨论国家和民族大事时的情形,不能不认为是一种带有秽气的幽默。

开门者手扶着门问我找谁。仿佛随时都会将门关上。仿佛不扶着门便会瘫软在地上。

我说找我"表弟"。

他说:"哦……你是……我知道你是谁了……进……来吧……别……别踩了……这儿……"

他已经醉得言语不清。

我摇摇了头。

我说:"表弟,你出来一下!"

说时,我还没看见"表弟"在哪儿。

垂在二层铺上的头抬了起来——"表弟"酩酊地自上而下望着我。

我已全没有了诉说的愿望。

而他,分明的,不能从二层铺下来了。我认为那不应该是他。无论如何他没有这一种自虐的权力。似乎,我又听到了那一首《故乡》:

山里的花儿开
远远的你归来
……

从极遥远极遥远的某处，大山里湿漉漉的忧郁，带着大山里的瘴雨蛮烟，顿时笼罩了我的心。我感到我的内心里开始往外逼着一股瘟潮之气。我冷冷地瞪着他，冷冷地说："你怎么能和别人一样呢？"

表弟双臂撑着铺，张了张嘴，想对我说什么。却一个字也没说出。一张嘴时险些吐了。双臂一分，又扑在铺上。我没进宿舍。我对扶着门的学生说："他清醒之后告诉他，我本想扇他一耳光！告诉他，以后再不要找我！"我说完便走。

晚上，表妹到我家来了。我当然明白她为何而至。便将母亲支到另一个房间，给她无所顾忌的机会。

"你，"她用一根手指，凛凛地指着我，很生气地说，"你怎么可以当着他好几位同学的面，那么严重地侮辱他！你明明知道他的自尊心太敏感太脆弱！你的话、等于当着他好几位同学的面，扇了他的耳光！"

我也很生气地说："索瑶，在我家里，你别这么质问我。否则我把你请出去！"她垂下了头。沉默片刻，她抬头注视着我，又低声说："你的心情我理解。你看不惯的，我也看不惯……"

我打断了她的话："你不理解！你根本不理解！你这样说就证明你根本不理解！不是什么看得惯看不惯的问题！他的那些同学们与我有何相干！但是他自己，不能和他们一样！别人可以自虐，可以自残，可以自杀！但是他不能！他如果连自己的身体都不爱惜了，他还有什么良心吗？他还对得起谁？连你也对不起！……"

我激动起来。

索瑶却依然镇静。她仍注视着我。她说："可是你理解他的心情吗？你理解他们的心情吗？学校已经向他们透露，今年的分配主要靠他们自找出路。他们都四处碰壁。他继母病了。为了给家里寄点儿钱，为了在大学里坚持到最后，他瞒着我去卖过血啊！已经卖过两次了……"

"什……么？……"她将两张薄薄的单据递给我看。她说："这是我无意中，从他的一本书里发现的。当时我眼泪刷刷地往下流。就是他去偷，去抢，只要别杀人放火，只要别偷别抢比他活得更难的人，我都理解……"索瑶泪水潸然。

"血……这怎么可能？血……血不是随便买，随便卖的啊！……"我有些无法相信。"学校规定，义务献过一次血的，在校期间，永不献第二次了。他已经献过一次，这次又献。而且……顶替别人的名字又多献一次……一次二百元的营养补助费……这和卖血有什么区别？……"我低下了头。

山里的花儿开

远远的你归来……

从极遥远极遥远的某处，带着大山里的阴瘴，似乎又隐隐地听到那听了让人直想哭的《故乡》……我不愿抬头，使索瑶看见我的一双眼。我问："你为他操心的事，进行得怎么样了？"她说："还没着落……原先答应了的人，现在都不行了，连我姐姐今年能不能留在北京都毫无把握……""那……怎么办？……""我想，能分到省里市里，他也会知足的。你不是刚从他那省回来吗？表哥，求你，也替他写几封信投石问路吧！"

我说:"我会的。"

她感激地摸了摸我的手。我觉得,她仿佛在以这一细小的亲昵的举动,进一步把我和表弟拴得更紧更紧,使我企图挣断这种关系也是不可能的⋯⋯

索瑶走后,母亲郑重地告诫我:"你们的话我都听见了。人人都是别人命里的人。人人命里都有三种人——小人、贵人和同命人。你答应了的事,你就要努力去办。办成了,你就算人家孩子命里的贵人了。如果你只是嘴上答应了,心里却不想办,只不过拿话糊弄人,你就和人家命里的小人差不多了。你成了别人命里的小人,你命里的小人就会坑害你。这都是有定数的,你可别不信妈的话!"我也郑重回答母亲:"妈,我信就是了。"当天我就东西南北中四面八方写了六七封信⋯⋯

四

母亲在北京住得越来越感到寂寞,终于坚定地要回哈尔滨去了。

我陪母亲回哈尔滨之前,六七封信都有了回复。我将信一封封收留着。我想,我得对索瑶,对我自己的话有个严肃的交代。尽管哪一封信也没带来福音⋯⋯

母亲一到哈尔滨,"白内障"眼病愈发重了。我因此而在哈尔滨滞留了近两个月。这期间奔波于各医院,竟将"表弟""表妹"两个小朋友全淡忘了。也将所应之事全淡忘了。

母亲的双眼手术后,视力渐渐恢复,有一天牵挂地问起他们,我内疚无比，嘿嘿然而已。我推说"表妹"替"表弟"办成了，母亲才放心。还夸"表妹"是"表弟"的命中"贵人"。

我却终究放心不下。又为"表弟"的事在哈尔滨四处奔波。一听是中文系的大学生，很掌了一些权的同代的或年长的朋友们，无不遗憾地摇头，表示爱莫能助。那些日子，我认识到，原来"文学"和某些人的"人生"，似乎注定了是要发生关系，互相影响的。正所谓唇亡齿寒，我为"文学"而悲哀，亦为"表弟"的"人生"而悲哀。

竟有一位在省文化厅当了副处长的当年的"北大荒战友"很仗义，说如果"表弟"愿意，他愿意帮忙将表弟安排在某个区县的文化馆。我喜出望外，又滞留了十几天，将这件事彻底落实，才买了返京的火车票。

在火车上，细思忖之，不免有几分追悔，大西南——大东北——对"表弟"来说，离家乡是不是太远了呢？将来结了婚，四年才有一次探亲假，万一家里发生急事，往返车费自理，该花他几个月的工资吧？回家一次，又将是一件多么不容易的事啊！何况是做资料员。谁知道他乐意不乐意呢？而我竟替他说了终生不悔的"死话儿"，好像他真是对我的话言听计从的"表弟"……

也许索瑶方面已万事大吉了？并且为他在北京谋求到了什么更理想的工作？但愿如此！但愿天公作美……

当天，从信箱里捧回家一大捆信件邮件。躺在床上一一拆阅。其中有两封是"表弟"写给我的。第一封很短。三百格的小稿纸上，仅潦草地写了半页——希望见见我，烦我到学校去一次。第二封更短——如果我没时间，问他何时可来家中见我？字迹更潦草。

我想肯定是关于毕业分配的事……我想索瑶方面大概全落空了……我想幸亏我在哈尔滨替他做了主……第二天,我到他学校去,方知分配早已开始。他那幢宿舍楼内,比我前两次来时更脏了。处处可见包装行李的草绳、麻袋,以及丢弃不要的书籍、小什物之类。情形有如大逃亡之前或之后。给我开门的学生曾给我开过门。我认出了他,他也立刻就认出了我。他冷冷地说:"你来晚了。"我不禁一愣,怔怔地问:"怎么,难道他已经离校了?"他说:"那倒没有。"一边说,一边收拾一只大皮箱。我困惑了,又问:"那你怎么说我来晚了呢?"我暗想他一定和"表弟"之间发生过耿耿于怀的事,但从他脸上又丝毫看不出恶毒。

我正色道:"别开玩笑。我找他有急事。"

他停了手,也正色道:"我哪有工夫哪有心思跟你开玩笑?"我说:"这不可能!根本不可能!……"我立刻想到的是他手臂上那个业已切除了的纤维脂肪瘤……难道切片化验的最后诊断是错误的?……他说:"我们一开始也不相信。然而不可能的事随时可能发生。无论发生在自己身上或别人身上,想想,也就没什么不可能的了……"

我呆住了。

他说,大多数同学最终还是陆续都有了接收单位。后来只剩下他和另外六七个同学仍无去处。他说系里找他们谈过话,安慰过他们,并答应将他们的在校期延长两个月。他说"表弟"和索瑶吵了一架。吵过后又独自喝醉了。喝醉了就说了许多不该当着别人说的话,后悔自己放弃了为自己努力的责任,过分依赖索瑶的能力,反而使自己更加沦落到"等外品"的地步。爱传话的学生,将这些话传给了索瑶。索瑶找到宿舍来,当众打了他一耳光……

我言语机械地又说:"这不可能。这根本不可能……"我想起索瑶因我当众伤害了他的自尊心,到我家里对我进行的谴责……

他也不理我说什么,只接着说。他说两天后公安局给学校打来电话——他因为在火车站附近倒卖车票被拘留。学校派人去把他保回来了。学校倒并不想借此事把他怎么了,不过就批评了他一通,甚至保证不向一切可能接收他的单位提起。更不会记入档案。同学们也没因这件事而瞧不起他。有的同学还跟他开玩笑,要拜他为师,希望他传授经验,以后日子混得太惨了,也想么干一两次……第二天有人发现他吊死在厕所内……

我呆呆地听着。觉得自己仿佛全身化为顽石,一时间动弹不得。

他说我要见他也不难。他可以带我去那停放他尸体的地方。他说校方已给他的家人拍了电报。他的家人回电,因凑不足一笔路费,来不了人。他说校方已决定派人将他的骨灰送回家乡去。他说"表弟"死了,同学们才觉得,他能熬过这几年大学生活,真是不容易。才感到平时对他关照得太不够。忆起某些往事,认为从本质上讲,他比另外一些同学对人强多了。除了性格古怪,他从无害人之心。他说有几个同学,自愿陪校方的人送他回家乡。他说他决定了也去……

说完他又开始收拾皮箱,先是将些似乎很有价值的书放在上面,几件根本算不上什么细软之物的也许是名牌的衬衣和几条领带放下面。不知为什么,放得好好的却又改变了主意,腾空皮箱重新开始,而将书放下边将衬衣和领带放上面。

我呆呆地瞧着他,发现一本书竟是我自己写的《从复旦到北影》。是索瑶向我要，我签了名送给她的。或者是"表弟"想要，而由索瑶出面……已是不可知的事了。

我没问他那一本书怎么竟归了他了。

当然不是由于书本身的价值。也许仅仅是因为，他希望由它，而永远记住他的一位叫肖冰的同学，兼或也记住大学里另一位叫索瑶的姑娘……

我望望"表弟"的铺，空落落的什么东西也没有。连被褥和枕头也不知去向。也许"表弟"在另一个地方仍用着？那只是一张旧的单人木床而已。床板上，夏天仅铺有一张凉席，其上有人的汗湿出的一个身形。那便是我此次又见到的"表弟"。蜷着身躯，呈"S"形，仿佛睡觉时也不曾放纵过自己……那人形仿佛在无言地也对我说：你来晚了……我想隔月后，新学期伊始，会是一个什么样儿的莘莘学子将占据了那一张床呢？……会介意床板上的古怪身形吗？……会用刷子沾了洗衣粉什么的企图刷掉"他"吗？……而收拾箱子的人，却似乎已经忘了我的存在。我问："索瑶在哪儿？"他没反应。不是他没听见，是我根本没问出声。那话，仅只是我心里想问的话。我处在一种近乎屏息敛气的状态中。仿佛我的心害怕什么。仿佛它不愿发出任何声息惊动什么。"索瑶在哪儿"——这次，连我自己也相信我是开口说话了。"你在学校可见不着她了。""为什么？请求你一定带我去见她……"

"她那种女孩儿，怎么能受得了这种事的刺激。她精神失常了。大概她认为，他的死是她一手造成的……她爸爸妈妈来学校把她接走了……"

我觉得空气刹那间凝固了。仿佛四面有四块看不见的夹板，将我紧紧地紧紧地夹在原地了。

"其实,像索瑶那么善良的女孩儿,现在太少了。大学里更少。她的思想方法未免太古典了。她那种善良本身就是一种错误。对她是,对他也是……"

"……"

我不知道自己怎样离开的。

热风扑面。我如酷暑之际中寒,一路全身发冷。从内心里往外,一阵阵冷得透彻。冷得无奈。

走了一段路,我竟觉得累,蹲在一处树荫下吸烟。路人从我眼前过来过去。骑车的,步行的,来也匆匆,去也匆匆,不知全为着各自的什么目标。远处,华丽的高楼大厦的马赛克或进口玻璃外墙,在阳光下闪耀着辉煌。

我不由得想起索瑶对我说过的,也是"表弟"对她说过的,关于那个因照片被放大曝光而死了的女大学生的话——谋杀。我觉得"表弟"的死整个儿是一个很大的错误。一种宿命性质的错误。在他死前,便与许多种综合的错误——他自己的,索瑶的,别人的,心灵的,现实的错误搅在一起了。也包括我的……

也包括我的错误吗?

我又想起母亲对我说的,关于"人人都是别人命里的人"以及"贵人"和"小人"的话……

我确实没有勇气深想下去……

一个弄明白了的错误肯定比一个糊涂的错误更是错误。

而我自认为的,或被强加于的错误,已背负得太多了。

是的。

我确实没有勇气深想下去……

被错误所谋杀？……

"这是什么？放到行李架上去！要不就摆在铺位底下！"

女列车员说着，就动手搬那个小木盒。

"你别碰他！"

年轻人严厉地警告道。拨开了列车员的手。

"列车有列车上的规定，一切东西……"

"不是东西！"

年轻人的脸，因恼怒而涨红了。

"同志，请允许我向您解释——我们都买了卧铺。我们都是刚毕业的大学生，陪送我们这一位同学回家乡……"一位姑娘说着，指了指那个小木盒，"他曾经对我们讲过，他毕业后的第一个愿望，就是要坐一次卧铺。以前他没坐过卧铺……当然，如果有老弱病残和需要补卧铺的妇女，我们几个的铺位都可以让出来，唯独他的铺位我们不能让。因为他实际上正睡在上面，并且，您还得允许我们在他周围陪着他……"

她说得庄严，说得虔诚。

几位乘客的目光投向了她。

女列车员怔怔地望了她一会儿，一句话也没再说，默默地转身离开了……

我伫立在车厢门口，不知自己该不该走过去，和他们一起陪送"表弟"。

尽管我是为此而专执一念踏上列车的。

这之前我给母亲写了封信，告诉老人家，"表弟"的分配问题已彻底落实了，一切顺利。比预想的顺利得多……

然而直至那一时刻，我似乎才明白，也许我根本就不算是"表弟"他"命"里的一个人。我自以为是。但其实并不是。我从来没将他看得多么重要过。他对我没用。母亲很情愿是，却更不是。索瑶曾想不再是，但仿佛注定了的，终究还是。可能最是。她有过什么心灵感应吗？对于他，和她自己？……

我仍立在车门口犹豫不决。

山里的花儿开
远远的你归来
期盼着你的身影
牵着我的手儿走……

车厢里飘荡着《故乡》。是乘客向列车广播室点播的。

山里的花儿开……

红磨房

恩泽倘若嬗变为债务，也是一种腐败的现象，一种心理状态和精神面貌的双向腐败——而恩泽又往往容易嬗变为债务。

在紫薇村，以及类似紫薇村的地方，到处可见所谓"仁义道德"粉饰之下的丑陋和丑恶，到处可见卓哥式的人物。

所以中国自古有句话是——"一好遮百丑"。中国人被这句话的虚假的逻辑性，实在是蛊惑得太久了！……

南方的乡村，确乎比北方的乡村出落得秀气。

普遍的南方的乡村，是多么容易使我们联想到女性，联想到与男人的命运休戚相关的女性呵！

这一种联想是非常自然的。

遗风氤氲年轮化醇的南方的乡村，常会使我们联想到祖母辈的女人。而另外一些南方的乡村，则常会使我们联想到我们的母亲或亲爱我们的婶姨。它们的成熟风韵和那一种任岁月流逝从容自若的安静，使人觉得在它们面前永远也长不大似的。至于那些始终被绿水柔塘滋润得姿色绰约的南方乡村，却常会使我们缅怀起我们曾孜孜地暗恋过的某个清丽的少女了……

如果一个男人离开了它十几年乃至二十几年后，带着下巴上刮不尽的胡茬儿和额头上抚不平的皱纹，出现在它面前了，他会因村口某一株老树的枯死而暗自忧伤；他会因小河不再像记忆中那么波纹涟涟那么明澈洁净而叹息；他会因某几户人家的篱笆上不再开着记忆中的花儿而倍感失落……尽管可能正有别种样的花儿开得姹紫嫣红。他甚至会因他最为熟悉的磨盘早已废弃不转，磨眼儿里钻出了野草，磨槽间生出了厚厚的青苔和长出了奇形怪状的蘑菇而心绪酸楚潸潸泪下……

这个南方的乡村的紫薇村。它起这个好听的名字，乃因村中曾遍开一丛丛一片片的紫薇花儿。当年远远望来，这村子仿佛隐在云霞里。它就曾是一个被绿水柔塘滋润姿色绰约的南方的乡村。

现在，一个离开了它整整三十年的男人回来了。的确，他带着下巴上刮不尽的胡茬儿和额头上抚不平的皱纹，他眼中凝聚着一个四十八岁的男人生活无打算的迷惘和命运无着落的惆怅。他呆呆地伫立在一大丘红色的墟土旁，仿佛他的一切希望都在那一大丘红色的墟土里埋过，但却不知是否被别人全盗走了。他没能带着妻子和儿女一块儿回来。不，不是没能，而是——还没有……

不，也不是还没有。此时是1996年8月的一个傍晚。这男人叫"卓哥"。三十年前人们都习惯于这么叫他，都将他的本姓本名忘却了似的。那一大丘红色的墟土，乃是倒塌了的红磨房。三十年前，他被牵连进一桩惨死四人的血案。不，实际上是惨死五人。以后的三十年，他是在监狱壁垒森严的高墙内熬过的。他原本被判死刑。当年省法院的一位法官，觉得案情疑点多多，来到县里，亲自审了他一次，代表省法院将死刑改为"无期"。否则，他早已是地下鬼魂了。他因在狱中表现良好而提前获释。他尚未遇见一个本村人。他听到身后有喘息之声，缓缓转身，见一条矮脚狗正瞪着自己。

一看就知道是一条老狗。尽管是一条老狗，对他而言是一条陌生的狗。三十年前他被囚车从村里载走时，它肯定还没出生。他曾很喜欢狗，三十年前，他熟悉村里的每一条狗。有一条别人家养的小黑狗和他关系最亲。有些个晚上，他坐在红磨房门槛儿上吹自制的长箫解闷儿时，那小黑狗就会从村里主人家跑来，卧在他跟前，望着他竖耳倾听。

那时狗眼就显得特别温柔，甚至可以说显得特别多情。对他表达着一种感动似的。村里的长辈人们呢，听到箫声，就互相议论："有名堂啊，听出几分意味儿了吗？""听出来了听出来了。是啊，该给他娶个媳妇了！""男大当婚，女大当嫁，真的该给他娶个媳妇了……"

眼前的老狗，夹着尾巴，专执一念地瞪着他，不进也不退。它目光里有一种欺生的威胁。它想冲他叫，可是看出他一点儿都不怕它。它回头望望村子，一个人影儿也望不见，使它更加胆虚，不敢叫。

他蹲下，向它勾动着手指说："过来，再近前点儿。我也是紫薇村的，咱们认识认识……"

它朝他龇了龇牙，迟疑片刻，竟往前凑来。可是当他伸出手打算抚摸它一下时，它戒心万分地倏忽一闪，对他兴趣索然地跑了……

他望着它渐渐跑远，又想起了当年那条跟自己很亲的小黑狗。

他在心里说:"黑子,黑子,你如今还活着吗?如果你还活着,该做老太爷,儿孙成群了吧?若见了我卓哥,你还能认识我吗?"

四十八岁的这个男人一阵悲怆,眼眶湿了……

紫薇村后,一山峙立,石阶高叠,直达八岭,岭上松林苍黛,遮掩着古老的庵脊。紫薇河将村一斩为二,左也百余户,右也百余户。河上的石拱桥,自然叫紫薇桥。村东村西,经桥去来。

卓哥自小是紫薇村的孤儿。他娘在他五岁时不慎失足落塘,淹死了。他爹在他六岁时死于水肿病。村人们可怜他,一合计,就定下了一条村规——河东河西,每户轮流收养他一个月,直至他能自食其力为止。乡下人视水肿病如瘟疫,唯恐疫气传染,殃及全村,将他家的两间房子一把火烧了。他这六岁的孤儿,从此便真真无家可归了。他到了十六岁上就开始自食其力了。十年间,河东河西,他在许多人家住过。村人们都说他是吃"百家饭"长大的。他自己也这么承认。

村里有一间极其破败的透风漏雨的磨房。房是公房,磨是公磨。十六岁的卓哥,愧于再继续吃"百家饭"了,主动提出,请恩准他住到那磨房去。白日可为众村人碾米磨豆,以报村德村恩,晚上就住那儿,也算从此有了自己的家。村中几位老者一商议,都道这少年知恩图报,实在是个明事达理知仁知义的好少年,不但一致地点头支持,而且着实地夸奖了他一番。

于是十六岁的少年,从此便成了那磨房的主人。

磨房距紫薇村半里。前窗对河,后窗对山。那山不知含有哪一种矿质,每逢下雨,便冲下褐土,在磨房后渐积了一大片褐土地带。那土和起来很黏,用以抹墙,干后格外结实,不裂不掉。但村人们秋季抹墙时,都不动那片褐土。所忌的是,那一种深褐色,极易使人联想到棺材的颜色。他们却忘了阻止那少年用褐土修抹磨房的四墙。

他心中也没大人们的许多忌讳,脱光脊梁,甩开膀子大干三天,就将那磨房的四墙抹得平齐而光滑。他又用三天时间修了房顶和门窗,于是那磨房从外面看去,很像是一个不错的家了。起码他自己是那么觉得的。但实事求是地讲,由于那一种老红抢目,抛开像不像棺材的颜色不论,与其说像一个家,还毋宁说更像一座庙。

正是秋季,村人们都忙于秋收。那几天里也没谁顾得上想着他,待秋收忙过了,人们自然都纷纷关心起他来,去到磨房那儿一看,但见那磨房已经改变了以往破败不堪的状况。夕照之下,老红色的四墙,似乎耀着红辉。

就有村中的长者捻着胡梢说:"不妥,不妥。这孩子,怎么能用那红土抹墙呢?结实倒是结实,但颜色太不吉利了啊!"于是有好心人附和着说,应该劝那孩子自己铲了去,众人相帮着重抹。

有人摇头反对,说一个孩子嘛,心中本没忌讳的,我们大人们,又何苦用自己心中的忌讳去烦他呢?讳者忌也,无讳者无忌嘛!他毕竟是自己动手辛劳了一场,还是别让他落得个沮丧吧!红磨房就红磨房吧!……

大多数人觉得此话也在理。于是红磨房自此叫开。"磨房"二字前加个"红"字,反而叫着更顺口了似的。几天内,村人们替他架了张床,砌了灶,送来了水缸以及锅碗瓢盆什么的。架床时,他觉得那床大,自己不必睡那么大的床,省些木料,架个小床就行。

大人们就笑了。其中一个逗他："你总十六？就不长岁数了？十八九二十多岁以后，就不要媳妇了？等你娶了媳妇，这床就一点儿也不嫌大了！"羞得那少年脸色通红，一低头，赶快地躲开了……

这少年"入主""红磨房"头一年，东村西村的人们，都乐于戏称他为"磨房阿弟"。尤其一些大姑娘小媳妇们，高兴口口声声亲昵昵地叫着他"磨房阿弟"将他支来使去。他自己也高兴被她们那么样支来使去。"磨房阿弟喂，你磨好了替我收在盆儿里，我待会儿来取，行不？"

他说："行。大姐你有事儿就别等了。"

人家瞟他一眼，笑道："你敢说不行！忘了住在姐家的日子，姐对你多么好了？"他就低下头，一边推磨一边低声回答："没忘。""大声点儿！姐没听清！"他就提高了声音，更清楚地说："没忘，姐！"于是人家回报他一个亲昵的笑脸。不过人家回报他笑脸时，他胆怯而腼腆，并不敢抬头看人家。待听人家的脚步声儿出了磨房，才敢抬头望人家的背影。他知道自己低头推磨时，人家曾亲昵地冲着他笑。他内心里因此而甜甜的，也不禁地笑。怀着深深的感激，将磨推转得更快了。

"阿弟，近来想嫂子没有？"

"……"

"怎么不吭声儿？问你话哪，说呀！"

不说是不行了。

只得小声儿说："没想。"

"没想，你个没良心的！你忘了你病在嫂子家，是谁一天三次喂你汤药啦？早知你这么没良心，当初才不疼爱你呢！""真是够没良心的！""当初住在我家时，还在我被窝儿里睡过哪！有次把我刚拆洗的褥子尿得透湿！""也在我被窝儿里睡过！一只手儿还得摸着我咂咂才能睡实。"于是这些个岁数半年轻不年轻的女人一个个嘻嘻哈哈笑得前仰后合……于是他将身子压在磨杆上，眼盯着自己鞋尖儿，累了也不放慢脚步，将大磨推得急转如陀。他是企图用磨声压住她们的笑声。她们说的都确有其事。那一时刻他是讨厌她们合伙儿拿他开心的。如果她们中的哪一个，在没有第三个女人听着的情况下单独对他提起往事，拿他寻几句开心的话，他是不甚在乎的。对于他住过的每一家每一户，无论待他亲或不亲，他都是心怀着深深感激的。对于关怀过他温暖过他的每一个人，无论男人或女人，他心里都埋藏着一种迟早要报答的思想。他认为既然他们有恩于他，那么他们是有权利拿他寻几句开心的。只要别合起伙儿来，只要别使他太难堪就行了。

然而半年轻不年轻的女人们，却偏喜欢合起伙儿来拿他寻开心。而且一旦开始了，不从他口中掏出一句能使她们听了快活的话，轻易是不肯放过他的。

"你这小阿弟！刚才没说心里话！我就不信我对你那么好，离开了我你就真的不想我！""对对，快说心里话快说心里话！说句让我们听了高兴的心里话，将来我们替你找个漂亮媳妇！""找个豆腐西施！磨房阿弟配豆腐西施，正好一对儿！你为村里磨豆子，她为村里做豆腐，那多好！""好是好，也得他现在给我们姐妹们个心里高兴呀！""对，今天非逼他说不可！""说！说说！"他被逼无奈，只得停了脚步，在女人们的包围下，将头低得不能再低……"抬起头来！干吗低着头！""说！说！开口说话呀！"结果是他只得说:"想啦!""想啦?说明白,想人啦还是想物啦?究竟想什么啦?""不是想物,是想人啦。想你们大伙儿啦!"于是年龄半大的那些个女人们终于罢休,你看我,我瞧你,都笑了。而这少年,脸红得要渗出血来似的,屈辱得快哭了。

公正而论,柴薇村的年龄半大不大的女人们,并非都是些轻佻的女人。恰恰相反,紫薇村村风肃正,女人们,包括那些个少女们的言行,其实是很受监束的。正因为平素的言行太受监束,凑在一块堆儿,又避开了男人和长辈们的耳闻目睹,又怎么能不一个赛一个地忘形片刻呢?紫薇村的女人们啊,可以说皆是些善于伪装的"两面派"。不,用"伪装"这个词儿形容她们,有点儿对她们不敬,也未免太接近着贬损。或许用今天较时髦的"包装"二字评论她们更恰当。在男人们面前,尤其在是丈夫的男人们面前和是长辈的男人们面前,她们一个个温、良、恭、俭、让,坐有坐相,站有站相,笑不失态,啼不忘仪,言不犯礼,行不越矩。一旦摆脱了男人们的监束,便自得其乐无所禁忌了。好比是些经过主人严格驯化和调教的猴子,在主人面前,乖乖猴样儿一个比一个做得典范,背着主人,都野猴样儿毕露了。不过她们虽是"两面派",却是深明界限的。有伤风化之事是不敢为的。男女间的苟且之事,更是从未发生过。紫薇村毕竟村风肃正乡规神圣,在方圆百里内堪称楷模,无人不知,无人不晓,无人不钦佩。所以,她们的忘形,她们的野猴样儿,说到底也不过就是片刻的事儿,是避开男人们耳闻目睹的情况下,是凑在一块堆儿的时候,是在红磨房那种地方,是对一个她们觉得有权利也有理由寻几句开心的少年。除了红白喜哀之事,紫薇村一年四季静悄悄的。而结婚殡丧,又不是谁挑个头儿就可以张张罗罗地进行起来的。所以那些个大姑娘小媳妇,那些个年龄半年轻不年轻的女人,包括那些个花蕾少女,内心深处常是可想而知又徒自无奈地寂寞着的。她们的潜意识里,是将红磨房当成了紫薇村的"女人俱乐部"。用一个文词儿说成是她们的"沙龙"也无妨。也不是十六岁的少年"入主"红磨房以后那儿才成了她们的"俱乐部"或"沙龙",以前就早已经是了。

碾米磨面之类的事儿,传统上便是女人们分内的活儿。哪一天那儿不曾聚过三五个女人呢?多时则六七个十来个。自然而然的,那儿可不就成了她们的"俱乐部"或"沙龙"吗?只不过男人们,尤其身为长辈的男人们,是很少涉足那儿的。偶尔去了,他们所见到的女人们的样子,也是他们一向见惯了的没什么可指责的样子。所以并没有哪一个男人感觉到那儿的性质在发生着值得引起普遍的男人们密切关注的变化。而十六岁的少年"入主"红磨房以后,似乎意味着便是她们合理合法的"俱乐部"主任或"沙龙"首脑了。而且,他还无权要求她们什么,她们却有权拿他寻开心。紫薇村的女人们,没哪一个曾敢拿男人当面寻开心过。但她们早就巴望着有这样的权力有这样的时机了。拿一个男人寻开心,不消说能够使她们获得极大的快乐,她们都希望并需要获得这一种特殊的情绪快乐。拿一个男孩儿寻开心会使她们感到有失身份。而十七八的大少年又接近是小伙子,拿小伙子寻开心会被认为轻佻,紫薇村的男孩子,十七八就开始懂得维护自己的尊严了。不懂得这一点的,会被怀疑将来能否成为村里的一个好男人。所以他们维护自己尊严的意识,是和少女们本能地维护贞操一样敏感的。拿他们的尊严寻开心,等于抚弄小公牛的犄角,是很冒险的事儿,她们从不敢尝试的。拿一个比男孩儿的年龄大一点儿比男人的年龄小一点儿的十六岁的少年寻开心，既不失身份，亦不冒险，是介于被允许与被指责之间的事儿。而普遍的女人们，其实是总想做这样的事儿的。有机会做这样的事儿时的快乐，是一份儿女人平常难得的快乐。对紫薇村的女人们，尤其如此。何况那十六岁的少年比男孩儿多一点儿比男人少一点儿的自尊，是全村数来数去最不娇贵的一种。拿他寻几句开心，获得片刻的快乐，他不至于生气，不至于记仇，更不至于当场对面给她们个下不来台使她们自己陷入难堪之境。他只不过红了脸害臊，不好意思罢了……

她们拿他寻开心，还因为她们都打心眼儿里喜欢他。这少年脸盘不长不短，不胖不瘦，浓眉大眼五官端正的长相乃是她们所喜欢的；他沉默寡言心眼儿实诚知仁知义的秉性是她们所喜欢的。她们视他为一个公有的小阿弟。她们对他的关怀，多于村里的男人们，也诚于村里的男人们……

每每，取笑了他一阵之后，她们转而就开始体恤起他来了。她们会自己推磨，逼迫他离开红磨房出去玩儿。他并不情愿被她们所代替。这十六岁的少年认为推磨是他报答全村恩德的方式，也是唯一的方式。他乐于以这种并不难的方式报答。他自我安慰于他已经开始报答着了。等待着他磨出来的米豆多，一盆接一盆，一簸箕接一簸箕地排开一溜儿，他心里反而觉得高兴。那时刻他更能充分地感受到自己劳动的意义，和作为一名紫薇村人的存在价值。他会变得像一头小毛驴似的，脚步腾腾地将大磨推得隆隆有声。汗珠儿噼里啪啦地往下掉也顾不上停磨歇歇，擦擦。越推越来劲儿……

被女人们逼迫着离开红磨房，十六岁的少年其实无处可去玩儿。他觉得他比村里那些同龄的少年们都大许多岁似的。他们也这么觉得。他的孤儿身世和吃"百家饭"长大的特殊经历,自然会使他内心里的所思所想与他们不同。而"入主"红磨房以后,他更加觉得自己是一个大人了。他和他们玩不到一块儿。再说他自小就不爱玩儿。何况,乡村里是没有特别闲在的少年的。有的有活儿干、有的要到外村或县里去读书。他一天学也没上过。上学的花费太高,谁家也供不起他上学。但他倒是认得了一些字,会写一些字,是自己跟别人家上学的孩子暗学的,大约相当于小学二年级的程度……

通常是,不爱玩儿的这少年,双手刚与磨把子分开,肩膀就与一副担子黏在一起了。他要一担担从远处挑来沃土,将红磨房后那片红黏土覆盖了,改造为菜地。他要自食其力,不再吃那些女人们带给他的菜,而吃自己种的菜。以后还要吃自己种的粮……

女人们结伴儿回家时,遇见他挑着满满两筐土,一只手搭稳担子,另一只手叉在腰里,头偏着,脖子被压得梗着,跟跄地急急往前赶着走,都不由得驻足望他。他从她们面前经过时,尽量挺直腰板,尽量迈稳脚步,尽量装出轻松的样子。

她们望着他的背影,不禁地都会说出些夸他的话:

"这孩子!难道就不知累?"

"使人想起小牛郎!我要是天上的织女,真愿为他思凡下界,陪他过一辈子呢!"

"你呀!都算是他姊姨辈的人了,竟说出这种不知羞臊的话!人家还是个孩子哩!"

"将来嫁给他的那女人,也算是有点儿福气了。"

这少年当然也有感到累极了的时候。那时候他就到紫薇河边去钓鱼，鱼竿儿是用树枝刮成的，鱼钩是用烧红了的针弯成的。那一段河面很静，村里的人不太会去到那儿。那儿仿佛是属于他一个人的"领地"。齐人高的灌木将水与岸分开着，一丛丛一簇簇的紫薇开放在灌木间，那一段河中有块平坦的大青石，他常游过去坐在那块大青石上垂钓。河里有鱼，但极小，偶尔能钓着条大的，也不过两寸多长。与其说他是去钓鱼，莫如说他是去发呆。那儿的确是个供人呆想心事的好地方。

这十六岁的少年倒也没什么心事可想。往往是在那儿思念起父母亲。那时他的心情就变得特别忧伤。吃"百家饭"的十年，并没使他忘了生身父母。恰恰相反，父母的形象在他记忆中是保留得很清晰的。父母生前是一对儿恩爱夫妻。当年他有过的家很温馨。在他的想象中，红磨房变成了他当年的家，仿佛正从红磨房传来母亲呼唤他吃饭的声音，仿佛一跑回去，便可看见爱他的父亲坐在桌旁正饮着茶耐心地等他……

这十六岁的少年也会无端地思念起小琴来，他九岁时在小琴家住过两个月。小琴那年十岁，他叫她姐。小琴家姓刘，但她不是刘家的亲生女，是刘家从外地抱回紫薇村的。那是她两岁多的事儿，她不知她祖籍何地，父母是什么样的人，别人更不清楚。刘家两口子对此讳莫如深，守口如瓶。刘家的女人有病，不生孩子，曾指望靠她长大后招进门个女婿养老送终。小琴三岁时，那女人不知哪服药吃对症了，竟怀上孕了，而且生了个儿子。于是两口子就变了初衷，打算让小琴将来做他们的儿媳妇。对于他们，这是顺理成章的想法，不必为她准备嫁妆了，也不必为儿子另娶媳妇准备彩礼了。

不但顺理成章，而且省钱，当然也就不失为一个好想法。于是小琴在刘家的身份和地位，由领养女实际上变成了童养媳，像是刘家的一个使唤丫头了。每天既要服侍刘家两口子的起居，还要负责照看她的"丈夫"，还要从早到晚干许多活儿。农家活儿多，小琴每天难得有片刻清闲的时候。小琴的"丈夫"叫宝顺，是个很病弱的孩子。病弱而又被视为掌上明珠的孩子，难免娇气，娇气的孩子就爱哭。

常常是这样——小琴正喂着猪，或正洗衣服，宝顺在屋里哭起来了……

于是刘家的女人高叫："小琴！死丫头！耳朵聋了？没听见宝顺哭呀？"于是小琴慌慌地就往屋里奔……

于是刘家的男人生气地骂道："小琴，你怎么不洗手？刚喂完猪，连手也不洗就可以哄宝顺的吗？你心里还有没有他？他将来是要做你丈夫的。"

宝顺在哭，小琴低头瞧着自己并不脏的双手，往往就怔愣在那儿，不知究竟该先洗手，还是先哄"丈夫"别哭要紧……

有时小琴遭到斥骂也会顶撞一句："我手不脏！我没喂猪，正洗衣服来着！"

"小贱人！还学会顶嘴了！难怪宝顺这几天眼睛红红的，准是你昨天哄他时，手上的皂水弄进他眼里去了！"

"昨天我哄他时没洗衣服！我扫院子来着！而且也洗手了，用清水洗的，没搓皂。"

"反了反了！死丫头现在是怎么了？长一岁脾气大一截儿，不调教以后还了得吗?!"

刘家女人就会扑到她跟前,狠狠拧她几把。不拧她脸蛋儿,也不拧她胳膊,专拧她大腿根儿内侧肉皮儿最细嫩处。拧那儿,即使拧得青一块紫一块,别人也是发现不了的。小琴被拧时,紧咬下唇,眼泪在眼眶里滴溜溜转,忍住疼一声儿不敢叫。若叫,就会挨几顿饿……

这些情形,都是卓哥九岁时亲眼所见的。他还看出,十岁的小琴姐,一点儿也不喜欢她那七岁的"丈夫"。他甚至看出,她心里其实很讨厌那娇气的动不动就哇哇大哭起来的男孩儿。

刘家本不愿诚心尽到收养他一个月的义务。但这义务是村里挨家挨户轮下来的,轮到他们家了,他们家没正当理由将他拒之门外,只得大违其心地尽义务。刘家的男人是个迷信思想很严重的人,在县里认识了一个从前设过算命摊儿的男人,两人有共同语言,相见恨晚,一见如故,交上了朋友。他经常到县里去会那有共同语言的朋友,虔诚之至地请教些疑惑。他那朋友告诉他,他的宝顺所以一生下来就病弱,是因为生辰不好,所以命薄,若能有个命旺的男孩儿与宝顺同睡些日子,兴许足以使宝顺借到些命力。而这一点,乃是刘家不但没将九岁时的卓哥拒之门外,而且待若上宾的真正原因。九岁时的他虎头虎脑,人见人夸他天生一副虎虎有生气的模样,刘家的男人思忖他肯定算是个命旺的男孩儿了。不过卓哥自己不可能知道这一层底细……

刘家两口子的确对他很好。不让他干一点儿活,只要求他陪宝顺睡觉,而且得和宝顺睡在一个被窝儿里,而且得脱光了睡。宝顺睡午觉,他也得脱光了陪睡。哪怕他一点儿也不困。他很识相,每逢那时,乖乖地自觉脱光了躺在宝顺身旁,闭眼装睡。其实他心里更愿去帮小琴干活儿，却不敢。那么做刘家两口子会生气的。人家对他好，他怎么能惹人家生气呢？他也不是没偷偷帮小琴干过活儿。有次被刘家那女人看到了，训了他一顿。而后那女人还告诉了她丈夫，她丈夫又将他训了一顿。从此他再也不敢帮小琴干活儿了……

小琴知道他想帮她干活儿，只不过不敢，所以并不嫉妒他这个吃白食的男孩儿在刘家的地位反而优越于她，更不眼气他的闲在。九岁的男孩儿和十岁的女孩儿，想要互相表达好感的话，大人的眼睛是监视不住的。有天宝顺又发烧了，刘家两口子一块儿为宝顺到县里去。那男的去请教他会算命的朋友预言个安慰，那女的去为儿子抓药。于是九岁的男孩儿和十岁的女孩儿可算得着机会在一起说话儿了。小琴什么活儿也不干了，没完没了地对他说道着。说她长大后，总有一天要从刘家逃走，才不肯做他们的儿媳妇呢！十岁的少女说到伤心处，嘤嘤地哭了。九岁的男孩儿就替她擦泪，劝她别太伤心，发誓将来陪她一块儿逃……

她说："你发誓了我也不信！"

他问："那怎么你才信呢？"

十岁的女孩儿轻咬下唇想了想，忽然又眼珠一转，神情极其庄重地说："只有咱俩拜了姐弟我才信！"

九岁的男孩儿瞪眼瞧着她，困惑地又问："我不是已经叫你姐了吗？"

她说："那两回事儿的！拜了，就你心里有我，我心里有你了！不拜，姐呀弟呀的，随口叫叫罢了。全村许多男人女人间，不都这么叫的吗？你以为他们就真是互相放在心上了呀？"

他说："可我不会拜啊。"

"我会！我见过大人们怎么拜的。"

于是十岁的小琴便拉着九岁的卓哥的手儿双双跑进杂仓房，她将三根细柴棒儿插在粮囤里，扯卓哥和她并身跪下，一起对着粮囤磕头。

她说："天爷爷地奶奶，都给我俩做个证！我俩今日拜姐弟，以后我心里有他，他心里有我。我俩谁若是变心，天爷爷降雷劈，地奶奶塌坑埋！"

她说一句，卓哥跟着学一句。拜过后，卓哥问小琴："以后，你就真是我一个姐了吗？"小琴说："那当然！是你一个比亲姐还亲的姐！"卓哥又说："那我往后在这世上有一个亲人了呗？"小琴以大人那种不容置疑的口吻肯定地说："对！我往后在这世上也有一个亲人了！"她忽然抱住他，在他脸蛋儿上亲了一下。自从母亲死了，卓哥第一次被人亲。这九岁的男孩儿并没觉得害羞。恰恰相反，他感动得想哭……刘家两口子回来后，不知为什么，对小琴的态度显得异常阴冷。这使小琴心里格外恐慌，时时提心吊胆，也使卓哥替她忐忑不安……

那年端午节，村人们照例互送粽子。刘家照例支使小琴去送。该送的人家多，小琴一个人拿不了。卓哥自告奋勇，要求和小琴一块儿去。刘家两口子犹豫了一下，答应了。两个孩子出门前，刘家女人亲自替小琴重梳了一遍头，重编了辫子。还翻出一条粉绫子为小琴在辫梢结了一朵辫花儿。而且，找出套新衣裤和一双新鞋让小琴换上。离开她几步端详了她一番，又往她脸颊上擦了淡淡的胭脂；往她眉心点了一个圆圆的小红点儿。于是在卓哥看来，他暗装在心里的这位小姐姐，就跟年画上的小神女一般好看了……

两个孩子合拎着一篮粽子走出刘家后,卓哥对小琴说:"你爸妈……"

小琴立刻打断他:"再不许这么说!他们不是我爸妈。"

卓哥顿时缄口,默默走了几步,忍不住又说:"你公婆……"小琴站住了,挑眉瞪着他,生气地说:"他们更不是我公婆!姐告诉过你的,姐长大了早晚要逃离刘家,逃离你们紫薇村的!"卓哥也有点儿生气地说:"反正从今天看,刘家对你也挺好的!"小琴不愿和他这个拜过了的小弟弟拌嘴,打鼻孔里哼了一声。两个孩子就都心情不悦起来……送粽子送至某一家,那家女人欣赏地瞧着小琴问:"哟,这么漂亮哇?谁打扮的你呀?"小琴低了头回答:"宝顺他爸、他妈。"那家女人又问:"小琴,你究竟愿意是他们女儿呢,还是愿意他们是你公婆呢?"小琴不抬头,不吭气儿。那家女人似乎从她的样子感觉到了些什么,俯下身问:"小琴,他们对你究竟好不好?你心里别存顾虑,说实话。他们如果对你不好,全紫薇村的人都可以为你做主,批评教训他们。咱们紫薇村是方圆百里内出了名的仁义之村,绝不容许不仁不义的事儿背地里存在着!"

小琴细声细气地说:"那你问卓哥吧,他最清楚。"

那女人认真起来,转脸问卓哥:"既然她自己不愿说,卓哥你就替她说!只管放心大胆地说实话!说了实话谁也不敢把你怎么着,有我护着你!"

卓哥犹豫片刻,半情愿不情愿地替小琴回答:"刘家对她好。""真的?""真的。刘家对我都好,一点活儿也不让我干,你想对她还能不好吗?"

卓哥是个全村公认的诚实的孩子,那女人信了他的话,终于笑道："我还以为他们刘家对小琴不好呢！那可不行。咱们是个远近闻名的仁义之村，维护村德村誉，是人人有责的事儿！谅他们刘家对小琴也不能不好，不敢不好！"

回刘家的路上，小琴只管低了头自己个儿闷闷地快走在前，不理卓哥。这使卓哥心里很难受……

两个孩子一进刘家门，刘家女人就命小琴快去将新衣新裤新鞋子换下。刘家女人拿着那双新鞋对男人嚷嚷："你看你看，这死丫头，一双新鞋穿出去没走几步路，就弄了一鞋面儿的土！"卓哥看着，听着，心里更难受了……小琴自是怯怯地半句也不敢分辩。刘家女人又训斥她："还不快去把脸上胭脂洗了！想总一副那模样扮小妖精哇？"小琴就低了头赶紧转身去洗脸……刘家的男人则将卓哥招到近前，问他那些人家收下粽子时跟他们聊什么没有？诚实的孩子要想学会撒谎必得因其诚实吃过几次大亏。卓哥一向因自己的诚实蒙受大人们的夸奖，尚未因自己的诚实而后悔过。他就将那一家的女人先问小琴后问他的话学说了一遍。"小琴她怎么回答的？""她自己没说，她让我替她说。""你怎么说的？""我说你们对她好。我说你们连对我都没比对她好，一点活儿都不让我干，对小琴能不好吗？"刘家的男人和女人听了，对望一笑。那男人还满意地摸了卓哥的头一下。接着那男人将小琴叫到近前，阴沉着脸问她："外人问你话，你怎么不回答？"小琴低了头，不吭气儿。那男人倒也不逼问她，只冷冷地说："墙角那儿跪着去吧，今晚别吃饭了。"于是小琴默默走到墙角那儿，面对着墙角跪下了。她一直跪到吃晚饭时分，刘家两口子也没许她起来。他们对卓哥倒是显得更亲了。两口子一左一右两双筷子，不断地往他碗里夹菜。卓哥一边吃饭，一边不时地偷瞧小琴跪在墙角的背影。那时刻这男孩儿的整个心怀里,充满了对自己暗拜过的小姐姐的大的怜悯,但却丝毫也不敢放任他的怜悯溜到他脸上,更不敢让他的怜悯变成泪水暴露在他眼里。只有用一口口饭菜将他的怜悯堵回心怀中去,严密地压住在心怀。这从六岁起开始吃"百家饭"已经吃到九岁的男孩子,早已领悟了许多在他这个年龄的孩子们不太可能领悟到的人生况味儿。他已从切身的体会中学会了点儿初级的人生经验和技巧。

他希望自己能憎恨刘家两口子,可是憎恨不起来。因为他们对自己好,而且正对自己更好着。

他终于鼓起了一种前所未有的勇气替他的小姐姐求情。

他说:"婶妈,叔爸,我吃饱了。也让小琴吃吧。我去替她跪着,行吗?"

话声小极了。

刘家两口子不禁地都放下碗对视起来。

那女人脸一沉,刚想说出句什么不快的话,被她男人用手势止住了。

他不动声色地说:"既然卓哥都替小琴求情了,就给卓哥个面子吧!"

那女人立刻就笑了,同意地说:"驳谁的面子,也不能驳你卓哥的面子嘛!你是咱紫薇村全村的一个公共的儿子啊!卓哥,晚上睡觉时,你可要握着宝顺的一只手。他爱惊觉,你握着他一只手,他就不惊觉了。"

卓哥以非常值得信赖的目光望着那女人说:"婶妈,我一向就是握着宝顺弟弟的一只手陪他睡的。"

对于和自己父母同辈的村中男女，这九岁的男孩儿习惯于在"婶""姨""伯""叔"后加上"妈""爸"相称，这是他的"创造"，以此表达自己对他们和她们终生不忘的感激与视如父母的尊敬。

于是那女人便唤小琴过来吃饭。

而他对刘家两口子就更憎恨不起来了……

他当然不知道，刘家两口子要求他握着他们宝贝儿子的一只手睡觉，是从县里那潜业于民间的算命先生口中讨教来的借命诀窍。他说人的手心上有个穴位是命脉之"门"。人是孩子时，那"门"乃是敞开着的。人渐大，那"门"则渐关。孩子通过和孩子握手借助命力，是最直接的方式。

小琴当然也不知道，那算命先生曾对刘家两口子说她是祸女投胎转世，也就是白虎精的孙女投胎转世。生活在谁家，谁家必有劫难。化解劫难的办法，只能是以威以严镇住她的邪气。这一预言，使刘家两口子极为烦恼。他们已不打算将来让她做儿媳妇了，但是又没一个正当的理由将她逐出家门。烦恼由此而生。正所谓当初请神容易送神难。他们唯有盼她猝死于什么不幸……

有天宝顺爬到桌上弄翻了热水瓶，烫伤了手脚，伤得不重，但毕竟是烫伤了。

刘家两口子竟将小琴捆绑在屋柱上，口中塞了布，扒光上衣，鞭子蘸水抽打了一顿。

这一严酷的惩罚也是当着卓哥的面进行的。当时他几乎想扑上去狠咬刘家男人的手，但是毕竟没敢。他不认为他们的宝贝儿子被烫了责任在他的小姐姐。因为那七岁的男孩儿是在他们爱视着的情况下爬上桌子弄倒热水瓶的,而小琴当时正在院子里的水井旁洗菜……

那一天这九岁的孩子开始怀疑紫薇村中是否真的皆是好人了,进而开始怀疑对自己恩重如山的紫薇村所冠的好名声,是否真的名副其实了……

夜里,刘家两口子睡酣后,他悄悄溜下自己和宝顺睡的床,溜进他的小姐姐住的阴暗潮湿的小偏房,来在她的床前。

他跪下去,将头埋在她胸脯上哭。

他哀哀地说:"姐,他抽你那会儿,我想咬他手来着,可我不敢呀!"

小姐姐一手摸着他的头说:"姐也不许你为姐那样儿。姐只问你一句话——紫薇村的名声值得你一个小孩子家那么袒护着吗?"

卓哥不知该如何回答了。他虽然已开始暗暗怀疑对他恩重如山的这个村的好名声是否真的名副其实,但在需要他加以维护的时候,他还是宁愿维护的……

"弟,你呀,你呀!"

——小姐姐双手将他的头从自己胸脯上捧了起来,在黑暗中欠身凝视着他的脸低声说:"我告诉你,他们紫薇村的好名声是假的,假的!宝顺根本不是他爸的种!是他妈偷汉子借来的种!帮他们刘家传宗接代的不是别人,就是那整天一本正经的村长!他们刘家有了宝顺后村长他夜里还经常来!宝顺他爸不高兴村长再来了,可宝顺他妈高兴着哪!为了使宝顺他爸不管她和村长的事儿,她趁她亲妹住在这儿的日子,怂恿丈夫和她亲妹子,她自己和村长,在这大宅子里分头明铺暗盖的!她男人也偷别的女人,其中一个就是村长的老婆！村长更是个色鬼，他跟你们紫薇村的女治保主任也早就勾搭成奸了！这些不要脸的事儿都是他们刘家两口子说悄悄话儿时被我左一耳朵右一耳朵偷听到的！弟呀，弟呀！你可不能因为你们这个紫薇村对你有恩就永远信它的好名声！你们紫薇村空冠一个好名声，包藏着的那些个不要脸的事儿兴许还多着哪！……"

小姐姐的话使卓哥的头皮上一阵阵作麻，身上一阵阵发怵。他内心里恐惧极了，觉得小姐姐说的全是些最大逆不道也最会招致危险的话。他语调儿颤颤地嘟哝："我不信，我不信，姐你可千万千万别跟旁人说啊！"

他忽见一个人影儿从窗外闪过。小姐姐也及时地"嘘"了一声儿。他蹑足走到窗前向院子里偷望，见一个身影在院子里站了一会儿，倾听了片刻院外的动静，然后猫着腰踮着脚跑至刘家两口子那屋的窗下，举手在窗上轻敲了三下，咳嗽了一声。他从身影看出那正是他一向恭而敬之的村长"叔爸"。又片刻，门开了，刘家的男人抱着被卷儿出来了，对村长"叔爸"说了句什么后，便往西厢房里去了……

那一时刻，这九岁的男孩儿心中的一座圣殿轰然坍塌了。他流泪了……

又过了些日子，村里来了位记者。据说是位省报的大记者，是专门来采访紫薇村如何如何怎样怎样共同抚养一个本村孤儿的事儿的。村长一干人等，自然就陪着记者来到了刘家。一干人中，少不了还有女治保主任。

村长指着卓哥对大记者说："就是这孩子！您瞧他长得多壮呀！无论他住到哪家，哪家都绝不曾亏待过他！"于是大记者就问他:"卓哥,村长说的属实吗?"卓哥低了头回答:"叔爸说的属实。"大记者听不明白"叔爸"是什么称谓。刘家的男人就不失时机地上前解释。最后说:"也叫我叔爸,叫我女人婶妈。我们两口子也像父母爱亲生儿子一样爱他嘛!"

于是大记者就颇有感慨地说:"这事儿太动人了,这事儿太动人了!实实在在的一曲美好乡情的颂歌嘛!……紫薇村大人们的心灵是美好的,卓哥感恩戴德的少小心灵也称得上是美好的……"女治保主任插言道:"对对,卓哥可诚实了,从不说谎!"大记者又问卓哥:"卓哥,你长大了以后,也会像你们紫薇村的婶妈、姨妈、伯爸、叔爸一样维护紫薇村的好名声吗?"卓哥想了想,低声说:"我现在就愿意维护着……"他的话立刻博得了村长一干人等,大记者,包括刘家两口子的夸奖。众人都说,难得这孩子如此懂事,也不枉全村人轮番抚养他了……

当时小琴被锁在杂仓房里,并预先受到了严厉的警告……

卓哥在刘家快住满了一个月,将轮到别人家去住前,刘家的男人有天将他扯到跟前,盯着他眼睛问:"卓哥,你住到别人家后,在我们刘家看到的事儿,你会对别人讲吗?"卓哥摇了摇头,目光依然是那么值得信赖。刘家男人接着说:"其实,我也不是怕你对别人讲。你讲了,也没人信的。我们刘家,在村里口碑还是挺好的。对你卓哥怎样呢?你自己心里该有面镜子。我嘱咐你,是为你考虑。你才九岁,到能自食其力还有十来年呢!你还会轮番住在许许多多人家呢!如果你离开一家,讲论一家的事,谁还愿意让你吃住到家里呢?再说,谁家还没点儿不愿外人知道的家长里短呢?你能理解我纯粹是为你考虑才嘱咐你吗?……"

卓哥默默点了点头。

……他住到另一户人家才一个多月，就听说刘家的宝贝儿子终归还是病死了。以后他就再也没见过他的小姐姐，却多次见过刘家的女人。那女人当年从河东村到河西村，逢人便哭，说她的宝贝儿子是被小琴从床上一脚蹬到地上，连摔带吓，几天昏迷不醒而死的。人们的同情心，一向是很容易被失去了儿子的母亲争取过去的。于是"小琴"这个好听的女孩儿的名字，在紫薇村似乎成了"忘恩负义"四个字的实例注脚。成了"灾星"的象征。全村只有卓哥一个人不信他的小琴姐姐会将刘家的宝贝儿子一脚从床上蹬到地上，除非她吃了熊心豹子胆，尽管他知道她一点儿也不喜欢宝顺。但他只不过是一个孩子，根本不具备替他的小姐姐辩论的威信，并且不敢，唯恐自己也因而和"忘恩负义"四个字连在一起。小琴背上恶名这件事儿，给九岁的卓哥一种教训，那就是自己永远也不能背叛紫薇村，哪怕它在方圆百里内的好声誉的确是假的……

不久，那位省报的大记者的文章见报了。他给村里寄了几份，全村人争相传看。包括那些认识不了几个字的男女，人人都眉开眼笑，仿佛自己从此拥有了一大宗可以传之于下一代的财富似的。在物资匮乏的年代，荣誉的确是足以被视为财富的。

谁也没注意到，卓哥正是自那时起变得沉默寡言的。这九岁的男孩儿似乎不再打算和他人和世界作主动的交流了……

直至他"入主"红磨房后，才又见到了他的小琴姐姐一面。那一天到红磨房来的女人多。她们一如既往嘻嘻哈哈地拿他寻开心。而他一如既往地只管低着头推磨。忽然女人们安静了下来。他奇怪地抬头一看,发现他的小琴姐姐将盆边儿卡在腰际,犹豫地站在他的红磨房门外。算来她已经是个十八岁的大姑娘了,明显地长高了。当时,上午的阳光在红磨房外晃眼地照耀着。卓哥从磨房里看磨房外的小琴,但见她全身沐浴在阳光里,却看不清她的脸。他只感到她不但明显地长高了,而且胸脯也明显地高高地隆起着了,感到她身材看上去那么窈窕,娉娉婷婷地拨动他的少年心。她的长头发竟没扎辫子,一束披散胸前,一束披散背后。她的脸朝向他,分明地,是正在呆呆地定定地望着他。他发现女人们也都意味深长地望他。他被望得一时心慌,立刻又低下头推起磨来……

他听到女人们这样议论:

"那灾星怎么穿得破衣烂衫的?头也不梳,脸也不洗?"

"你是明知故问呢,还是真不知道呀?"

"真不知道。"

"刘家两口子不许她穿得干净齐整,到了晚上才许她梳头洗脸。本来命里就带着几分妖气投胎转世的,再许她着意地打扮自己,还不把咱们紫薇村河两岸男人的心都迷荡了呀?"

"就是!刘家两口子做得对!可不能让那个漂亮的灾星坏了咱紫薇村男人们的心性,坏了咱紫薇村的好声誉!"

"刘家趁早把她远远地嫁出去算了!"

"刘家不把她嫁出去,自有不把她嫁出去的道理!忘了刘家的小宝顺是怎么死的了?还不是被她命里的妖气克死的吗?刘家宁肯养着她,也不愿让她再去克世上别人家的儿子!……"

"唉,难得刘家两口子有这种普度众生的佛心!……"

卓哥明白,他的小琴姐姐是见人多走了。

这少年生平第一次体验到了一种强大的失落……

他常卧在河中那块大青石上做白日梦，梦想他的小琴姐姐有朝一日做了他的媳妇。他不怕她命中的妖气克自己，也根本不信那些鬼话。他愿意她做了自己媳妇以后，自己还叫她姐。他想象着自己和他的小琴姐在红磨房里和和美美地过日子的种种情形，常如呆如痴，常不禁地徒自笑起来；想象着自己钓到半桶小鱼儿，抬回家去，见她斜倚家门正在盼着他回家，高兴地接过小桶，顷刻便麻利地收拾了鱼，熬出一盆鲜美的鱼汤。那该是多么称心如意的日子呢？这梦想若不能成真，他没情绪上心地钓鱼。他已将那片红黏土地改造得来年可以点籽儿种菜了。这梦想若不能成真，他觉得来年夏秋收获再多的瓜菜也是没法儿欢乐起来的。在这少年的想象之中，只有和他的小琴姐姐一块儿在那片地上点籽儿一块儿收获，才可能是一种欢乐……

此时这少年就格外忧伤地怀念起他的父母来。父母如果活着，大概他的梦想也就不难成真了。他这么认为，同时也就更因自己从小是孤儿自悲自戚了……

这少年经常做着他的白日梦长大了两岁。他十八了，可叹他的"家"中连一面小镜子都没有。他起先完全是从女人们对他的态度的变化，才渐渐开始意识到自己不再是少年了。她们不再像以前那么随心所欲地拿他寻开心了。她们在他面前都显得庄重起来了。她们的目光不再像以前那么肆无忌惮地死盯着他了。她们的眼神儿里似乎多了一种刮目相看的惊诧了。她们跟他说话时的语调和口吻不再是大人对孩子式的了，而是大人对大人的了。客气了，客气得具有温柔的意味儿了。而且,不知为什么,她们自己常常会首先矜持起来,甚至腼腆起来。有时他憨憨地望着她们笑时,她们竟会微微地红了脸……

这使他相当困惑。

有一天,他无意中从一个女人盛豆子的亮晶晶的铜盆底儿上,看到了一张方方正正的、有棱有角的男人的脸。那是一张非常年轻的男人的脸。是的,尽管非常年轻,但却丝毫也没有年轻男人的浮气和躁气。那张脸看去是那么成熟,那么表情笃诚,前额饱满,双唇丰厚,浓眉大眼。不说有多么英俊,起码可以说是相貌堂堂了。总之那是一张乡下美男子的脸。他从那浓眉大眼认出,铜盆底儿上的脸,正是自己的脸。他不禁扭头看看自己左肩左臂。肩头的肌肉很结实,臂很粗壮,手很大,一只有力的手。再扭头看看右臂右手,当然也是那样。他干咳了一声。底气充沛,其声洪亮,在红磨房嗡嗡地回旋着。他意识到自己从此不再是少年了,也不再可能被别人当成少年看了。他长长地叹了口气。意识到自己从此不再是少年,他当时说不清自己心里究竟是喜还是忧。他曾希望自己不再是少年,又怕自己已经是男人了……

那一天夜里,他在河中洗澡,救起了他的小琴姐。

他乍见一个女人的身影在月光下脱了衣服,一步步缓慢地涉入河里。他没承想那便是他的小琴姐。此前没人到这一段河里来洗澡,更不会有女人来洗澡。紫薇村的男人女人甚至包括老人和孩子,单独或结伴儿在河中洗澡倒是常事。不过早就分别划分出了水清底浅的安全河段。而他在属于自己的这一河段洗澡,一向是脱得赤条精光的。他急忙隐到大青石后,唯恐自己赤条精光的不堪模样被那女人看见，羞吓着她。

前几天下了场大雨，水深了。河水渐渐没及女人的腿，没及女人的腰，继而没到女人胸脯那儿了……他有些替她担着颗心了。他知道她若再前走一步，河水会淹没她的头。他想喊着告诉她，可张了张嘴，怕她猜疑自己偷看她洗澡，怕自己的好意被误解为另有所图的调情——没喊出声……还好，那女人不再前进了，就站定在那儿低下头洗起长发来……他一个猛子扎入水底向岸边潜游。当他尽量隐蔽着自己登上岸穿好衣服，再抬头朝那女人望时，她不见了。他想她不可能一转眼就上岸走远了，心里咯噔一下。目光顺流扫视河面，果见她已溺水了！她的身子时沉时浮，长发像一顶黑草帽似的悠悠地漂着。她的头浮出水面时并不呼救，手臂也不进行挣扎性的拍击，似乎将生死等闲视之了一般……

他"扑通"跃入水中将她救上了岸。月光下，她遍身的肌肤显得更加白皙了。乡下女子并不戴乳罩的，只不过用一条布在胸前兜住双乳，在背后系个结罢了。她胸前已没有那样一条布，肯定是她洗身时取下拿在手中，溺水后被冲走了。她那双乳彻底地露形露状，丰满而紧绷绷地高耸着。她的短小的裹裤，已被河水旋到膝部。她闭着眼睛，微微张着嘴，湿发衬在脸儿周围。那是一张鹅蛋脸儿，尽管眼睛是闭着的，但细眉纤纤，眉梢几乎延入鬓发……

她的裸体仰躺在他面前，仿佛一席美宴，只等着他尽情享用。这时他才看出她是小琴。她的裸体对他的目光发生着极大的诱惑。十八岁的卓哥第一次感到一具女人的光身子对他所具有的强烈吸引力是么不可抗拒！而她正是他经常梦想着有朝一日成为自己媳妇的女子啊！一股跃跃欲试的冲动在他身体里急剧地运行着，膨胀着。那冲动是无比狂野起来了!似乎在一次次将他向她推倒下去。他蹲在她旁边,一动也动弹不得。仿佛只消稍微一动,便会不由自主地扑向她……

他看着她的光身子完全呆住了。灌木丛中扑啦啦猝飞起一只宿鸟,将他吓了一大跳。他心虚地举目四望,觉得有人在暗中监视着他的一举一动似的。如果被人发现了他卓哥这样和她在一起……他心中陡升恐惧,不敢想下去,也不敢继续呆看着了。于是他一手插到她腰下,将她的下身轻轻托起,同时用另一只手替她扯上了短小裤。她的肌肤是那么滑润柔软而又富有弹性,使他的手忍不住想要抚摸她全身。尤其想摸弄她那高耸的暄软的白馒馒似的双乳。他果然便那样做了……

她微张着的嘴里吐出一长缕气息。她轻哼一声……他缩回手,感到自己很邪恶很罪过。他又下到河里,游向对岸,寻找到她的衣物,一手托着一手划水游回来。

他将她的衣物放在她身旁,又蹲下呆看她时,她苏醒了,缓缓睁开了眼睛。她没立刻认出他是谁,骇然坐起,发现自己几乎光着身子,啊地惊叫了一声,本能地曲缩双腿,夹紧双臂,双手交叉护在胸前……他悄声说:"姐,别怕,是我呀……"她认出他后,松了口气,双腿渐渐又伸向前去,双臂不那么惶恐地夹紧着了。同时,双手往下一垂……

"弟,姐溺水了是不?"

"嗯……"

"你救起了我?"

"嗯……"

她见他的目光胶粘在自己胸前了似的，双手又本能地交叉着护住了乳房。"我衣服呢？""这儿。""该在河那边儿呀。"月光下，她眼中便朝他投注出一股柔情。她那双丹凤眼看人时天生有种勾人魂魄的妩媚劲儿。他暗想她的眼睛美得真是全村独一无二！"你先转过身去，让姐穿上衣服。"于是他乖乖地顺从地转过身去。"弟，你也穿上衣服吧。""我衣服湿了。""为救姐湿的？""嗯。姐你怎么到这儿来洗呢？""他们不许我在他们家洗。他们成心脏着我。女人们也不许我在她们洗澡的那段河洗，说我会脏了那段河……""那，你怎么不喊呢？""喊什么？""你被淹时，喊救命啊。""死了也利落……早死早投生，没什么不好……"他就猛地站起，向她转回身。那时他眼中已是满含着泪了。他大声说："姐你不能死啊！你一死，我在世上就没有亲人了！……"她已穿好衣服，凝眸望他。月光下，他见她神情凄然。

"我今年十八了……"

"……"

"我该娶媳妇了……"

"……"

"姐，我从十六岁起做梦都想着有一天娶你！除了你，七仙女下嫁给我，我卓哥也不称心！红磨房就是咱俩的家！从此咱俩不跟紫薇村人交往，只为紫薇村推磨！咱们恩恩爱爱，生男育女，白头到老……姐你倒是说句话呀！……"

"……"

"你倒是说你愿意嫁给我呀！"

她便一下子扑在他身上，双臂揽住他的脖子，不住地亲他的脸，亲他的肩……

他双手抱住她的腰，感觉到自己结实的胸膛紧紧地紧紧地贴着她凸挺的双乳，像舒舒服服地紧紧地贴着一块絮满了新棉花的厚垫子似的。他身子顿时有些酥软了……

可他嘴里却仍执拗地要求着："你说呀，你说呀！……"她的身子却在他怀里委了下去。她将脸偎在他胸膛上，继而又不住地亲他的胸膛……他用双手捧住了她的脸，见她双眼也已泪汪汪的了。于是他俯下头亲她的双眼。像要将她眼中的泪噙尽似的……于是他们的双唇也亲在一起了，一时没法儿分开了……他们便同时倒在了河岸的细沙滩上。沙滩被一白天的阳光晒得暖暖的，温热地烘着他们的身子……这两个在他们是孩子的时候暗拜过姐弟的一男一女，在暖暖的沙滩上翻滚着，情欲炽旺地互亲互爱着……

最初一次男女间的亲爱是动人的，也是不得要领没有章法的。他们如同两只馋嘴的小猫儿，而对方是活蹦乱跳的小鱼儿，都恨不得一口将对方吞入肚子里，又都因对方活蹦乱跳无处下口似的……

在这过程中，她的衣服又从她身上剥落在沙滩上了……

她抓住了他的一只手，不许他剥下她那短小的亵裤……

村里传来了几声狗叫。

扑啦啦，又有一只宿鸟从灌木丛中飞起。

他们都吃了一惊……

"别急成这样儿！姐早晚是你的人。你既然有心和姐做夫妻，往后长长的一辈子供咱二人这样呢！……"

"那，做了夫妻以后，我还叫你姐行吗？"

"行啊。"

"你呢，你叫我啥？"

"我叫你卓哥。"

"不……你也得叫我弟……"

"好。还像从前一样叫你弟……"

"和从前不一样。从前偷着叫，做了夫妻以后就不用偷着叫了，想怎么叫怎么叫，可要比从前叫着亲哩！……"

于是他们都幸福地笑了。接着便商议怎么样才能顺利地做成夫妻。依她，事情很简单，两人双双去登记就是了。她还说，就是不登记，她偏要来和他住一块儿，紫薇村的人也是拿她没奈何的！他说那可不行，事情没那么简单。他毕竟是紫薇村人共同抚养大的。终身大事，他不能不做得使全体紫薇村人都挑不出理儿来。

最后她被他说服了，同意由他首先去找村长，央求村长替他们做主，去跟刘家两口子说通。因为名分上她仍是刘家的人啊，刘家两口子仍算她"养父母"啊！尽管他和她一样，不再认为村长是正派男人了。

……

村长对卓哥的愿望大摇其头，仿佛他的想法乃是天下第一古怪第一荒唐的想法。村长说："不行不行！你是名声多么好的一个男人，她是名声多么恶的一个女人！你俩不般配啊！"他说："可我俩自己都愿意。""什么话！"——村长瞪起了眼睛，"什么话！这是你俩愿意就行的事吗！你是咱们紫薇村从一个孩子抚养到十八岁的。我是谁？我是一村之长！如果说普通的一个咱们紫薇村的男人或女人等于是你的父母，那么我就等于是你的祖父了！你的婚事我就一点儿都没权力做主了吗？……"

一提到紫薇村对他的大恩大德,他顿时惭愧起来了。"我……村长叔爸,我不正是来请您做主的吗?……""可我不同意!""可咱们紫薇村对她不公平!咱们是一个在省报上被表扬了的村,怎么能相信她是什么白虎精的孙女呢?……"

村长怔了一下,慢条斯理地拖起了村长的官腔:"这个嘛!我当村长的这么信了吗?你卓哥又能具体指出咱们紫薇村的哪一个人这么信了呢?……"

他也被村长反问得一怔。

他想用句什么话暗示村长,让村长明白,他对村长和刘家女人的事儿是知道的,希望能对村长转变态度起点儿作用。但这念头在他心里拱动了一阵,自行地驯服下去了。

他没敢。

"好吧,既然你相中了她,我又何苦非强加阻拦呢?不过,我总得征求征求咱们紫薇村人们的看法是不?你卓哥的婚事,不是一般人的婚事。别人的婚事有父母参谋就行了。自己愿意,父母同意,谁都干涉不了的。如你刚才自己所说,你自己九岁时,就是一个上了报的人物呢!这几年省报那位大记者,一直没忘你哩!还想就你的事儿再写续篇,再歌颂咱们紫薇村一番哩!你的婚事如果遭人议论,咱们紫薇村的好名声要毁于一旦哩!我这位村长失职哩!咱全体紫薇村人得沮丧几代哩!……"

村长诲人不倦、循循善诱的一大番话,似乎句句说在情上,说在理上。似乎说得那么虔诚,考虑得那么周到。

卓哥一时间无话可说了。他感到村长看着他的那一种目光,如同看着一个不懂事的、一时心血来潮犯任性的孩子。

"卓哥呀,你放心吧!紫薇村既把你从一个六岁的孩子抚养到了十八岁,就不会不对你负责到底!你才十八岁,急什么呀?能眼看着你打一辈子光棍吗?男婚女嫁,讲的是般配二字。再说,也得刘家两口子点头是不是?那小琴也毕竟是刘家从小养大的吧?如果刘家不同意,我当村长的也是不敢硬来的!那不成了抢亲了吗?……"

村长拍着他的肩,和颜悦色地将他打发出了家门。

而从那一天以后,卓哥又见不到小琴了。他几乎天天晚上到河边去等她,一等等到后半夜。

他明白,是刘家两口子对她严加看管,不许她轻易出门了。

但是他却不知道,好色的村长自己,早就对一朵初开乍放瓣娇蕊嫩的野百合似的小琴心存非分之想,单等有机会对她下手呢!哪儿轻易地就肯将小琴成全给他啊!

……

转眼秋至。卓哥结婚了!喜日子就是中秋节那一天。但新娘却不是他愿一辈子都叫"姐"的小琴……

婚礼在红磨房前平坦的场地上举行。围观者众,其中有许多邻村闻讯来看热闹的男女。卓哥披红戴花,新娘蒙红盖头,二人共持联心红绸,面对用红布罩住的一块碑。主婚的老者轻挥手,有人便将红布徐徐扯去……主婚的老者神情极端肃穆地吐出一个字:"念!"于是专程从省城赶来的那位大记者朗声读碑文:"紫薇村翟姓后生卓哥,幼丧双亲,沦为弱孤。村人相怜,轮年抚育。吃百家饭,穿百家衣,睡百家床,衔百家亲情,受百家关爱。今卓哥成人，数德高望重之老者同为媒保，娶外地寡妇张姜氏为妻。天地为昭，其慈永驻，其善长存。望夫妻二人，虔飨村德，誓心以报。循规蹈矩，光大村名，发扬村风，维护村誉……"

卓哥惶惶然地望着石碑，仿佛那是具体的一位大恩人，又是严父慈母合而为一的象征。他似乎在屏息聆听大记者读的每一个字，其实心思空空，六神游走，万念俱灰，身不由己而已。没法儿形容的悲凉满满地凝聚在他两眼里，被热闹气氛所娱的人们却谁都没看出来。

主婚的老者问他："卓哥，你听明白了吗？"

他竟自愣在一种僵钝的呆状中。

"卓哥，你听明白了吗？"

"哦……听明白了，听明白了……"

老者又问："那，你可有什么话说啊？"

他怯怯地回答："没有没有……"

他感到周围的气氛，越来越施加给他某种无形无状的压迫。

煞有介事、神情过分庄严的老者将脸一板："嗯？怎么可以没什么话说呢？"卓哥恍然地机械地嘟哝："有，有，有话……""既然是有话，那你便说吧！"卓哥语无伦次地说："充驴做马……我愿充驴做马，在这红磨房里，一辈子为全村人推磨，终身任百家役使，不收酬劳……我要是有半点儿反悔，天打五雷轰……"主婚老者欣欣然捻须，微微点头不止……围观者们，尤其紫薇村本村的人们，似乎都大受感动……有一老妪拭泪喃喃着："多仁义个孩子呀，知恩图报的……"老者又说："卓哥，你父母早亡，就拜拜这块碑吧！拜过这块碑，就算拜过你父母了，也就算拜过全村人了……"于是卓哥双膝齐跪。联心红绸一扯,新娘也随之跪下了。他双目定定地望着石碑说:"父母大人,今日里,咱全村人做主,给儿成亲了,娶了媳妇了。儿能够为咱们家族传宗接代了。你们若九泉之下有灵,再也不必为儿操心了。和孩儿一块儿,感激咱们全村人的村恩村德吧!……"

于是他磕头拜碑。一拜之后,泪满双眶。二拜之后,泪潸潸下。三拜之后,已是面湿如洗,泣声咽咽了。他整个儿一颗心在胸腔里龟裂着,暗碎着。人们更加受感动了。许多男女都不禁拭起泪来……

忽然一边人群有些骚乱——是打扮得极其妩媚的小琴从人后挤至人前。她上下簇新,从衣到裤到鞋,皆是她用自己采草药所卖的钱买的。她那一天是将她全部的"个人财产"都穿在身上了。她刚洗过的脸庞看去显得那么清丽,她的秀发梳得那么齐整,一条大辫子编得那么仔细,惹人注目地斜搭在胸前。她鬓角儿还插着一大朵艳红的野花儿,衬得她的脸更白净了。她神情冷若冰霜,目光眈眈地瞪着跪在那儿的卓哥的背……

站在她身旁的几个女人互丢着眼色躲开了她,闪到别处去了。立刻有几个男人补了缺,挨近她站着。卓哥和新娘起身之际,小琴尖叫了一声。人们的目光一时全都投射在她身上,卓哥也发现了她。四目相对,他眼中一愣,赶快望向远处。主婚的老者威然地望着小琴指斥:"你叫什么?"她红了脸,愤怒地说:"有男人抓我胸脯来着!"女人们首先发出一片嘘声。仿佛她们都认为,在这一种情况下,即使是那样,也是一个小女子断不该公开说出口的。一旦说出,可耻就全归了女人自己似的。而她内心里是明白这一点的。分明地,她是偏要大声地说出来。

而男人们却紧接着女人们的嘘声发出一片叫嚷:

"你撒谎!"

"你往咱紫薇村的好名声上泼脏水哩!"

"卓哥结婚,你打扮得妖妖冶冶的想干什么?"

"八成是想来勾引新郎官儿的吧?"

不错,她是成心将自己打扮得近乎妖冶的,也是成心来破坏婚礼场面、来进行报复的。那报复,三分是针对卓哥,七分是针对全体的紫薇村人。夹在人群中的公公气得腮肉抽搐。婆婆扯着他,恶狠狠地说:"都是咱们把她惯的!走吧走吧,还有什么脸站在这儿呀!……"

小琴瞪着他们,相互拖拖挣挣地,更加肆无忌惮了。她指点着些个男人冷笑道:"紫薇村的好名声像是花布包的脏枕头哩!你们一个个也都不是什么好东西!你,在河边偷看过我洗澡!你敢说没有的事儿?你,在山上遇到过我,调戏我!还有你!曾对我说过不要脸的话,被我扇过一记大嘴巴子!……"

她眼中放箭,最后望向了村长:"你这个假模假样的大村长,你的勾当我不说就是了!给你留点儿面子就是了!……"村长气急败坏地连连跺脚:"你、你……你放肆!……""大家伙儿别信她胡言乱语!我丈夫可是正人君子!小贱人!看我不撕烂你嘴!……"村长女人张牙舞爪地向她扑来……她无畏地朝对方一头撞去,将对方撞了个仰八叉。而那女人又撞倒了长案——案上的花生、瓜子、烟、糖果、馍撒了一地,滚了一地……

主婚老者高叫:"好大胆的刁女!竟敢前来扰乱我紫薇村的婚

娶大事！当众毁我紫薇村的村誉！把她给我撵过河去！永世不得再过紫薇桥到村东边来！……"

人们期待的仿佛正是这一番话。于是不分男女，一拥而上，对她啐之殴之……婚礼大乱。新娘悄悄揭开盖头，看了一眼，又放下了。新娘攥住卓哥一只手说："咱们进屋去吧！"不管他愿意不愿意，将他扯入红磨房关上了两扇门。

红磨房里已经间隔出了新房。新娘一直将卓哥扯入新房。新房草经布置，虽不免显得寒酸和对付，但毕竟有了点儿是新房的意味儿。一面墙上挂了半片儿镜子，镜旁贴着一幅观音送子的年画。有了张旧桌子，有了两把旧椅子，都是对卓哥真好的村人送的。新娘一进新房，便摸索到床边，大大方方地坐下了。卓哥惴惴地说："真是对不起，让你受惊了。"到那时，他还不知新娘芳龄几许，长得什么模样儿。新娘却说："惊不了我，我什么场面都见过！"他搭讪着又说："真是的，还不知你是哪省哪县的人呢？"他说时，眼望着窗外，见磨房的场地上，人们已散去。一些本村和外村的孩子，在争抢着抓起地上的花生瓜子什么的往兜里揣。他也望见了小琴。她匍匐在地，辫子散开了，衣服被扯开了襟，露出一面白皙的肩。她脚上的鞋子不知去向……他听到他的新娘在他背后说："从今往后，就是你妻了。知不知道的，又有什么？"她说得那么无所谓，语调儿淡淡的。他自言自语似的又说："想想，也真有意思。一男一女，从未见过面，一经撮合，忽然的就成夫妻了。"却仍望着窗外，见小琴支撑起身，将肩缩入衣服。扣上衣襟后，拢了拢头发。一个女孩儿走近她，将她的一只鞋放在她跟前，扭身就跑……她捡起那只鞋，用目光四下里寻找另一只鞋，却没发现……她捡着那只鞋,走到碑那儿站定,望着,终于伏在碑上哭起来……他听到他的新娘子在他背后问:"谁在外边哭?"他低声说:"是她……"心里在对她说——姐,姐,卓哥对不起你!可我也是被逼无奈啊!……"那个前来捣乱的小女子?""嗯……""你和她有仇怨?""没有……"

"那,你们原先一定有段私情的了。"

"也没有……"

"那,她又究竟为什么?"

"她……她打小儿有疯病……"

"我不信。"

"真的。"

"你还在望她?"

"我没望她。"

"可你明明是在望她。"

"是你心里在乱猜疑。"

"你转过身来。"

他缓缓转身,却见她已不知何时揭去了红盖头,拿在手中绞玩着。

他不知所措起来。他拙嘴笨舌地自辩:"我……我是在寻思……该不该出去将门前的场地打扫一下……"

她脸上脂红粉厚,如同戴了彩绘的假面。这使他一时竟看不出她的实际年龄,觉得她似乎更像一个立刻就要登台唱戏的旦角儿。不禁地暗想——果然是一场戏多好!……

"在喜日子里是不兴扫地的,更不许新郎扫地。"他尴尬地微微一笑。她脸庞看去倒还端正,五官看去倒还匀称。他不禁又暗暗庆幸——天可怜我卓哥,安排给我的还不算是一个让男人看着心里烦的女人。她也微微一笑,又说:"人活着若连男婚女嫁这点儿意思都没有,那还活个什么劲儿?""你……多大了啊?""我是和你做夫妻的,又不是和你攀兄妹的,问这干什么?""倒也是。算我不该问……"他挠挠头,自嘲地嘿嘿笑出了声。那笑声听来当然是有说不出的万种苦涩的。他借着手臂的掩护,又扭头朝窗外望去——小琴的身影已不在了。只有那碑落地生根似的立在那儿。她说:"你又望她了。我是新娘,她又不是。"他说:"我没望她。她已经走了。我是在望那碑。""那碑有什么好望的?"

"我觉得它——怪邪性似的……"

"我也这么觉得。没见过人家门前有立碑的。""是啊,它好像是为了镇住我,才立在那儿的……""不许说这种不吉祥的话!""今儿不可以扫地,可以挑水吧?我挑水去!……"他明知缸里水满着,不待她回答,已拔脚迈出新房……

他挑水回来,见她在推空磨。她推得很轻松,那姿态、那步子,很在行。看得出她是个有力气的女人,也是个劳作惯了的女人。他放下桶问她:"你推空磨干什么?"她反问:"缸满着,你又挑两桶水干什么?""穷日子,富水缸啊!""我要让你看着知道,你娶了我没什么可委屈的。起码,床上我是你个睡觉的伴儿,地上我是你个干活儿的好帮手!"他呆望了她片刻,没好气儿地说:"那就别推空磨,咱俩轮换着把河西张家这半袋豆子磨了吧!"她听出了他心里窝着股火儿,却不在意,淡淡一笑:"夫唱妇随,就依你。"于是他们就轮换着磨那半袋豆子……

天终于是黑了。她斜倚床栏，双肘搭在床栏上，一只手叠放在另一只手上。卓哥则坐在一把椅子上，一声不响地吸烟。她望着他的那一种目光，由安详而渐变得火辣辣的了。那是一个无数次领略过床上恣欲、被底癫狂的欢悦与快感，又久违了性爱滋味儿的寡妇女人，对一个自己十分中意的、年轻男儿郎的欣赏和温爱的目光。是的，可以说她是那么欣赏他，那么庆幸自己做了他的妻子。她正渴望着被他温爱，也越来越抑制不住地想要立刻奉献给他许许多多旖旎的温爱……

他知道她在久久地注视着自己。这竟使他非常局促，更加不打算看她一眼了。他觉得自己仿佛不是这儿的男主人，而是一个贸然投宿的陌生过客，不知面对女主人该交谈些什么似的。

一支红蜡烛，照耀出温馨的光晕。

她喁喁地说："还有什么事吗？"

他说："没事了，没事了。"她软语柔柔地又说："那，咱们就睡吧！"他说："睡，睡……""今后，我会做个勤勤快快的，你屋里的人……我保证百依百顺的……保证对你恩恩爱爱的……""我信，我信……""那，你可也得对我恩恩爱爱的……对我好……""那是当然，那是当然……""我希望能给你生个大胖小子！""但愿的，但愿的……""我想洗洗脚……""洗吧洗吧！水是有的是……""我今天累极了，懒得动……你不能体恤体恤我吗？""这……我替你弄水来……"他掐灭烟，起身出去了。等他端了半盆水回来，蜡烛灭了。但中秋的月辉是那么皎洁，清幽地洒了满地。"你怎么把蜡吹了！"他一边放那盆水一边问。"不是我吹灭的，是你开门带了股风扇灭的……"他起身从桌上摸到火柴，划着一支,想将蜡烛重新点亮。不料她也起身走到他身边,一口吹灭了火柴。她说:"省点儿蜡吧!反正你能看见我,我能看见你……"说罢,拉起他一只手,将他带到了床边。待她又在床边坐下,他轻轻从她手中抽出自己的手说:"水兑得不凉不热,你洗脚吧!"她语调娇嗔地说:"我这两只手,都有破处呢!劳你的驾了……"被窗纸滤了一遍的月辉,朦胧又幽谧。月辉中的女人的身影,不但清晰,还泛着微蓝似的。她斜倚床栏,亦健亦柔,丰盈而不粗拙。她发出咔咔的低笑。卓哥被蛊惑了。他觉得她那身影倒也显得有几分媚态,她的笑声使他心旌摇曳起来……

"应该的,应该的,夫妻嘛……"

他说着,替她脱了鞋,脱了袜子。月辉之下,水盆之中,女人的双脚显得秀、显得白。他半情愿半不情愿地替她洗着双脚,而她又咔咔低笑了……

她俯身抚摸他的头、他的肩、他的脖子……

她说:"你呀,别看你身强力不亏的,还不算是个男人哪!……"

她将双脚从他手中抽脱了,也不擦干,就那么湿淋淋地往床上一卷。他觉得像两条鱼从手中一滑逃掉了似的。他一时感到损失了什么刚刚得到的,自己曾非常向往过的,能够受用却还没来得及受用的东西似的。

他失落地站起来,见她已不知何时脱去了衣衫,胸前仅着一方小兜兜了。他想那小兜兜一定是红色的,要不就该是粉色的。她的胸怀看去是格外厚实而又松软的,那小兜兜充满了气似的膨胀着,使他联想到用一块苫布罩着的新草垛。

"你还得我求着你呀?……"

她两手各抓住他一只腕子，一拽，将他拽在自己怀里，顺势抱着他往床上倒下去。于是卓哥感到像被拖入一股不可抗拒的强大的漩涡之中了，感到她全身每一个部位都具有吸力似的。他便索性想象她是小琴。这一种想象使他那迷乱的情欲猛烈地高涨起来。他不遗余力地满足着身下的女人求之若渴的需要，同时也不厌其足地饱尝她的给予。一个性爱能力极其充沛的女人，在床上对男人孜孜不倦的要求和经验丰富的给予几乎总是一样多的。而她正是那样的女人。她一直到他精疲力竭才罢休……

　　他终于从那强大的漩涡之中浮出，仿佛身体里仅剩下了最后一点点活力。他就靠那最后一点点活力，吸起他的短竿儿烟锅来。一想到她并非自己做梦都巴望着娶来做媳妇的女人，他心里又异常悲哀了。他因自己刚才那一番番迷乱的癫狂而懊悔不已，感到羞耻难当，感到太对不起另一个女人了……

　　女人往他身上一伏，柔声细语地问："怎么吸起烟来了？"

　　他不说话。

　　"我知道你在想什么。"

　　他仍不说话。

　　"你在想一个人是不是？"

　　"胡说！"

　　"她叫什么名字？"

　　"小琴。"

　　"看，看，还不承认你在想她呢。"

　　"我对谁都不会承认的。我想了不该想的，我就有罪过了。就对不起全紫薇村的人们了……"

"那你还偏要想她？"

他生气地将烟锅往床栏上使劲儿磕："我说了我没想！"

而此时此刻，在刘家，小琴正受到婆婆的鞭打。她的上身被扒光了，手臂被反缚着。她口中咬着一绺头发，坚忍着。她知道，喊叫是没用的。发生了红磨房前的事，肯定的，全村人都认为她必须受到惩罚。谁还会听到她的喊叫前来制止对她的惩罚呢？一鞭子落下，她浑身一抖。刘家的女人下手那么狠，如同是在替她夭折了的儿子复仇……

刘家男人进入杂仓房，看着他女人又抽了小琴几鞭子，不动声色地说："算了，别气坏了你自己。"那女人说："她越不喊，我越气。非听她求饶不可！"于是又一鞭子下去……小琴浑身又一抖……"小贱人，疼不疼？……""……""还敢不敢公开地败坏紫薇村的名声？""……"小琴咬着发，垂着头，身子跪得挺直，纹丝不动，毫无求饶的意思……当那女人再次举起鞭子，被她男人一胳膊挡住了。他向她使了个只有她才明白的眼色。她哼了一声，将鞭子塞给了她男人。她一脚迈出门外，回头对她男人交代："你接着替我治她！非治得小贱人从今往后服服帖帖的不可！……"

她见鞭子在她男人双手中弯成了弓形才将另一只脚迈出门去。

弯成弓形的鞭子，触在小琴后颈上，顺着脊沟缓缓划下，仿佛代替了他的手，在抚摸她那青春女性的赤裸的脊背……

他没接替他的女人继续鞭打小琴。他弃了鞭子，替她解开反缚手臂的绳子。而且，将她的衣衫披在了她身上……

她正狐疑着，他那瘦高的身影，一个幽灵似的，也无声无息地踱出了杂仓房……

是由于村长又来和那女人偷欢了，小琴身上才少了许多鞭痕。

那女人一边推磨一边问："你就真不饿吗？我把饭菜给你热热？……"

卓哥终于开口道："不饿。你别磨了行不行？磨得人心烦。"

他尽量不使自己的话带出沮丧和愠怒。他明白，事情成了这样，她是很无辜的。要怨恨的话，首先应该怨恨村长。村长将他请到家里，陪他喝酒。那是他长到十八岁第一次喝酒。村长关怀备至地告诉他，已经替他物色到了一个适合做他妻子的女人。当然不是如果做了他妻子，肯定将会有辱他紫薇村第一良好青年的名声的小琴。他一听不是小琴，就推说自己才十八，其实并不急着成家。而村长说，他卓哥不急，他村长急呀！关心他终身大事的全体紫薇村人急呀！早生儿女早得福嘛！再说，一个适合做他妻了的女人已被收留在紫薇村了。村人们就是为他卓哥才收留那女人的呀！机不可失，时不再来啊！他卓哥不可以辜负全体紫薇村人的一片良苦用心啊！

他一句接一句将话儿咬死了，反复只说自己才十八，并不急于成家……

忽然又来了帮村里的男女，都是善待过他的人，也都是他铭记不忘打算日后一一报答的人。他们和她们一起陪他喝酒，一起帮着村长劝他。七言八语的，都说那女人多么多么贤惠，多么多么勤劳，总之多么多么好多么多么适合做他的妻子……

后来他醉了，在一张什么纸上按了手印儿。第二天他才知道，那是村里替他开好的结婚登记介绍信。

他当然反悔。

可村长说,已经派人拿着那介绍信,替他领回了结婚证书!

那些在村长家陪他喝过酒的男人,一个接一个来到红磨房。都劝他生米已煮成熟饭,何必反悔呢?那不等于是拿他们众人的好意耍笑了一番吗?那不等于是拿紫薇村的威信当儿戏吗?而且,村里已向省报社发了信,邀请当年那位大记者前来采访报道他卓哥的婚礼了!哪怕他真觉得是一颗苦果,为了对他恩重如山的紫薇村,他也得皱着眉往下咽啊!……

思来想去,卓哥意识到,最应该怨恨的还是自己。怨恨别人也罢,怨恨自己也罢,他明白,都已为时太晚了……

新娘子看出他心烦,也不难理解他为什么心烦。但她相信,她的好性情,是完全可以慢慢儿化解掉这个已然是她丈夫的小伙儿胸中的失意的。她相信日复一日的生活,终究可以将许多欠情欠理的事,渐渐改变为合情合理的事。

她停了脚步,笑盈盈地说:"你自打起来就一脸的不高兴,不爱搭理我,好像我昨天晚上使你受了什么大委屈似的!我可不只有干活儿呗!"

他说:"我不是不爱搭理你,不是因为你才不高兴。你也别胡思乱想的。我过几天兴许就会高兴起来。反正求你今天别推磨,那磨声真的使我心烦……"

她低头沉默片刻,一抬头,又扑哧笑了,意味深长地说:"你呀,别怪磨声儿。以前你天天推磨,怎么听着不烦?好,我还你清静。我从小儿没见过山,我到山上去转转……"

于是她挽了一个篮子,从他身旁走出门,徐行慢走地上山去了……

这女人没料到她在山上竟会碰到小琴,小琴也没料到自己在山上竟会碰到她。当她们在一条野径上相遇时,已离得近在咫尺,谁避谁都来不及了,她们面对面互视着。各自眼里闪过瞬间的愕异之后,目光和表情都变得极其平静了。小琴不但在山泉那儿洗过了脸,而且洗了发。她将湿漉漉的长发挽成个髻高高地盘着。还头戴一个五彩缤纷的花环。从她的发上、鬓上,正有晶莹的水珠儿滴落在她用山泉洗得红润光泽的脸儿上……

在对方眼里,她像年画上媚气十足的山精。

卓哥的新娘子,首先默默向旁横跨一步,从窄窄的野径上退让开了……

小琴昂着头从她面前经过。她头也不回地一直朝前走去,同时暗想——这女人看上去目慈面善的,定是个心肠好性情也好的女人了。以她的年龄,该做我卓哥的妈妈,该是我的婆婆才对啊!而且,她定会是好婆婆的……

这么一想,她便于"紫薇村"三个字恨得咬牙切齿起来……

卓哥的新娘子在小琴从她身旁走过时,不禁也垂下了目光。她听小琴踩着草叶发出的窸窸窣窣的脚步声走远了,也没抬起头来望向她的背影一眼。她怕小琴正边走边回头望自己,狭路相逢之后又四目相对,那情形是她不愿出现的,也是会使她倍觉难堪的。这韶华逝尽的女人的自尊,当时受到了很大的挫伤。这一种挫伤,是连卓哥的冷淡和忧郁都不能作用于她的。在已经是她丈夫的小伙子面前,她内心里并没有什么罪过感,只不过因自己足可做他的母亲的年龄而有些内疚。但从此,她却觉得似乎太对不起另一个,按年龄该是自己女儿的女人了。有些女人唯恐自己侵犯了另一个女人。她便是这样的女人,她已明白她对另一个女人的侵犯成为了事实。她自信,她对丈夫的内疚,是可以用加倍的忍让和温情相抵消的。而对被她所侵犯的另一个女人,问题就没有这么简单了。从此这女人的心灵里便埋下了一颗极度不安的种子。她无心再观赏山上的景致,一路低着头,心事重重地抄原路回红磨房去了……

小琴继续留在山上砍柴时,却又遇上了另一个男人,并被那男人粘上身了似的纠缠不放。他是治保主任的丈夫。他也是上山砍柴的。他腰间围着一圈绳子,砍刀别在腰际。

他先是拦住她,嬉皮笑脸地说:"打扮得小妖精似的,想到山上来勾引谁呀?"

她想起昨天在人群中,他就站在自己身旁,双臂交抱胸前,眼望着主持婚礼的老者。她清楚,他的一只手,正是在双臂的掩护下摸向自己胸怀的。

她后退一步,憎恶地瞪着他。

"哟,这么爱美,还戴着花环呢!让我看看你怎么编的?……"

他抢前一步,从她头上掠去了花环。她的头发本是松盘在头顶上,想等干了再编成辫子的,是靠花环箍住着的。花环被他掠去,松盘着的长发也同时被他抓散,瀑垂下来,遮住了她的脸,挡住了她的眼睛。

她尚未来得及将头发从脸上撩向后去,已被他趁机搂抱住。然而治保主任的男人想错了。她并非那种反抗能力很弱的小女子。她的反抗出乎那男人意外地强烈!他仅仅才搂抱住她,脸已遭啐了,肩头已被狠狠地咬了一口。紧接着她挣出一只胳膊,挥手就扇了他一记极清脆的耳光。这男人恼羞成怒,将她横抱起来狠狠摔倒在地,随即立刻扑压在她身上。她的反抗仍是强烈的,像一只受到大猩猩袭击的山猫一般难以轻易被制伏。于是他们在新叶旧叶铺了一层又一层的林间隙地上翻滚不停,忽而他在上,忽而她在上……

终于,那男人压在她身上一动也不动了。她喘息着推了推他,他仍一动也不动。她的手感觉到了什么,伸至眼前一看,手被血染红了。她恐惧地将他从身上掀下,爬了起来。男人四肢伸展,两眼大瞪着天空,样子可怕。她不明白发生了什么事,双手撑地,双膝跪着,将他从头到脚从脚到头看呆了。终于发现,砍刀的利刃,几乎全部地从他腹侧切入他的身体里了,血汩汩地流着……

她差点儿失声尖叫起来,下意识地用手掩住了口,她跪退几米,一跃而起,转身仓皇地逃下山去……

新娘子回到家里,卓哥已吃完了饭,正在刷碗,她走后,他很是严厉地在心里谴责了自己一番。觉得自己实在是没有什么说得出口的理由对自己的新娘子那般态度恶劣。他毕竟是个极善良的乡下小伙子啊!

他主动冲她笑了笑,以满意的口吻说:"你做的菜很合我的口味儿呢!"

她受宠若惊地一怔,立刻也笑了笑,将他从锅台边轻轻推开,低声说:"这不是男人干的活儿。今后再也用不着你往锅台边儿站了。看来个人撞见,笑话你,也会笑话我。"

他讷讷地又说:"我刚才对你那样,你可别生我气。我从小是孤儿,没受过父母的调教,有什么脾气古怪处,你多担待些。"

她说:"放心。你怎么对待我,我都能担待。我这下半辈子,恐怕只有觉着对不起你了……"

这女人说着,眼圈儿红了。

卓哥听她的语调儿有几分哽咽,赶紧又说:"你别这么想,你别这么想,夫妻间嘛,何必谁老觉着对不起谁呢?……"

这一白天,他们相互客客气气地度过了。一块儿干这干那,将红磨房里里外外都重新规整了一次,还一块儿到卓哥开辟的那块地里去浇菜。只是一块儿歇息时,彼此都觉得没太多的话可说。卓哥尽量使她感到他对她的尊重,而她则尽量使他感到她对他的体恤、温爱,以及自己贤惠又善解人意的好性情。他们相互的客气甚至可以说达到了有点儿小心翼翼的程度,都唯恐自己不慎触伤了对方的什么疼处似的。

到了晚上,两人都躺在床上后,那情形就更有些不自然,更有些不像夫妻了。中秋节后的南方,夜晚并没怎么凉爽下来,仍无须盖被子。但他们并没有什么所谓毛巾被可供遮体,不过是条旧床单儿,一人扯过一角儿胡乱往各自半裸不裸的身上掩着点儿罢了。女人满心怀的自惭,没了勇气再如昨天夜晚似的炽情似火地示爱。卓哥也心静如水,更是半点儿都没和她温存的欲望。

卓哥又不禁地自责起来。

他就主动找话儿跟她说,试探着隔片刻问她一句,星星点点地了解她的身世。

"你……在我之前,我的意思是……"

她明白他的意思。

她平静地说:"我结过婚。离了。"

"为什么呢?"

"他是个酒鬼。一喝醉了,往死里打我。"

"儿女呢?"

"……"

她的儿女都像他这般年龄了。但他们都不是有孝心的儿女。离婚后,他们更加翻脸不认她这个母亲了。但她不愿告诉他实情。

"如果是我不该问的,我保证以后再也不问就是了。"

"没有什么你不该问的。儿子有,女儿,也有……但都死了!……"

她忽然哭泣起来。那是一个女人竭力自我抑制着的哭泣,也是一个女人凭自己的理性抑制不了的哭泣,听来令人心碎。

卓哥被她哭得不知所措,连连说:"别哭,别哭,都是我不好,你这么哭,还不如骂我……"

但她已哭得拿自己也根本没办法了。她为了抑制住哭泣,竟将床单角儿塞入口中堵着。哭声倒是堵住了,身子却缩成了一团,且在颤颤地发抖……

卓哥心内顿时涌起一阵大的怜悯。他向她移近身去,一边爱抚她,一边说着些温存的、类似怜香惜玉的话儿。仿佛自己是一个四十来岁的男人,她是他十八岁的,很需要他多多呵护多多温爱的小媳妇似的。不知怎么一来,她就又猫儿似的偎在他怀里了。他就又别无选择地搂抱着她了。她又变得情意绵绵的了,又与他耳鬓厮磨、枕臂贴胸着了。那时的卓哥,真是欲亲难就,欲拒不能,嘴说着并不由衷的话儿,怀拥着并不喜欢的新娘,一心一意暗念潜想的却是另一个女人小琴……

窗外忽有火光闪过，紧接着响起急促的拍门声。卓哥趁机起身，披衣去开了门，见是一个持火把的本村的男人。她听到那男人匆匆地对卓哥说了几句什么，他一回到屋里，就摸着黑穿裤子穿鞋。

她欠身点亮蜡烛，不安地问："出什么事儿了？"他说："治保主任的男人，白日里上山砍柴，到这会儿还没回家。村里的人都帮着上山去找，我也应该去。"她便也默默地穿起衣服来。他问："你穿衣服干什么啊？"她说："我跟你去！"他一口吹灭蜡烛，不以为然地说："你这又何必呢？安心睡你的吧！"

黑暗中，她以一种知情达理的口吻说："你是整个身子属于村里的人，我是整个身子属于你的人。那么我起码半个身子也是属于村里的了。我也去，村人们不是会对你的印象更好了吗？"

卓哥望着她的身影，觉得她是那么深明大义，心中竟真的对她起了几分敬意……山上，执火把的人们围成一圈，一个个呆望着发现了的死者。村长说："大家散开，各处细心找找。看能找到什么物证不？"于是众人四散开来……

上苍似乎对人的命运自有一套安排。该逢凶化吉之时，必逢凶化吉；该在劫难逃之时，一百个贵人相助，也改变不了一个被劫数套定的人的命运。小琴那落在山上的花环，竟被卓哥的新娘子发现了。她捡起花环，想了想，四面望了望，见没谁注意自己，立刻将自己的火把插入土里弄灭了。接着她就避开到处的火把，穿林跃涧，专走黑暗之径下山去了。她走到溪旁，驻足又想了想，又四面望了望，便蹲下去，遂将编成花环的每一朵花都细心地一瓣瓣扯碎，每一茎草都细心地一节节掐断，一把又一把地撒向溪里，让溪流带去得无影无踪……

卓哥回到家里，见她的身影坐在床沿儿发呆。他问："你早回来了？"她"嗯"了一声，沉吟片刻，反问："人们找到什么物证了吗？"他说："哪儿去找哇！黑漆漆的一个夜晚，满山遍岭的人，都瞎转悠呢！睡吧！"于是他们又都脱衣上床躺下了，各有所思，都在黑暗中瞪着屋顶，不复再能重试温柔。她听他叹了口气，悄问："你有心事儿？"卓哥忧患地说："想我们紫薇村，几代传下来的好村誉，方圆百里内的好名声，都道是路不拾遗，夜不闭户的一个村，今日里出了人命，只怕千好百好，忽然地会抖落出些丑事儿，毁于一旦呢！"她说："我知道是被谁杀的。"她的声音很小很小，但对于他却如雷贯耳。他一下子欠起身，扭身望着她问："你怎么会知道？""我在林子里找着一个用野花儿编的圈圈儿，我今天在山上碰见一个人头上戴过。""谁？""我要埋在心里，对谁也不说。""这不行！也不对！人命关天的事儿，你快告诉我！""告诉了你呢？""我明天一早儿就汇报村里……""我要是说出来，你可别惊着。""说，说呀！……""我在山上碰见的是你朝思暮想的那个人儿，当时那花圈圈儿戴在她头上……"他猛一把捂住她的嘴，冲着她耳朵低吼："你胡说！你想陷害她是不是？我把你当人看待，没想到你的心这么坏！"

他的手捂得那么紧，使她喘不过气儿了，快要窒息过去了。她使劲儿推开他，坐了起来，并摸索到火柴，点亮了蜡烛。她将蜡烛举在自己面前，使烛光照清自己的脸，神情异常镇定地对他说："你看着我，你觉得我的样子像是心存陷害人的念头吗？"他便定定地看着她的脸。越看，越加确信她并非自己认为的那种女人，越加确信她的话并非无中生有了……他手臂一软，颓然仰躺在床上。她却仍那么举着蜡烛，低声然而字字清楚地问："还用点着蜡吗？"他说："不用了。"他眼角流下了泪。他胸膛里已经龟裂过破碎过的心的散块儿，又开始一次纷纷地龟裂纷纷地破碎了……她吹灭蜡烛，也又仰躺下去。"那东西呢？""我毁了。撒在溪里了。放心，谁都再休想找到一点点儿了。""肯定是那男人……在山上欺负过她……要不她怎么会……""我也这么想。""求求你，卓哥我求求你了！她命够苦的了！紫薇村对她不公道呀！她不是那种凶恶的女人呀！你……你可千万别对外人透露一个字呀！……"卓哥一翻身，将脸埋在枕上，双手抱着枕头呜呜哭了……"那种男人，死了活该！我发誓，谁也休想从我嘴里套去什么！"

于是轮到她一边爱抚他，一边喁喁地娓娓地说着些温存的话儿了，就像他那会儿对她那样儿。她是由衷的，给予他的是丝毫也不掺假的真情实意……

然而治保主任男人的死，并未在紫薇村掀起什么轩然大波。他是个一点儿也不被紫薇村人喜欢的人，所以他的死也就不能真正引起任何一个人的哀伤。全村只有四个人猜测到了他究竟是怎么死的。四个人中首先是村长内心里最清楚。因为在山上"碰到"小琴的机会本应是属于他的。他因公务绊住了脚，于是才有了治保主任的男人替他死了的结果。其次内心里最清楚的人是刘家的女人，因那机会是她为村长"创造"的。第三个内心里清楚的是刘家的男人。小琴不砍柴而归，当时便引起了他的怀疑。第四个内心里清楚的人是治保主任。她是在村长的暗示之下有所明白的。如果说还有第五个人内心里最清楚，那么当然便是小琴自己了。

死者被及时埋葬了。村长巴不得他死，他的妻子治保主任也巴不得他死。他一死，成全了她和村长。他们以后明里暗里的，顾忌将少多了。

村长和治保主任一致认为——那男人是上山砍柴时，一失足在地上滚了几滚，被别在自己腰间的砍刀致命的。找了村里几个人做证，他们也都认为他肯定便是那么死的无疑，都在那份死亡情况报告书上按了手印。

于是此事无风无浪地打了句号。

刘家女人当然也希望这样。她虽然觉得太便宜了小琴，但又唯恐事态不息，渐变渐大，将自己也卷进一场人命官司……

不久小报上又发了一篇关于卓哥的大块报道，并将他第一次被采访时是个孩子时的照片，与当了新郎的照片同时刊出。于是紫薇村不但在方圆百里内好名声更响，在全省也接近一个模范村了。村里照例收到了几份报。村人们照例争相传看，照例都感到无上的荣耀。有此种荣耀之声一冲，那男人的死就更没人再提了。当然的，那大块报道中，只字未涉及小琴闹婚礼一节事儿……

如果，花环是被紫薇村的另一个人发现了，恐怕治保主任的丈夫的死，不会不张不扬地一埋了之的。而小琴的命运，也恐怕从此便改变了。虽然我们无法知道对于她那将是怎样的一种命运，但却可以肯定地说，比后来等待着她的那一种狰狞血腥而且惨烈的命运是要好得多的。因为，一个人在十九岁的年华上，活着总归是要比死好的。

然而小琴自己，却没法儿预感到她后来的命运的狰狞惨烈。她没法儿提前嗅到它所散发出的血腥气味儿，更没法儿提前绕过它去。恰恰相反,她从刘家女人似乎开始怕她什么的态度,从刘家男人似乎开始对她仁慈了点儿的立场,猜测到了他们心中有鬼。进而渐渐悟明白了,刘家女人那一天早上为什么不支使她干别的活儿,非命她去砍柴,而且,也从村长和治保主任有意遮掩的做法,悟明白了紫薇村最体面的某些人之间,肯定存在着的最丑陋的关系。这使她对刘家的女人憎恨到了极点,也对紫薇村的所谓好名声轻蔑到了极点,鄙视到了极点。

她一旦明白了许多,也就有恃无恐起来,反抗心理强大起来,从此不再任由他们支使。高兴干的活儿便干点儿,不高兴干的活儿,两眼朝天装作看不见。她这样了,刘家两口子,反而似乎拿她没办法了,并不敢像以前那么打骂她了。凡她不高兴干的活儿,刘家女人只得忍气敛恼地自己干了。有时,连一向由她服侍的刘家男人,也不得不干。她当然不甘再受他们的无理管束,更不甘再默忍他们的种种虐待。几乎每天晚上,她都扬扬长长地离开刘家,很晚才回来,他们也不敢问。她是到遇见过卓哥那段河湾去。她希望能经常在那儿和他幽会,倾诉情肠。十九岁的无疾无残的她,要想逃离刘家,永别紫薇村远走高飞,其实是任谁也阻挡不住的。但她割舍不下她在十岁时暗拜过的弟弟。他真的成了她在这个世界上唯一最亲的人。"你心中有我,我心中有你",当年暗拜时共同说过的这一句话,渐变成了主导她做出重大决定的咒语似的。没有卓哥相伴,小琴确信自己流浪到哪儿都会是一个孤独的人。流浪到再好的地方也会待不长久,也还是会再走,再继续漫无目的地流浪。她虽想远走高飞,却不愿到处流浪。她想有个家,有个属于她和卓哥两个人的家。她爱他,在不知不觉中,自自然然地,早已爱得很深,很深，很深了。尤其他在那一夜水中相救之后，她便认为，她实际上已是他的人了，做他妻子的根本不应再是任何别的女人。何况已经做了他妻子的那女人，等于是全体紫薇村人强加给他的。关于这一点的实际情况她虽然并不清楚，却想象得到，成了一个快四十岁的外地女人的丈夫的卓哥，肯定夜夜都梦见和自己一样爱在一块儿……

有天夜里她从河边回到刘家，因还没遇见过卓哥，心绪烦乱，沏了一杯茶，守着堂屋里的方桌坐着，饮一口茶，托腮呆想一会儿心事。

那女人正巧也从卧房里出来沏茶喝，见她那种大模大样的姿态，终于没能忍住怒火，破口骂道："一个不要脸的小贱人！深更半夜的，不知去哪儿勾引够了野男人，这会儿倒充起小姐架势来了！有功呀？……"

小琴霍地往起一站，修长的手臂伸得像一杆矛那么直，蛾眉剑竖，凤眼圆睁，凛然指着那女人咄咄厉问："你骂谁？"

那女人岂肯示弱，也指着她又骂："呸！小妖精！你做下的那事，心里就真没点儿怕吗？还敢整天价趾高气扬地出出入入……"

她话没说完，小琴已将一杯热茶泼在她脸上，烫得她蹦着高儿嗷嗷乱叫。

那男人闻声出现，看了自己的女人一眼，两束目光阴嗖嗖地射向小琴。

小琴冷笑道："我怕什么？在你们刘家，我能活到今天，就什么都不怕了！我正巴不得把事儿闹大呢！那我就有机会把你们男盗女娼的勾当当众抖落抖落！我才不在乎我坐牢哩！却也要使你们一辈子没脸见人!……"

那女人就从墙上摘下鞭子,一边塞给丈夫,一边叫嚷:"还不替我抽她!还不替我抽她!"不料那男人将鞭子抛在地上,用手扇了她一耳光,低声吼斥:"半夜三更的,你又惹事!"之后,将她拖进卧房去了……

小琴觉得大获全胜,精神亢奋,内心充满快感,仍站在那儿冷笑不已。犹不解气,将茶杯狠狠摔碎在地……不消说,那女人几乎一直哭到天亮。此后,他们对小琴就更加地放任自流了。那男人,甚至背着那女人多次送给小琴些小东小西,说些以前对她千不该万不该的忏悔的话。小琴当然横眉冷对,拒如毒物,使他的讨好取悦大受尴尬。

小琴思念卓哥情灼心切,在那段河湾又不能再遇见他,有天便索性夹了半盆稻子,不管不顾无所避讳地直奔红磨房而去。

早已有几个端盆端箕的女人等在那儿了。卓哥在推磨,背心已被汗湿透了。他女人放下针线活儿,从里间踱出来,心疼地说:"你推了半天了,我替替你!"

当着那些女人的面儿,他不愿使她感到难堪,乖男子似的,极顺从地将磨把子让给她了,蹲向一个角落吸烟。女人们望着她将磨推得悠悠转,纷纷赞赏。这个说:"真是能干的女人!瞧那脚步,迈得比卓哥还轻快!"那个说:"卓哥,你好福气哟!"第三个接着说:"没见卓哥刚才那乖样儿嘛,在媳妇面前像儿子似的!卓哥,处处有媳妇心疼着,心情就是好吧?"卓哥听着,一声不响地吸烟而已。他女人,也只管低着头不停地推磨而已。这些紫薇村半年轻不年轻的女人们啊!虽然嘴上尽在说着赞赏的话,而内心里的真实想法却是很有几分阴暗的。如果卓哥娶的是一个年轻俊俏的媳妇，她们就都不免地会感到几分失落甚至是几分损失了。因为她们都曾对他好过。在他是孩子的时候，都曾怜爱过他，有恩于他，便似乎理所当然地认为，长成大小伙子了的他，也仍该是她们的一件什么共同之物似的。用现在的说法，她们都觉得自己在他身上是入了"股"的。一个年轻俊俏的媳妇，不是无疑地会将卓哥严格地"垄断"了？不是无疑地会使她们当年投入在他身上的"股份"日日贬值吗？那么一来，红磨房怎么还能再是她们的"精神领地"、她们的"女人俱乐部"呢？她们不愿失去她们的"精神领地"，不愿红磨房真的变成卓哥和一个年轻俊俏的妻子温馨的小家。所以她们是一点儿也不因卓哥娶了一个老妻而替他惋惜的。恰恰相反，卓哥在婚姻大事上落了这么个不般配的结果，她们是大为窃喜的。一个老妻起码不至于引起她们的妒意……

小琴一到，使她们非常意外，都静默了。可以无拘无束地说话儿的气氛一被破坏，她们就都觉得与其静默地待下去，还莫如结伴儿离开，到别处去畅所欲言呢！于是一个个将盆箕排好顺序，在小琴的冷眼扫视之下，用表情暗示着前脚后脚都抽身走了……

新娘子抬头看见小琴，一愣，随即一笑，主动说："你来了？"

她笑得有几分不自然。

小琴本想回她一笑，但笑不起来。

她说："紫薇村的女人们都来得，我当然也来得。"

她笑不起来，干脆便冷着脸。

卓哥听到她的声音，反应敏感地抬起了头。他也不禁一愣，随即缓缓站了起来。他呆望着她，当着老妻的面儿，纵有千言万语，一时也是难说难讲。他动了动嘴唇,满脸羞惭,一副无地自容的窘样儿。

小琴也凝眸望着他。通过那一种沉默的凝视,对他进行着严厉的谴责。她认为,不管他有多少条理由替自己辩解,她总归是有权对他进行严厉的谴责的。

四十来岁的新娘子,看看比自己年轻一半岁数的丈夫,看看门口那神情幽怨的媚俊小女子,又不自然地一笑,以一种心中并无所疑似的口吻说:"卓哥,我累了,进屋歇会儿。人家要磨什么,你接着给人家磨吧!"说罢,迈着不快不慢的步子进屋去了。

卓哥终于从窘境中挣扎了出来。他低问:"你磨什么?"

她说:"磨稻子。"——同时将盆倾斜了让他看。

"只磨那么点儿?才够做一顿饭的。"

"要是一次磨一口袋,我得隔多久才能再来?"

小琴的话里,分明地也充满了幽怨。

"我清了槽,先给你磨!"

于是卓哥便开始清槽。

小琴望着他问:"你怎么不去那段河湾钓鱼了!"

他说:"有家了。忙了。也没心思了。"

"怎么也不去洗澡了?"

他说:"天渐凉了,水也渐凉了,每晚在家里擦擦算了。"

"是因为有人每晚在家里为你烧好擦身的热水了吧?每晚还彼此地擦吧?"卓哥怎能听不出这话中的尖酸刻薄?他抬头相望,见她在冷笑。他感到她的目光太锐利逼人,立刻又低下了头……"你也不必清槽了,我也不愿超在别人前边劳你大驾了。我不磨了!"

卓哥又一抬头，望见的已是她的背影——盆边儿卡在腰间，正是来得猝然，去得匆匆。他奔至门口，想唤回她，张了张嘴，如鲠在喉，没唤出声……他呆望着，直至她的背影入村，一拐不见了，才缓缓地倍觉失落地转过身——却又发现老妻站在屋里，一手挑着门帘儿也正呆望着他……

那天晚上，他翻来覆去睡不着。妻说："我今晚也忘了为你热擦身的水，你若是不怕河水凉，若是觉得身上燥得慌，那你就去河里洗洗。"他说："不去！"她说："明明心里想去，为什么嘴上偏偏说不去？去吧，去吧！我闻不得你浑身的汗味儿……"她将他推下了床。"那……那我就去河里泡泡……"他煞有介事地抓了条毛巾，心急脚快地往外便走。

妻叮咛孩子似的声音在他背后说："提防河里冒出个蛤蜊精把你夹在她的壳里，使你想回家也回不来了！……"

卓哥和小琴，这一对儿打是男孩儿和女孩儿的时候起，就两心相印两情虔诚地暗拜了姐弟，就发誓永永远远"你心中有我，我心中有你"，就互视为世上最亲的亲人的怅男怨女，终于，又幽会在一起了。

他欲向她解释，她却用一只手轻轻捂住了他的嘴，摇着头说："不讲也罢。我信'你心中有我'。我想，你怎么也不会是情愿的！……"

三句话说得个卓哥胸中久积的委屈骤释，有苦难言的孩子见了娘似的，呜呜而哭。那小琴是同样程度地委屈和难过，也忍不住哭了，于是二人抱头痛哭。

二人痛哭一场，都怜悯起对方来。被那份儿相互的怜悯促使着，便彼此亲爱起来。有情人儿间的亲爱，往往由于遭到阻挠和破坏而百倍炽烈，如同泼了油的干柴，哪怕仅仅是一吻一抱，也会火星四溅，也会引发起熊熊欲火。他们一时都情难自禁，所求似饥，迫不及待。于是你帮我，我帮你，转瞬间相互剥得赤裸裸的……

羞花容倦，狂蝶力惫，卓哥愁怕起来。愁的是你幽我会，总非长久之事。怕的是小琴一旦怀孕，私情公开，二人都没法儿再在村里待下去了。

小琴就怂恿他趁早与自己比翼齐飞，定下个日子，双双逃离紫薇村。

卓哥听了，低头沉默。

小琴问："难道你不愿意？"

卓哥只是低头无言。

小琴急了，推着他佯怒道："你哑巴了吗？还是高兴为紫薇村人充驴做马？"

卓哥这才开口道："不行的啊！你逃离了紫薇村可以，我若与你一块儿逃离了，磨房门前那碑可怎么办？"

小琴眨了几眨眼，困惑不解地问："你操心那碑干什么？它又不是老父老母需要你赡养；也不是孩子，你一去，他便成了孤儿，落个和你当年一样的命运！……"

卓哥长叹一声，愁眉紧锁地说："话倒不错，它非老父老母，也非孩子，但比老父老母还抛弃不得，比自己个年幼的孩子还丢舍不下啊！它刚立在那儿没些天，是全村人为我立的。碑上刻有我的名字。我一走，它不就变成了全紫薇村人们的奇耻大辱了吗？我是吃百家饭，睡百家床长大的呀！他们对我有恩的呀！"

小琴不听犹可，一听这话，佯怒顿作真怒，瞪着他抢白道："那碑是他们为紫薇村，为他们自己希图的好名声才立的！人人都对你有恩，我对你就没恩了吗？你住在刘家时，我小琴没像姐一样爱护过你吗？宝顺那小死鬼曾拿你天天当马骑，是谁因为呵斥他挨过打骂？你膝盖磨破了，又是谁天天晚上烧了热水泡了草药替你洗？又是谁像疼在自己身上似的一边替你洗一边掉泪？……"

卓哥就又低垂下头无言无语了。

"你回答我的话呀！"

"我……我陪你一逃，也太对不起她了……"

"谁？"

"还会有谁呢？刚嫁我没多久，不是让她落个人人讥笑的下场吗？……我……我实在不忍心啊！"

"你！你就不想想，怎么才能对得起我小琴，也对得起你自己呢？"

她腾地往起一站，恨恨地瞪了他片刻儿，一转身跑了……

卓哥怀着满腹沉重的忧思，三步一闪念，五步一驻足地回到红磨房。走至门前时，一切的闪念一切的打算一切的冲动皆如泡影纷纷破灭。头脑里空空荡荡，只剩下了无穷无尽的愁和怕交替翻涌，并且掺和着对他的"屋里人"的大愧深疚。

他缓推门，轻落步，似幽灵悄入……

"回来啦？"

他以为她睡熟了。不料她根本不是躺着。她正盘腿坐在床上，就着烛光补他的衣服。

"你……怎么不睡啊?"

"睡不着。在河里泡够了?"

"泡够了……"

"把桌上的姜汤喝了吧。估计你也该回来了。刚离火,准还热着……"从她说得平平淡淡的话里,他听出了发自内心的真爱之情。他踱到桌前,以指触了触盛姜汤的陶碗,果然热着。"不想喝。""随你。反正我是诚心为你煮的。"她的语调依然平平淡淡的。"那……那我就喝……"他不忍挫她的一片真爱之情,拿掉碗盖儿,双手捧起那大陶碗,也不管烫不烫,仰起头,一口气咕嘟咕嘟喝了个底儿朝上。她说:"没见过有你这个喝法儿的,烫着呢?"他报以嘿嘿憨笑,征求地问:"如果你真睡不着,我吹箫你烦不烦?"她说:"我不烦。你想吹就吹。只怕半夜三更的,扰了村里人们的清梦,惹别人的烦。"他说:"别人们早睡了,扰不了他们的清梦。"便从墙上取下长箫,坐在门槛上吹了起来……

那箫音幽怨悲惋,如泣如诉,娓娓复娓娓,绵绵复绵绵……它悠悠袅袅地传向紫薇村。全村只有一个人听到了。便是小琴。那一夜,她的泪水湿了半边儿枕头……后来,卓哥的箫音,成了他与小琴幽会的讯号。两个人儿这一次幽会时恼,下一次幽会时好。这一次他同意了她的一种私奔的计划,使她喜出望外;下一次他又全没了勇气,顾前虑后,变成了一个彻底的懦夫,使她大喜成空,恨也不是,怜也不是。在一次次的幽会中,他们谁也离不开谁了。从心灵,到肉体,仿佛一次比一次紧密地缝在一起了。她三天见不到他,就会出现在红磨房里;他五日没去河里"泡泡",就会长吁短叹……

在他们这种不清不白暗聚潜散的关系中，夹着心中明镜似的一概皆知却从不予以点破的卓哥的老妻。这身为新妇的女人所表现出来的涵养、容忍、宽宏和体恤，使卓哥既觉得罪过又深受感动。小琴也是如此。每次她重提私奔的某种计划，首先要说服的竟是她自己了。企图说服卓哥时，也需要比以前更大的耐心了。而一见他大为其难地沉默起来，她再也不发火了，甚至非常理解了……

有些个夜晚，卓哥也会对他的新娘子主动亲爱。她毕竟是一个还不到四十岁的女人，毕竟也同样是一个情欲尚旺的女人，毕竟，并不丑到令他厌憎的程度。公平论之，就四十来岁的女人而言，细细端详，她属于品贤貌端的那一类。他对她的主动亲爱，更多的成分是感激体恤和赎罪与报答。她明白这些。对他的主动亲爱，并不避拒，并不反感。因为那也是她自己求之若渴的。相反，只要是他主动，她必次次回赠以十倍的温柔，百倍的缠绵。对卓哥说来，和这女人的亲爱，与和小琴的亲爱相比，真是另有一番深厚的领略在身体，另有一番滋味儿在心头！

那女人似乎企图从新妇的角色中抽身隐退似的，只不过这是她一时期内难以彻底做到的罢了。对卓哥她依然那么体贴入微，那么关怀备至。她似乎打算由新妇的角色渐渐过渡到一位慈母的角色。她的体贴和关怀发乎于心，有时也通过性，那就是在卓哥主动对她亲爱之时。因为她深知，其时正是他被满腹沉重的忧思和愁怕压迫得极端脆弱之时。那时的卓哥，是以别的任何方式都安慰不了的啊！在她打算角色转换的过渡中，她回赠她的小丈夫的枕上温柔被底亲爱，其实好比是供他也供自己落脚踏着过河的石墩……

下雪了。

这是一场南方罕见的大雪!

卓哥清早起来,但见触目皆白。紫薇山披了件白斗篷似的,这里那里,一道道一条条雪飘不进去的石隙岩缝,被衬得异常明显,如同白斗篷熨不平的褶皱。山上落光了叶子的树木,昨天望去还精瘦精瘦的,一夜之间都变得白胖白胖的了。挂着雪挂的树冠,美丽而肃穆。紫薇村里,一片片房舍的瓦顶也都变白了。整个村子似乎陷到洁白的世界中去了。只有房檐,和一些门窗的框子,从白中显示出一些长的短的、横的竖的黑线段,证明紫薇村仍确实存在着……

"下雪了!下雪了!哎,你快起来看啊!下雪了!"

卓哥长这么大第一次见到雪,兴奋得孩子般大呼小叫。他抓起两把雪,攥成一个结结实实的雪团,用力抛过红磨房顶。他的红磨房的外墙的那一种红色,在满世界的洁白中,被映衬得更深更凝重了。在红磨房的后面,一段紫薇河的河面上,也积满了厚雪。河水负着化不了也封不了河的厚雪,无声无息地缓缓流淌。一段段白从他眼前移过,像一条白色的巨蟒无声无息地游走着……

他张大嘴,深吸了一口气,觉得空气那么清新,直沁肺腑。于是以往满胸的忧思和种种愁怕,顿时全被冲淡了似的……

他操起扫帚便扫雪。将红磨房前场地上的雪扫尽,弃了扫帚一头闯进屋,又是一阵大惊小怪:"好大的雪哟,半尺多厚!你快出去看看吧,把个世界都改变模样了!"

他女人正坐在床上穿衣服。她冲他笑笑,无动于衷地说:"不就是下雪了吗?瞧你也值当的!"他嘿嘿地憨笑了,一个劲儿搓他那冻红了的双手。"冻手了?""嗯。冻木了。""活该!冻手还扫?来,我焐焐你的手……"他又嘿嘿憨笑了,犹豫着。"快过来呀,趁我还没穿上衣服……"他见她敞开衣襟执拗地期待着,不忍却她好意,只得走到了床边。她抓住他双手,用衣襟护掩住,紧焐在自己胸怀那儿……她说:"磨架子开始摇晃了。我已经把大锤修好了,今天我上山砸下几片石头,咱俩把磨架子垫稳吧?"他说:"这活儿怎么能让你干呢?天冷雪滑的,摔了你怎么办?"她笑了,柔声细语地说了一句:"亏得你也有心里装着我的时候……"他瞧着她愣了片刻,瞧得她有些难为情起来,绯红了脸,低垂下头去。她说:"我皱脸苍皮的,你这么瞧着我干啥?"他忽然从她怀里抽出双手,紧紧抱住了她的身子,大彻大悟似的说:"细想想,我卓哥真是太对不起你,也太难为你了!过几天我要明明白白地告诉小琴,我们不能再那么的了!我卓哥与其暗中爱她,莫如从此公开地保护她啊!紫薇村哪一个人若敢再欺负她,便是我的仇敌!……"

她仰起脸,和他眼睛对视着眼睛,信誓旦旦地说:"我也要那样。""以后我要收敛了一颗心,只系在你一个人身上。你人好,我再也不嫌你了……""这又何必……你和她,都要给我段日子才行。我会甘心情愿地成全你们的。只要我肯成全你们,谁也挡不住你们做夫妻,不是吗?""真的?""真的。""我太傻,太傻!以前我要也像你这么想,事情也不会弄成现在这样儿!我和小琴,会感激你一辈子的!包括我们的儿女,我们也要嘱咐他们,不忘你对我们的成全……""真的?""真的!""那我也就知足了。总算不白和你结婚一场……"于是她更依恋地偎在他怀里……于是他更紧更紧地抱住她的身子,并俯下头,情不自禁地亲吻她的脸……

由于天冷了,他已多日未见到小琴了。他真希望立刻就能见到她,将怀中这个心地善良的女人的话,原原本本地转告给她……突然,红磨房的门从外面被什么东西所撞击,发出很大的声响。紧接着,又有什么东西"扑通"倒了进来。

卓哥对他媳妇说:"快穿好衣服,别冻着。"他轻轻推开她,急转身迈出屋,却见是一个披头散发的女人卧在地上。卓哥认出她不是别的女人,正是小琴,心中暗吃一惊。

小琴被扶起后,不待他开口问什么,双手紧紧抓住他前衣襟,张皇万分地说:"卓哥,弟!快!……快跟我逃!……"他连问:"怎么啦?怎么啦?怎么啦?……"小琴浑身乱颤,双唇抖抖的,竟不能再说出话来。她双眸扩大,满眼的恐惧,仿佛将有一百条恶犬随即追赶而来,会顷刻把她撕咬成万千碎片儿似的。"究竟怎么啦?你倒是说话呀!……"卓哥双手抓在她双肩上,边问边摇晃她。

小琴嘴唇又抖了半天,终于吐出的四个字是——"我杀人了……"卓哥这才发现,她脸上溅着血点子,衣上也被一片片血迹所湿!"你?……你!……""我把刘家两口子,村长和治保主任……全杀了!……"卓哥破开她抓在自己前衣襟的双手,猛一下推开了她,一边绕着她转,一边上上下下地看她……尽管她脸上身上有血,他还是不能相信她会杀人。他以为她受了某种大的刺激,神经暂时有些错乱……

天将明未明之时,小琴在睡梦中被人蹂躏醒了。她挠在那人脸上的手,顺势在他下巴上抓住了一缕胡子,顿时明白是刘家男人。她挣脱身,跃下床,扑到门前,却推不开门,逃不出去。门从外边被顶上了……

"小琴,我知道治保主任的男人死在你手上!村长也知道。治保主任也知道。还有我女人，我们都知道的。只不过不举报你罢了。今天你若从了我，此后没人再提那件事。不然嘛，可就没你的好下场了……"

刘家男人一边说，一边向她逼近。朦朦胧胧的微明里，他赤裸裸一丝不挂的瘦高身子，看去像具活骷髅……

他的威胁之言，使她心生疑虑，身子紧往门上贴，不敢喊叫，只有进行无声的自卫。但是自卫的意念已被击垮，那反抗也就很容易地被制伏了。他终于将她拖到床上，压住了她。当他从她身上剥下了最后的遮羞的东西，她的手探入枕下，摸到了一把剪刀。她早已看出他对她不怀好意了。那剪刀是专门备下为了对付他的。不承想果然到了用得着的时候……

她的手从枕下猝出，剪刀刺入他前胸，深及剪柄。他连哼都没哼一声，缓缓歪倒。那时刻她仇恨顿增，拔出剪刀，接连猛刺……她穿上衣服穿上鞋，弄开门，溜到厨房，又将一把菜刀操在手里。杀念既萌，正是怒从心头起，恶向胆边生！她提着菜刀，悄悄溜进了卧房……刘家女人和村长淫乱够了，正交臂叠股地说着话儿。村长说："嫩蕊儿娇瓣儿的一朵鲜花儿，我这当村长的眼馋心惦有日子了，到如今也没时机得手，倒便宜你那瘦男人，让他采了头遍了！"那女人说："呸！搂着人家在怀里，刚刚还在人家身上可劲儿癫狂了一通，这会儿却当人家面儿说这种话！也就是我呗，换个女人，不一脚把你踹下床才怪了呢！"

村长就笑起来。

那女人又说："让他先采头遍，还不是为你好吗？再野烈不驯的小女子，被随便哪个男人揉搓过了，对自己的身子也就不那么在乎地护着了。以后还不就由着你爱怎么摆布就怎么摆布哇？你是大村长，你如果得手不遂，被她满村张扬开了，你的威望不就完了吗？咱紫薇村百年悠久的好名声不也完了吗？"

村长心悦诚服地连夸她想得周到。

那女人问："我和治保主任，到底哪个女人味儿足？"

村长说："都足哩！都足哩！"

那女人又问："你呀，除了我和她，究竟还暗中勾搭着几个女人？"

村长就又笑起来，不肯交待。

那女人非逼他说不可。

村长慢条斯理地说出一番话："我这么告诉你吧，只要咱紫薇村百年悠久的好名声不被毁坏了，男女偷情养奸的事儿又算什么？全村私通遍了，哪怕人人清楚，只要人人不说，凭咱们紫薇村百年悠久的好名声，也会遮得严严密密的！百年悠久的好名声可是咱的宝哇！所以，我这当村长的，还有你们，到什么时候都得维护着它！没了它，咱们可就都像这会儿一样光腚赤拉的了！……"

于是那女人也笑了起来。

小琴那刻已潜至床前，早已听得七窍生烟，两眼喷火！她倏地站起，一刀砍下，但听咔嚓一声，那女人的头被斩下，掉在地上。村长还没来得及坐起，早已劈面挨了一刀！

那一时刻的小琴，被仇恨通身燃烧，已同一个杀人不眨眼的刽子手没什么两样了。她见村长的手脚仍在扑腾，补砍一刀，村长的头也从床上滚落地上了……

小琴仍不解恨，将菜刀往怀里一插，离开刘家，直奔治保主任家。也是那治保主任命里该亡，她一路竟没遇见一人。治保主任自从丈夫死了，将儿女送往娘家，独守空宅，为的是与村长暗中勾搭方便。小琴骗开了门，也不发话，当头一刀，几乎将对方的头劈成两半！刀柄被夹在对方鼻子那儿。对方的两眼从眉心被剁开，瞪了她片刻，转身夺门而逃。逃在街上，没几步，便仆倒了……

卓哥的媳妇，不知何时，已从里间走到外间来了。她举起手臂，无言地向卓哥指了指外面。卓哥和小琴一齐看时，见许许多多的村人，手持棍棒和各类器械，正四面八方地朝红磨房包剿而来……卓哥的媳妇，忙去关了门，下意识地用背抵着，仿佛那样就能保护住两个欲逃难逃之人似的……小琴猝发一阵冷笑。笑罢，一步步走到卓哥跟前，双手捧住他脸，惨然落泪。她盯着他的眼说："弟，姐不该一时昏了头，往你这儿跑。姐可不是成心连累你啊！"卓哥只叫出一声"姐"，就再也说不出话来。他搂抱住她号啕大哭。外面人声嘈杂。分明的，红磨房已被团团围住。只不过没谁有胆量闯入罢了。小琴是早已打定了什么主意了。她挣脱了卓哥的搂抱，跃身蹿到墙角，捧起一只盛卤水的坛子狂饮起来。其形其状，如饮琼浆……卓哥终于从骇愣中醒过神儿来，扑上前夺那坛子时，坛子已从小琴手中落地破碎。满满一坛子卤水，竟被小琴喝下去一人半！卓哥的媳妇，不忍再视，紧紧闭上了双眼……卓哥将痛苦万状的小琴搂抱于怀，泪如雨下，三声号啕夹着一句话语：

"姐！姐！姐呀！都是我卓哥害了你！姐你虽然杀了人，你仍是我卓哥爱的姐！我卓哥的罪，只有来世赎，姐的情爱，也只有来世报了！……"

小琴扭动着身躯断断续续地说："弟……快，快……好弟，姐……求你！……帮姐……快死！姐身子里……烧得受不了啦！好弟，快帮姐死呀！……"

那卓哥用衣袖擦了擦泪眼，目光四处寻找，瞥见了磨盘上昨天修磨的凿子。他将它抓在手里了……紧紧闭着双眼的卓哥的媳妇，耳中听到他们所说的最后的两句话是："姐，你闭上眼睛。要不，弟下不了手……""好弟，快，快，姐已经闭上眼睛了！姐在阴间……等你！……"

其后磨房内死寂无声了。

等她睁眼时，已被卓哥从门前拽开了。

卓哥拎着准备上山打石头的大锤出现在村人们面前。

村人们顿时肃静了。

他谁也不看，在众目睽睽之下，一步步走到那碑前，高高抡起大锤，狠狠一锤砸下！

那石碑铿然断下一截……

卓哥抛了大锤，回到磨房里，将小琴抱起走进屋里，放在床上——然后，自己也上了床，搂着她躺下了……

天黑了，紫薇村里，灯光闪耀，成行成片，亮若星汉。这使三十年后的卓哥，不由惊诧万分。三十年弹指间，紫薇村又发生过种种的故事，中国也发生了沧桑巨变，但却都是不为他所知的。当年那个"祥子"似的乡下青年的年华和容貌，早已被监禁的漫长日子从他身上一层层一部分一部分地剥蚀去了。如同三十年前的紫薇河的流水，一去不复返了……

他是无可奈何地老了。

他想寻找到当年红磨房前那块碑，却没找到。连埋在地里那半截也不知去向了。

然而他并不是回来看那块碑的，也不是回来凭吊他的红磨房的遗址的。更不是回紫薇村来寻根怀旧的。他回来只有两个目的，一是想给父母的坟培培土，二是想给小琴的坟培培土。父母的坟已经不见了，那儿成了一片水泥场地。而且，建了一座加油站。分明，那一片水泥场地乃是停车场，能容几十辆车。难道紫薇村常会有许多车开来吗？开到这儿来干什么呢？他困惑极了。小琴的坟也不见了。当年，他被铐走推上警车之前，曾请求亲自挖个坑，将小琴埋了。这请求被答应了，但是他没来得及挖深，也没来得及埋成坟状。只不过等于将她匆匆用土盖上罢了。他却记得非常清楚，就在离红磨房五百多步远的地方，更确切地说，埋在他开辟的菜园子里。这一点他是绝对不会记错的。三十年来，那地方一次次怂入他的梦啊！但那儿现在却是一座无窗的从墙到顶砌成拱形的大房子了。对扇的门上落着一把大锁，似乎是一处储备着什么重要物资的仓库，四周树木成荫。那些树显然是从紫薇山上移栽在那儿的。因为每一棵树的根部，都塌陷出移栽时挖的坑痕……

既寻找不到父母的坟，也寻找不到小琴的坟，他的心情非常失落，也非常沮丧。从紫薇村灯光最稠密处，隐隐传来了歌唱声：

若你爱他我成全

我信爱情也信缘

你俩既有缘

我祝福你的爱恋……

在他三十年的监禁生涯中,后七八年知道中国有电视了,而且集体看过几次。后三四年知道什么叫"卡拉OK"了,而且从电视里听过。他望着最稠密的那片灯光,又惊诧于紫薇村也有供人唱"卡拉OK"的时髦地方了……入夜,当村中的最后一盏灯灭了时,他蜷在红磨房的废墟上睡着了……

他是被此起彼伏的汽车喇叭声扰醒的。天已大亮。一个明媚的艳阳天。停车场上已经快停满了车。一双双一对对城里的恋人爱侣,下了车,在一个姑娘的引导之下,队形松松散散人人你呼我应地漫步往村里走去……

他更加困惑了,尾随其后,也想看个究竟。紫薇村已不复是三十年前的旧模样,十之八九的房舍是新的了,村路也拓宽了,而且铺上了水泥方砖……

人们随着那紫薇村的后代姑娘继续往村里走,不一会儿来到了一处旧宅前。门上悬一块黑匾,匾上的白字乃是——"第四条人命归阴处"……

那姑娘又如数家珍地讲解起来:"各位,这儿就是当年的治保主任……"卓哥转身走了……红磨房的废墟那儿,一双双一对对城里的年轻人,跪拜一片,并纷纷以红土抹额……紫薇河两岸,小贩的叫卖声一阵比一阵高,不绝于耳。忽然那些跪拜的城里年轻人都朝紫薇桥跑去。他听到他们一边跑一边这样问答:"算得准吗?算得准吗?""挺准的。是当年给刘氏夫妇算过命那个人的孙子呀!准不准的,算着玩玩儿也有意思嘛!反正不贵,一卦才十元钱!"那只有门的封闭的大"仓库"里,原来便是小琴的坟,还有当年红磨房前的断碑。

卓哥想挤进去给小琴磕个头,但被一名穿治安服的小伙子拦住了。"票!"

他没票。他只好站在外边,看着别人们被验了票后,一拨拨进去,一拨拨出来。出来的个个神情肃穆,猜不透都在想什么……卓哥尾随着人们,身不由己地踏着石阶上了山。紫薇山上,紫薇庵前,也设了卡,也验票。他见一位老尼出来,忙上前深鞠一躬,恳求道:"女菩萨,行行好,我凑不够买票钱,请代我焚一炷香,在庵里祈祷一番吧!"四目相对之际,那老尼立刻低下头,竖掌于胸,彬彬地还礼道:"不知施主祈祷什么?"他说:"祈祷那当年的小琴,切莫于阴间等她的卓哥,还是早早投生了吧!"老尼说:"施主放心。这是我能办到的。"他想了想,从兜里掏出一把零钱,交向那老尼,又说:"这是我身上所有的钱了,请替我为庵里买一支烛吧!也算我对您的一点儿谢意。"老尼犹豫了一下,见他心诚地伸着手,只得接过去了。她又竖掌于胸,彬彬还礼,口中道:"阿弥陀佛,善哉善哉。施主恳切,老尼只好礼纳了。"他望着她转身徐徐离去,刚才在小琴坟室外都能忍在心里的泪,此刻是再也闸不住了,顿时便如山泉涌满两眼!他认出了那老尼是与自己当年共同在红磨房里生活了些日子的媳妇!她已老态龙钟,步子蹒跚。而且,永远再也直不起来地弯着她的腰了……

他从紫薇山他所站的地方,眺望着山下的紫薇村,双膝一屈,有些习惯性地想要朝着紫薇村跪下去……却只不过双膝一屈,立刻又站直了腿。他在心里说:"姐,姐,等弟挣到钱,买得起票,一定月月来看你!……"他一转身,混在那些个城里的游客之中,大步下山去了……

民　选

正月十五一过，翟村的大人们，心里便都有些躁动不安起来。像雷雨前的燕子，或蚂蚁。他们难以掩饰的，即将面临严峻事件的紧张感，也当然影响到了孩子们。孩子们的表现则是——这几户人家的见了那几户人家的，像岸上的獾见了水里的狸似的，双方的眼中都流露着无畏的敌意。一方的表情仿佛是——只要你敢下水，我就咬死你；另一方的表情仿佛是——只要你敢上岸，我就对你不客气！

其实，入冬以后，甚至在春节期间，村里的孩子们已经东一帮西一伙地打过几架了。双方各有受了皮肉之伤鼻青脸肿的。大人们却难能可贵地豁达，没谁因孩子们之间的反目而急赤白脸地兴师问罪。

是的，大人们的难能可贵，在以往的日子里是少有的。以往，因点儿鸡毛蒜皮的小事儿，女人们会指桑骂槐，男人们会相向捋胳膊挽袖子……自90年代以后，翟村就不再是一个和睦的村了。于是，大人们之间异乎寻常的客气和忍让，在孩子们看来，便是明摆着的虚伪了。同时也向孩子们暗示了，即将发生的事件，的的确确是严峻的。结果也使孩子们的心理空前地紧张起来。他们通过打架宣泄他们的紧张。正如大人们企图通过客气和忍让掩饰这一点。致使翟村的大人们和孩子们如此这般的事件，在中国别处的许多农村早已发生过，并且是遂了农民们的意愿，按农民们的强烈要求才发生的。它像一种新的剧种，在中国别处的许多农村曾演得相当精彩。

那剧种的名称就是"民选"。就是农民采取无记名投票真正由自己当家做主一把的方式，来选出他们信得过的村干部，并组成他们信得过的村委会。

按理，"民选"不该是使翟村的农民们紧张的事才对。但他们几乎人人空前地紧张。这一天的上午，确切地说，是三月的一天上午，农民翟老栓驾着牛车往自家地里送肥。从村里到地里，需路过一座百余米长的石桥。那桥是村人们集资三十万元建的。桥下是条河的尸床。因山里筑起了水库，截断了从山里下来的雨水和泉水，所以它死了。在它有生命的时候，每逢春季易于形成山洪的日子，或多雨的夏季，它曾是条凶猛的河。从山里卷带而来的锐石，年复一年地，将河底刮得很深。尽管现在已经只剩河床了，但那桥却不得不架得特别高，看上去有四层楼那么高，是县水利部门指示的高度。因水库减压的时候是要开闸放水的，桥桩低了，库水泻来，就淹没桥面了……

翟老栓驾着牛车行至桥的中段，发现那儿桥一侧的石栏缺了几米。结冰的桥面上，有卡车急刹时的轮胎印子。他不敢让牛往前走了，怕牛蹄一打滑，牛车一失重，连车带牛掉下桥去，那他的损失可就惨重了。他勒住牛,下了车,小心翼翼地走近缺了石栏的豁口,想要对石栏所以会那样的原因察看个究竟。三月上午的阳光,已经能使人感觉到些微暖意的阳光,那时候挺腼腆似的照耀在牛身上,也照耀在翟老栓的脸上、手上。牛一动不动,仿佛在阳光的照耀之下站着睡着了。夏季的阳光是热烈的,如同渴望男人的年轻寡妇的目光。冬日的阳光是悭吝的,无论它高挂着还是低悬着,即使在天空明朗的正午,它也只发射光芒,而不赐给大地暖意。哪怕它像火一样红,光芒刺人的眼睛,人的脸和手还是会在凛冽的严寒之中被冻伤。冬季的太阳是否在某一天的天空出现,并不决定那一天的气温如何。有时恰恰相反,也许有太阳的某一天比没有太阳的某一天更寒冷。一年四季里,数三月的阳光最特别了。它的暖意,像在冷屋子里,由于温柔的女人的存在所能使男人感受到的那一种,是需要心怀几分感激去体会的。那时女人能使男人感受到的暖意,超过了她们的实际体温所能给予男人的。而且,一年四季里只有三月的阳光是显得腼腆的。仿佛它和大地已经生分了,彼此需要重新建立亲爱的关系似的。它怯怯的,如第一次到小伙子家里串门的内向的淑女,来去悄然,正如它腼腆地升起来,腼腆地落下去。到了四月,它才又变得明媚了。因为它觉得它又跟我们熟稔了。三月的阳光最早宣布春天的开始,之后才是草啦,树啦,冬眠的小虫们形形色色的表现……

翟老栓起先闭了双眼,仰起脸,为的是让自己整张粗糙的脸能更全面地享受一下三月的阳光的照耀。离开了村子,他内心里多日来越积越重的紧张感,分明地减少了许多。

从山里传来了一声轰响——是村长韩彪家的私矿有人上班了。

受惊的牛猛地往前一冲，似欲狂奔。

翟老栓赶紧睁开眼睛，双手使劲儿勒住缰绳。

"莫怕，莫怕，老伙计，炸不着你，有什么可怕的嘛！"——他一边安抚着牛，一边下了车。脚底一滑，险些摔了个仰八叉。他正站在一大片冰上。那片冰有的地方很晶莹，有的地方很脏，呈现着不能结冻的黄的黑的或黑中带黄的油污。旁边有烟蒂、空烟盒，一只显然擦过油污的线手套，像一只死耗子，看上去很丑陋。还有几个螺帽……

翟老栓明白了——是村长韩彪家运矿石的卡车在这儿熄过火，并且毁坏了桥的石栏，并且流过水箱里的水。究竟是由于卡车撞了桥栏才熄火，还是由于熄火才撞了桥栏，他就难以作出判断了……

离那片冰一米多远处，桥面上布满了拳头大小的矿块。

翟老栓知道，那些矿块里有银的成分。因为村长韩彪在山里拥有三口属于私家的银矿，总共雇佣着六十几名外省的采矿工。

他还是第一次见到银矿石，尽管韩彪开银矿已经开了八年了，当·村之长也已经当了同样多的年头。在三月的阳光下，那些银矿石闪耀着斑斑点点的银光，它们足以装满两土篮。

翟老栓也知道，村长韩彪家的矿上采出的银矿石，成色极好，据说含银量在百分之五以上，品位很是罕见。村长韩彪，也由此而成了全县的大富豪。有人猜他的个人资产已经超过了一千万。有人认为岂止一千万，两千万也得多。

那些银矿石，对于翟老栓其实是没有丝毫意义的。尽管它们的含银量那么高，尽管银子就是钱。但是他翟老栓家里并没开着炼银厂啊！银子只能在炼银厂里才能被从银矿石里提炼出来啊！银子只有被从银矿石里提炼出来了才能卖钱啊！当然，含银量那么高的银矿石本身也是能卖钱的。县里的炼银厂就进行过零散收购。但那只是短短一个时期内的事儿。不，用"一个时期"来说太长了，其实才是短短几天内的事儿。之后县里炼银厂的头头脑脑轮番向村长韩彪当面认错；县公安局将那些曾卖过银矿石的人一个个逮捕了起来；有的被判了刑，有的被罚了款；没钱的，被判到韩彪的矿上以工抵罚，白干一个月两个月不等。县公安局还为村长韩彪的矿四处张贴过一份布告——大意是卖银矿石者按盗窃罪论。号召人们相互监督，揭发检举。检举有功，有奖。奖金对于普通的人们来说是一大笔钱——两千元，由村长韩彪的矿上发。因邻县也有炼银厂，为防止本县的人偷了韩氏银矿的矿石卖给邻县的炼银厂，村长韩彪的谋士们替他想出了那一主意。村长韩彪周围，永远不乏时刻准备着向他献计献策的人。往往，不待这一拨被彻底冷淡了，那一拨早已巴结上去了，而且都引以为荣，引以为幸。

翟老栓明知那些含银的矿块对自己毫无用处。若收拢了，是必得送交到村长的矿上去的。那么做了，只怕连声谢也得不到的。若带回家里去呢，一旦被别人发现，一旦被别人密告给村长，肯定会使自己陷入是是非非。他是翟村的老实人，想来村长不至于把他怎么样。但村长也绝不会给他解释的机会啊！那么，究竟是在这儿捡的，还是夜里去矿上偷盗的，不是只有任人议论，跳进黄河也洗不清了吗？何况，村长手下还有一帮狐假虎威的亲信哪！他们若成心冤屈他，指罪他是偷盗的，那么他们的指罪就肯定是事实了。村长会空抛给他个人情，说尽管是他偷盗的，但念他是翟村人，宽恕了他不予追究了吧。是的，是的，村长手下的人会那样的，村长也会那样的，于是，他的偷盗之名，不就等于经法院裁决了一样了吗？翟老栓还晓得，以往几个被判了刑，被罚了款，被强制在村长的矿上干活的人中，就有明明是被冤屈的。只不过也和他一样，是在路上捡了些矿块罢了。但谁替他们申辩过呢？谁又敢替他们申辩呢？即使有那种侠肝义胆的好汉挺身而出，又会有什么结果呢？公安局和法院不站在那样的好汉一边，而站在村长一边，那样的好汉的侠肝义胆，相对于村长而言，意义也就跟二百五耍光棍差不多了……

业已蹲将下去的翟老栓，心中一阵阵寻思着，却禁不住伸出手摸那些矿块。他是翟村少数几个从没被村长雇佣过的人之一。他虽老实，但骨子里挺高傲，不屑于与村长的势力范围有什么沾染。他宁肯做辛劳的农民，也不肯为了钱，而做明明被村长剥削却又似乎被村长恩庇着的一个人。所以他是第一次有机会这么近距离地观看那些使村长腰缠万贯飞黄腾达的东西。他摸过了这块摸那块，心想多好多宝贵的东西啊！虽然它们所含有的不是金子，而是银子。但一个人若像村长一样拥有可以源源不断从山里往外运的这一种东西，不是也等于拥有了成堆的金子似的吗？又想，幸亏它们所含的不是金子，而是银子。若是金子，村长的势力不就大得只手遮天了吗？那么翟村的男人女人，不就只有成为村长的奴婢的份儿了吗？……

矿块冰凉。多数冻在冰上，少数没有。他捡起一块拳头大小的掂了掂，很重。他直起身，从车上取下担过粪的柳条篮，捡了几块放在篮中。

他打算带回家几块让老婆和儿女们见识见识。但是这一种最初的源于好奇的打算，在一块一块捡起来往篮子里装的过程中，不知为什么,像一盆揉进了太多酵母的发面似的,渐渐地膨胀了,从人心这只无形无状的"盆"里发出来了——于是一种贪欲充满他的胸间。已然捡了满满一篮子还不能住手。是的,不是不想住手,而是根本无法住手。他在心里对自己说:行了老栓,够了够了,捡这么多有啥用处哩,不就是打算带回家几块让家人见识见识银矿石是什么样儿的一种东西嘛!……然而他的手,却似乎已经不是自己的手了,仿佛是别人的手了,不听自己的支配了。那手大块的捡,小块的也捡;没冻住的捡,冻住的也要从冰上敲下来,捡起放在篮子里。尤其在用手中的矿块从冰上往下敲另一矿块的时候,他的手更加显得不是自己的手了。他甚至很生自己的气了。他在心里制止自己:老栓,老栓,你今天可是咋了呢?这东西对你到底有什么用呢?半点儿用处都没有嘛!你这是何苦的呢?你贪得多么可笑嘛?然而制止也自制止,自己做不了主了的手,仍不停地敲、敲、敲,捡、捡、捡……

篮子是再也装不下了。他憋足了劲儿,甚至发了一声喊,才将满满一篮子矿块提到车上。车上突然加了重量,老牛不乐意地一甩头,倔倔地朝前走了。牛一走,轮一滑,车更向桥栏的豁缺处偏过去。他赶紧喝住牛。车一稳,他的目光又向地上望去——地上还有一篮子多的矿块……

那时候,老实又高傲的农民翟老栓的心窍是完全彻底地被那些闪耀着斑斑点点的银光的矿块所迷住了。他明明知道它们对他没有任何用处,不能当煤烧,甚至也不能垫猪圈。它们的锐利的棱角,会硌伤猪的蹄子猪的身子。但他还是特别贪心那些对他没有任何用处的东西。像一切人一样,对于某物的贪心,他是时常会产生的。

但以往他不难克制住它,使它不至于变得过分强烈。而三月的那一天,那一个上午的那一个时刻,他却根本没法儿克制住自己对那些银矿块的贪心了。

他将满满一篮子矿块倒在车上,又蹲下身去,一块接一块从冰上往下敲,一块接一块捡了往篮子里装……敲着捡着,头脑中便过电影似的,掠过村长家的深宅大院、豪华的轿车、村长气宇轩昂的样子以及听人们讲述的,村长在某些享乐场合一掷千金的富豪派头……也许,正因为那些矿块与他头脑中的联想有不可分割的关系,它们才完全彻底地迷住了他的心窍……

忽而,他的手捡起一块刚从冰上敲下来的矿块,僵住在那里。因为他的眼睛,不经意间瞥见了一双靴子。一双高勒的、揩擦得锃亮的战地靴。一双特大号的战地靴。它们微微分开着,呈八字站在离他两尺远的地方——翟老栓的头缓缓地抬起,目光由下而上随之仰望,于是看到了韩小帅年轻而又凝聚着酒色财气的脸。

韩小帅是村长韩彪的侄子,自然也是叔叔一伙亲信中的亲信,负责矿上的保安。一米八几的大个子,虎背熊腰的。无论矿上的雇工还是村里的人,没谁不怕他。村里的大姑娘小媳妇远远望见他,无不绕道躲着走的。他瞪她们片刻,她们则心惊肉跳几天。他喜欢女人的粗暴方式常常令她们谈虎色变。此时他将双臂交抱胸前,目光阴冷地俯视着翟老栓。

翟老栓暗吃一惊。对方阴冷的目光使他觉得不怀好意。他正蹲在桥的护栏的豁缺处。对方的脚离他的身子不足二尺远。只要对方飞起一脚,不管左脚还是右脚,他瞬间便会从桥上消失,被踢落到桥下去。他惴惴不安地往桥下瞄了一眼——乱石成堆。那么他准一命呜呼了。恐怕一分钟后便有许多人围向这儿了，对方也是可以指着桥下他翟老栓脑浆四溅的尸体镇定地说——看，老栓一不留神，从桥上摔下去了。那么对方的话也就是事实了。对方的叔叔是韩彪，对方的话不是事实也可以变成事实。翟老栓心里清楚，韩家叔侄，已是将他视为叛逆了。因为在就要进行的全村"民选"中，翟老栓已决定了不投韩彪的票，而改投复员兵翟学礼的票。他的决定，对韩彪而言，是一个坏榜样。不管他自己是否愿做榜样，他都会影响某些人也改投翟学礼的票。而他实际上并不承想做什么榜样，只不过认为，既然有了"民选"的机会，自己干吗还不光明正大地选自己信任的人当村长？管他翟学礼最终能否选上，自己这辈子也总算真正地享受到了一次民主的权利啊！不承想他仅仅向几个亲戚私下里透露过的决定，竟被韩彪的耳目们在春节前刺探了去——结果是春节他家没过好。三十夜里麦秸垛起火了；初一灶里就没烧的了；初三他家的狗又被爆竹炸断了腿，狗是多么机灵的东西，没人将爆竹绑在狗腿上，能出爆竹炸断狗腿那么离奇的事儿吗？……

翟老栓心里害怕极了。他不敢站起，唯恐在想站而没有站起来前，早已被一脚踢下桥去了；他也不敢蹲在那儿不动，因为那简直等于是在期待着对方的狠狠一脚。他不得不仰望着对方。因为他不愿死了还被认为是怪自己不小心。而一直仰望着的结果，是对方阴冷的目光使他心里更加发毛。他还不知该主动说什么好。分明的，对方并不打算听他说什么。处在那么一种顷刻便会送命的凶险境地，他也根本没话跟对方说。他想佯装笑脸以示镇定，却只不过咧了咧嘴角，笑不成。他像一个手无寸铁连姿势都处于绝对劣势的人,而眼面前是一头随时会向自己进攻的凶恶的大猩猩,或一只狂獒……

他就那么蹲着,就那么一脸古怪地仰望着韩小帅,一点儿一点儿地向后,也就是向有护栏的桥面移动。移动的速度,比某些高层建筑旋转餐厅旋转的速度快不了多少。等他向后移动了够一大步的距离,韩小帅那双特大号的战靴,横跨一步,就又使他没了安全感,又处于凶险的境地了……

他的牛,倒没有丝毫的不安全感,也看不见身后两个人之间的紧张态势,优哉游哉地甩着尾巴。

翟老栓终于移到有护栏的桥面了。他猛地往起一站,竟没能立刻站起来。蹲的时间太久了,双腿麻了,站不大住了。他一只手撑地,一只手扶着护栏才算费劲儿地站稳。于是他能笑了。笑得很欣慰,有一种获胜的感觉。

韩小帅也笑了。笑得意味深长而又邪性。仿佛要以自己那一种笑让翟老栓明白,获胜的是他韩小帅。他那张胖脸看去有些浮肿。显然,昨夜对干他又是一个酒色之夜。

尽管已经站稳在有护栏的桥面了,翟老栓的安全感也只不过是转瞬即逝的事。桥的护栏不高,仅到他的腰那儿。倘若韩小帅要将他扔下桥去,仍是举手之劳。于是他紧走了几步,绕过牛车,站到了桥中央。他前后望,桥的两端都不见个人影儿。即使已站到了桥中央,他依然觉得那一份儿安全感似有若无。

"翟老栓,你用装过粪的篮子,装我们韩家的银矿石,你什么意思?认为我们韩家的银矿石和粪是一样的东西?"

韩小帅开口说话了。

"我没你说的那个意思……"

翟老栓低声替自己辩护。

"你不知道偷我们韩家的矿石将会落个什么下场吗?"

"我没偷。你亲眼看见了,我是在这儿捡的……"

"你偷了又有什么用处呢?你又没办法把银子提炼出来……"

"我没偷。我说我没偷……"

"你没办法把银子提炼出来,不是偷了也白偷吗?……"

"我没偷!……"

翟老栓终于忍不住大喊起来。

"是你偷的!老子说是你偷的,就是你偷的!到哪儿也变不成是你捡的!……"

韩小帅一步跨到他跟前,嘴逼近他的脸,也冲他大喊起来。韩小帅的喊声可比他的喊声高多了,底气十足,使他感到震耳欲聋。混着酒气的浊臭的胃气,一阵阵喷在他脸上。显然由于他竟敢大喊,韩小帅已经光火到快要暴怒的程度了。

身材瘦小,老实而又从不在人前低三下四的翟老栓;六十多岁的翟老栓;已经有了十几岁的孙子的翟老栓,由于惧怕,由于孤立无援,不得不明智地在二十四五岁的村长侄子的面前屈辱万状了。

他腰抵着牛车边沿,身子朝后仰着,结结巴巴地说:"小帅,大侄子,别生气……我……我这不是……其实我打算捡了给你们矿上送去……""还敢说捡的!"韩小帅吼着,表情可怖的脸,又逼近了翟老栓的脸。"大侄子,大侄子,有话好说……""谁是你大侄子?你他妈算什么东西!自己说偷的!……""……""不承认偷的我坐地弄死你!""我……偷的……"从不在人前低三下四的翟老栓,那会儿全没了不低三下四的勇气。韩小帅又邪性地笑了。他退开一步,研究地瞧着翟老栓说:"贼都像你这样,偷了东西,被人赃俱获了,就狡辩是捡了人家的,正打算给人家送去。是不?……""……""是吗?!""是……"翟老栓的眼角,溢出了一滴老泪。

"过些日子就要'民选'了,你仍不改主意吗?""我……我还没拿定主意……""撒谎!你早就拿定主意了,要选翟学礼那小子是不是?还四处鼓动别人选他是不是?……""我没四处鼓动过别人。我只对自己的一票负责任……""负责任?放你妈的屁!负责任你不选我叔叔?我叔叔哪点儿对你不好了?……""不是因为你叔叔对我好不好……他……他已经是县政协的副主席了,已经是县委委员了,何必还要争一个村长的身份呢?……"

翟老栓的表情、口吻,一时地又有点儿不卑不亢起来——他猛地想到了他的车上放着一柄镰刀,而且磨得很锋利。三月正是柳条变柔的时候,他本打算顺便割捆柳条编几只新篮子新筐的。在和韩小帅说话那会儿,他撑在身后的一只手暗中在车上摸。一摸着镰刀,胆子有那么点儿壮了。他横下一条心——必要时和对方拼命。

"放你妈的屁!"——韩小帅又立眉竖目破口大骂,"你个老东西懂什么?你以为我叔叔只会赚钱啊?他老人家还懂政治!为了他的政治他在乎是不是村长!他必须是村长!……"

韩小帅越说越气。他的目光忽然发现了什么吸引他的东西,往地上瞅。于是翟老栓的目光也往地上瞅。地上什么值得人注意的东西也没有。矿块全被翟老栓捡到篮子里和倒在车上了。不,地上还剩着一块,唯一的一块,用以卡住车轮……

韩小帅的目光是在盯住它瞅。他再次笑了。笑得尤其地邪性了。

邪性的笑刚一从他浮肿的胖脸上收敛,他就开始踢那矿块。翟老栓急欲推他。没将他推开,反被他一胳膊搪得连退数步。"大侄子,别……别……千万别啊!……"翟老栓的一颗心提到了嗓子眼,声音抖抖地哀求。牛不晓得自己性命攸关了,扭头望它的主人,那样子仿佛是在问主人:咱们闲待在这桥上干吗呢?该往哪去往哪儿去吧!……韩小帅却说:"别叫我大侄子!你也配有我这样身份的大侄子?……"他一只穿了特大号战地靴的脚朝后收了一下,随即用力踢出。卡住车轮的矿块被踢开了,在冰面上滑了一段,落到桥下去了……于是车也像那矿块一样在冰上朝后斜滑。老牛不明白怎么回事儿,抬起一只蹄,梗着脖子,企图稳住那股不期然的后拖力,并将车向前拉去。

但是它没办到。它抬起的那只蹄刚一落在冰面上就打了个滑,使那条前腿跪倒了。紧接着它的另一条前腿也跪倒了……

它"哞"地叫了一声。叫声刚发,车已从缺失桥栏的地方滑下了桥……翟老栓看到他的老牛的头高扬了一次,而身子却猫似的趴在了桥面。还看到牛身被从半截水泥护栏桩里刺出来的钢筋刮了一下,于是有什么黏糊糊的腥热的东西飞溅了他一脸。牛的一只角也被那半截水泥护栏桩别住了一下……

那一切都发生在短短的几秒钟内。牛的叫声是在桥下中断的。继之是牛车撞石的折裂声,牛身重坠的闷响。再继之,一个硬性的物件啪嗒自空落在他的脚旁……

翟老栓一时骇然得张大了嘴。那时三月的太阳已经升在了他的头顶。它暖意微微的阳光开始将桥面上的旧雪融化。从牛车坠下的地方，向一边扇状地呈现着一片密集的红色的点子。是血滴。他本能地抚了一把脸，手也红了。溅到脸上的也是牛血。他朝村子的方向望望，仍不见有人影走来。只有少数几户人家的烟囱冒起了青烟。三月，北方农民们劳作的精神头，还没被季节彻底唤醒……

韩小帅走到桥栏旁，一手放在桥栏上往下看了会儿。随后他走到翟老栓跟前，掏出了烟。

他叼上一支烟，看翟老栓一眼，又将那支烟夹在手指间了，以训孩子般的口吻呵斥道："你哭个什么劲儿？不就一头老牛一辆破车吗？赔你就是。不让你受损失。我不是成心欺辱你，我就是图看一遭刺激……"

翟老栓已泪流满面。既心疼他的牛，也怕韩小帅伤害他。当然，他的泪中也有恨的成分。倘若镰刀依然握在他手里，他也许会挥舞着与对方坑命的。

但镰刀已随车掉下桥去了。

其实，韩小帅是来查看桥栏损坏的情况的。昨夜是他亲自押送的卡车在桥上出了故障。他叔叔，也就是村长韩彪，命他找几个工人修好，不得拖延。在"民选"前，村长韩彪可不愿因些不足论道的小事儿使自己的竞选形象受损……

韩小帅将手中的烟塞在翟老栓嘴上了，接着掏出打火机替翟老栓点烟……

"你他妈的倒是吸一口呀！还得老子替你吸着哇？……"

翟老栓已变得孩子似的听话，遵命吸了一口。

韩小帅又从衣内兜里掏出了一捆钱。是的，是一捆。崭新的，用纸条扎着的一捆钱。他像夏季里手不离纸扇的人用收拢的扇子拍手心似的,一手捏着那捆钱,往另一只手的手心拍击了几下,然后毫不在意地将那捆钱塞入了翟老栓的袄兜……

钱是他昨夜聚赌刚赢到手的。或者说,是别人成心输给他的。每年的春节期间,他都能小赢那么四万五万的。而且,赢的不是新钱还不行呢。那些成心又巴不得输给他钱的人,春节前就得将崭新的钱四处托关系换好……

韩小帅自己也叼上了一支烟。他吸了几口,望着呆呆木木的翟老栓,缓和了语气说:"老栓大伯,别生气。刚才的事儿,那是我跟你闹着玩儿呢,别往心里去。现在我要跟你说正经的了,两件事儿,你给我听好——护桥栏是你的牛车撞坏的。你就对人说牛在桥上毛了。牛肉牛皮,你还能卖不少钱。护桥栏我们矿上雇人修。你得实惠,好名声归我们矿上……"

翟老栓嘟哝:"什么实惠?我那牛,我那车,怎么也值……"

韩小帅打断他道:"行啦行啦,我不是已经揣你兜里一万了吗?'民选'以后,你找我,我保证再给你一万。我小帅一言既出,那也是讲信誉的!……"

翟老栓的老泪,从眼角流到嘴角,湿了烟。他就那么叼着已经湿灭的烟点了点头……

"你同意了,很好。咱不啰唆第一件事儿了。"翟老栓的帽子不知何时掉在地上了。韩小帅的手放在他后脑勺上,在他的短头发上抚捋了几下,那意思是对他的态度已经有点儿开始朝友善的方面转化了。然而翟老栓却并没化悲为喜,更没暗暗地受宠若惊。他更加觉得自己一个六十多岁的人,被一个二十多岁的人由着性子威胁一阵又如此这般放肆地对待,实在是他的奇耻大辱……

"老栓，第二件事儿你可尤其要听明白了，那就是关于'民选'的事儿。我再强调一遍，我叔他老人家，对这一次能不能当上村长特别在乎。这关系到他老人家的形象问题、面子问题。'民选'嘛，民主方式嘛！他前两届都顺顺利利地当上了村长，如果偏在我们村被定为'民选'试点村的这一次竟把他给选掉了，让他老人家以后的面子往哪儿搁？那不是成心往他脸上抹黑，成心拆他老人家的台吗？所以他老人家不惜任何代价也是要当上这一届村长的！所以，你翟老栓要是带头不选他，那你就是他老人家的仇敌了！你想想吧，是他老人家的仇敌有你什么好果子吃？我劝你还是别做这个坏榜样！六十多岁的人了，还浑身起的什么刺儿？那光荣吗？只要你这一次选他，我答应你，把你儿子媳妇都安排到矿上去！你儿子可以在我手下当保安。每月三百大元，不沾泥不湿水的，不强过于和你终年在地里辛劳吗？至于你儿媳妇嘛，我更会给她安排种轻闲的事儿做……"

翟老栓一边默默听韩小帅说着，心里一边想——你手下那些保安员尽是些什么东西？不就是些成天吃喝嫖赌的杂种吗？好人家会让自己的儿子在你手下当保安员？他又想到，因为对方曾几次在路上拦住他模样俊俏的儿媳妇进行调戏，他的儿子儿次想杀了对方。倘让儿媳妇到矿上去，那还不等于送上虎口吗？……

他忍不住流着泪顶撞道："就是我投了你叔一票也没用，我又不能代表所有不打算投他票的人……"

韩小帅又瞪起了眼睛。他吼："别人怎么样关你屁事？现在说的是你自己！别人我们有别的办法去对付！你给个痛快，到时候你那一票究竟选谁?！……"

被目光咄咄瞪着的翟老栓不吭声。

韩小帅期待了几秒钟,没耐心了。他摔掉烟,倏地高举起手,分明是想一巴掌扇向翟老栓的老脸……

翟老栓撩起目光,眼神儿近乎迟钝地望着韩小帅那只手。

韩小帅的手竟没扇将下去。他邪性又宽恕似的笑了。他那只手,又抚捋孩子的头似的,照前次那样抚捋了翟老栓的头一下。

"咱们好说好商量,行不?我不逼你开口,那多过分。你要是改变了,到时候准选我叔一票了,你点一下头。要是还不呢?那你就摇一下头。我也不为难你了。民主嘛,那是要自愿的。或点头,或摇头,那完完全全是你的自由嘛!你给我个痛快的态度,我转身就走,行不?还有好多要紧事儿等着我办呢。"

韩小帅显出一副诚心诚意又耐心可嘉的样子。

翟老栓本是不想点头的。确切地说,本是想摇头的。然而,在他们双方几秒钟的沉默之后,他竟点了一下头。虽只点了一下,但那也是点头,不是摇头啊!正如他的手,在贪婪地捡那些对自己毫无用处的银矿块时,违背他的意识的支配一样……

韩小帅这一次的笑,全没了邪性劲儿,笑得那么由衷。

他笑着说:"老栓,你可不许当面一套,背后一套。那就叫耍两面派了。不论谁,要是在'民选'这种倡导民主的事儿中耍两面派,那可都是可耻的行为。你是不是要两面派了,过后我们也能调查清楚。有我叔他老人家想调查清楚居然调查不清楚的事儿吗?没有过吧?……"

翟老栓的头,又违背意识地点了一下。

于是,在瘦小的翟老栓面前,韩小帅缓缓将他高大的身子弯下去，从地上捡起了翟老栓的帽子和另一样东西。他替翟老栓戴上帽子，将另一样东西塞在翟老栓手里……

"拿着，留个纪念。快别心疼你的牛你的车了。人还经常有死于非命的呢。旧的不去新的不来嘛！我不是保证了嘛，'民选'后我会赔你一头壮牛一辆新车的……"

韩小帅说罢，拍了拍翟老栓的肩，扬长而去。翟老栓望着他的背影走到桥的尽头，低头看时，见自己手中是一只牛角。生生地从牛头上别下来的，角根血淋淋的一只牛角……

翟老栓梦游似的回到了家里。他的样子令全家人大骇。老伴儿惊问他怎么一脸的血星子？他说不是自己的血，是牛血溅在脸上了。老伴儿这才瞧见他手中的牛角，目瞪口呆再说不出一句话。儿媳妇闻声从另一间屋走过来，问牛怎么了？

他将手中的牛角朝儿媳妇一示："这不……"儿媳妇尖叫一声，喊来了儿子。儿子也连连跺脚，连忙急问他牛怎么了？他还是那句话："这不……"儿子火了："爹你'这不''这不'的什么呀？我们都看到了你手里拿着咱家的牛……牛的角！可咱家的牛究竟怎么了啊？……"老牛是家里的大宗财产之一，同时是家里的功臣。翟老栓又屈辱又生气。他的屈辱自是不必再细述了。他气的是——在他看来，全家人关心牛似乎大大地超过了关心他这位一家之主……

他突然往地上一蹲，捂面痛哭。等他哭够了，将在桥上遇到韩小帅的情况前前后后讲了一遍，全家人都沉默了。一时你望我，我望你。孙子却又号啕大哭起来。他家的牛是头母牛。并且，已怀了犊，过几个月就该生小牛了。孙子哭的是自己看不到小牛了。儿子狠狠扇了孙子一巴掌。他以为儿子会怒发冲冠，操起锹啦镐啦冲出家门去找韩小帅拼命，儿子却分明地没恨到那种程度。扇了孙子一巴掌之后，儿子已变得相当平静。儿子问："钱呢？"他就从兜里掏出了那一捆崭新的钱。老伴儿和儿媳妇的两只手同时伸向了钱。老伴儿离他近，儿媳妇的手还没触到钱，钱已被老伴儿一把掠了去……老伴儿眼看着钱，嘴里问："你刚才说是多少？一万是吧？这钱可真新！……"接着就手指抹了唾沫，一百二百三百地出声点数……"妈你烦不烦啊！再说你点得慢劲儿的！……"钱随着儿子的话，又被儿子从妈手中掠了过去。儿子不理妈在以怎样的一种目光瞪视自己，将钱朝自己的女人递了过去："你去数清楚是不是一万！"于是媳妇接了钱转身便走；于是当妈的后脚紧跟着媳妇也便走……只剩父子俩了。他们相互注视着，似乎都希望进行一场开诚布公的长谈，又似乎觉得其实已没什么可再说的了。"咱家那头牛太老了，是不爹？"翟老栓神情麻木地点头。"咱家那辆车也太破了，都快散架了。""……""按说，他也够大方的。赔一万，不算少。""……""他说得也对，旧的不去，新的不来。何况牛皮牛肉归咱们。一万够再买头壮实的牛再买辆新车了……""……""这几天我总反复地寻思，什么'民选'不'民选'的？民主和咱们家有什么关系？咱们何必跟韩家过不去？他不是讲了让我到矿上去吗？我去！爹你以为我一年到头跟你在地里辛苦我没烦啊？再辛苦从地里能弄出几个钱？我早烦了……"翟老栓猛地站起，指着儿子大吼："你滚一边去！"此时他的血性终于是恢复了一些。儿子眨眨眼，不明白他为什么突然发作。"滚啊！"翟老栓跺了下脚。

"爹你冲我发的什么火啊？你有主张，在桥上怎么不冲韩小帅声明？怎么眼瞅着自家的牛和车被毁了？……"

儿子嘟嘟哝哝地转身走了。在门口，一脚门里一脚门外地回过头，平静又坚定地说："那么，咱们父子俩，你也别代表我，我也别代表你。你选你信任的人吧。我还选韩彪。总而言之是那句话——'民选'啦民主啦关我屁事？谁带给我好处我选谁！"

翟老栓盯着儿子，仿佛不认识自己的儿子了。

但，儿子的话，彻底地推倒了他心里曾产生过的一种愿望——企图在"民选"的机会中，证明自己是一个有政治觉悟、有正义感，不但对自己一家的利益负责，而且对全村的利益负责的愿望。

是的，韩小帅的凶恶只不过动摇了它；儿子平静又坚定的一番话，却彻底地推倒了它，并且像把大扫帚一样，将那愿望的残余也从他头脑中清除干净了……当天晚上翟老栓出现在复员兵翟学礼家门口。踌躇满志一心要竞选村长、为全村人竭诚服务的复员兵家里，聚着几个他的鼓励者和支持者，正群情激昂地议论着"民选"的事。

"他韩彪为啥当了县委委员、县政协副主席，却还想占着村长的位子继续当下去？还不是打算牢牢地将咱全村几百口子人的命运长久地控制在他手掌心里吗？……"

"那是！好让全村人的儿女辈辈当他韩家矿上的劳工嘛！……"
"也是咱们翟村人贱，为了自己儿女每月挣他矿上的二三百元钱，争着巴结他！""矿下的安全条件那么差，还不给上保险。去年塌方，翟福平家老大被砸死了，一条年轻轻的人命不就只赔了两万元吗？……"

翟老栓闪在门旁的黑暗中，悄然伫立，耳听着屋里人们愤愤的议论，没有勇气迈进屋去。翟福平和他沾着亲，是五服以内的兄弟关系。福平家老大发送了以后，村长韩彪假惺惺地主动提出，可以接受福平的儿媳妇到他家当佣人，似乎是出于对死者积德行善的考虑，可不久便与那小女子明铺暗盖起来。于是村里有了风言风语，说他早就和那小女子勾搭成奸了，说她丈夫死得可疑种种。福平自然也听到了风言风语，一纸诉状告到法院，要求调查儿子的死因。法院还真立了案，还真来村里进行了调查，结果却是替韩彪召开了一次维护名誉、警告诽谤者的"普法教育大会"。翟福平痛失了儿子，儿媳被占，白告了一场，还花了笔诉讼费，既觉窝囊，又没面子，气得大病一月，某夜上吊了。而那些传过风言风语的人，女的被威胁过，男的被打过，都是韩小帅出面干的。翟老栓由福平的儿子媳妇联想到自己的儿子媳妇，联想到儿子对他说的那些话，周身一阵冷。他觉得儿子说的那些话，虽然听来平平静静，分明的，却有着与他这位不识时务的父亲划清界限的意味儿。甚至，有着当面宣布起义投诚似的意味儿。他不禁相信有钱能使鬼推磨的话了。韩彪有钱，结果连他的儿子都被收买了去！而且，似乎是间接地通过他这位父亲进行收买的。可不嘛，因为那一万元是由他的衣兜揣回家的啊！老伴儿和媳妇已由于那一万元相互对骂势不两立了。老伴儿要掌管那一万元，媳妇也要掌管那一万元。而儿子立场鲜明又坚定地站在媳妇一边，并辱斥母亲："你个见钱眼开的老东西！病病歪歪的不定哪天就被无常一链条锁走了，你还要掌管着那么大一笔钱干什么?!"唉，唉，是啊是啊，一万元，对于他翟老栓这一户农民人家，确实是一大笔钱啊！他打出生后就没见过一捆一万元那么多的钱,儿子也是的。一百元都可能促使儿子与人拼搏一场,何况一百张一百元。令儿子辱斥母亲并咒母亲早死,岂不成了自然而然之事吗?老伴儿当时一屁股颓坐于地,哭闹不休。这使他预感到,不久分家是在所难免的了……可一万元在韩彪那儿还算个数吗?在韩小帅那儿也不算回子事儿啊!听说韩小帅有次在县里,只因一名三陪小姐肯当众嗲声嗲气地叫他几声干爹,他便眉开眼笑地掀起她裙裾,将一捆一万元崭新的钱塞进了她的粉色裤头里。也是当众……可自己站在翟学礼家门旁的黑影里为的又是哪般呢?难道不也是来声明划清界限的吗?不也是因为那一万元钱对自己起了作用吗?如果,上午韩小帅只将他的车他的牛弄下桥去了,而不曾塞在他兜里一万元钱,而不曾当面亲口向他许下对他和他的儿子都另有补偿和关照的承诺,这会儿他还会站在翟学礼家门旁的黑影里吗?不,不会的。那么这会儿他内心里肯定会充满了仇恨。其仇恨反而能使他对韩彪的权势无所畏惧,暗发势不两立鱼死网破的誓言。即使来了,也断不会隐蔽在门旁的黑影里不进屋。是的是的,那么他早已一步迈入屋去,与屋里的几个人一起历数韩彪的罪状种种,并同仇敌忾地谋划如何在"民选"中发挥自己的正义力量了。人家复员兵翟学礼,从部队回到村里才半年,三个月前才成婚。人家在县里开了爿修摩托和汽车的小小车行。人家每月的收入还可以。比上不足,比下有余,凭本事吃饭,不招山不惹水,夫唱妇随,小两口日子过得收支有度,和和美美的,是自己暗中怂恿和鼓动人家与韩彪竞选的啊!最终说服了人家小伙子靠的是什么呢?还不是"你得为全村人撇开私心"之类的话语吗?屋里的几个人,又有哪一个不是经自己暗中串联了,才义无反顾地甘当翟村正义核心力量的一分子的呢？……

自己却首先要来宣布退出了！

退出的话可叫自己怎么说才好呢？再巧舌如簧的一张嘴，出尔反尔，背信弃义，也无法将"民选"在即节骨眼儿上的退出说成是种勇退而不是缩退啊！

唉，唉，翟老栓翟老栓，你可耻呀你，你这么一变，今后在全村可怎么有脸做人呢？倘韩彪们此后仍鄙视你，你就落得个两方面都不是人的下场了呀！而韩彪们此后仍鄙视你，那几乎是预料之中的事啊！不迈这一步呢？不迈不行了呀！已然收下了韩小帅的一万元钱了呀！没法解释了啊，跳进黄河也洗不清了啊！唉，唉，你个窝囊的翟老栓啊！你既有暗中串联一把子人企图对抗韩彪在翟村一手遮天的势力的胆儿，当时在桥上怎么就没有将一万元钱扔在韩小帅这个杂种脸上的勇气呢？……

唉，唉，当时没敢那样，现在多么后悔也是迟了啊！

当时自己是被吓傻了呀！

现在连将那一万元钱再当面还给韩小帅的可能性都没有了——因为那一万元已经属于儿子和媳妇了，是休想从他们手中要回来了。他往这儿来之前，听他们关在自己的屋里窃窃私语，不买牛不买车了，而要用这些钱放高利贷了。既然他们已决意投往韩彪村长的矿上去获得荫庇，还买牛和车干什么呢？如今银行利息太低，炒股他们不敢冒那份儿险，放高利贷，自然是一种死钱变活钱的方式。何况，私放高利贷，在如今的农村，已是很普遍的事。他还偷听到了儿子担心将钱放出去收不回来结果没影了的话，而媳妇劝道，怕个什么劲啊，只要是韩家大院的势力上的人了，只要紧紧抱住韩小帅的大腿不放，无须靠韩彪村长亲自撑腰，只要往外一抬韩小帅的名字，谁人吃了熊心豹子胆敢赖债不还？儿子是个对儿媳妇言听计从的家里软外头横的男人。肯定的，那一万元，将使儿子在媳妇面前更加唯唯诺诺，百依百顺了。他们一口一句"韩彪村长"，显然，韩彪的村长地位，在儿子和儿媳妇心里，那是不可动摇也不该被动摇的了……

与韩家大院的势力相比，屋里的几个人，尽管一个个斗志昂扬，坚定不移，可阵容上是多么渺小啊！而且，只不过是在背后才如此这般啊！倘他们也同样有了今天上午自己的遭遇，不知他们都还会不会出现在翟学礼的家里？倘韩彪在韩小帅们的簇拥之下一步迈入了屋里，不知他们这会儿一个个又是什么表情和形状？倘韩彪一一塞给他们每人一万元钱，不知他们接不接？若不一个个喜出望外低眉顺眼地当着翟学礼的面双手相接才怪了呢！"民选"之前就不许当村长的周济穷困村民吗？法律何曾规定过这一条？他韩彪有的是钱，他想给谁，以及什么时候在什么场合下给，谁能干涉得了他吗？

在翟学礼家门旁的黑影里，翟老栓的头脑，前思后想，如一架摇动的纺车，纺锤转个不停，根性之线越抻越长，绕成团，剪不断，理还乱……

他的双脚，不由自主地走动了。不是返身往回走，也不是往屋里去，而是经门口从屋外走过，走向对面的猪圈那儿。仿佛像手中没有探棍的瞎子，不碰南墙不回头……

屋内有人厉喝："那是谁?!"

紧接着翟学礼跨出了门，见是他，困惑地问："老栓叔?……"

翟老栓怔怔地，甚而显得很懵懂地站在翟学礼面前了。他张了张嘴，一时不知如何回答为是。

翟学礼又问："老栓叔你什么时候来的？"

翟老栓只有一味沉默。

"你去厕所？"

翟老栓摇头。他不禁扭头朝屋里望了一眼，见屋里的几个人，也都正望着他。每人脸上的表情，皆呈现着狐疑。

"那，进屋吧！"翟学礼从门口闪开一步，翟老栓犹豫片刻，终于举步迈进了屋。于是，一屋子人都松了口气。翟老栓觉得他们是那样。觉得在他没迈进屋之前，他们从屋里望向他的目光，如同是在望一个韩彪派遣来的特务似的。

翟学礼紧随其后也进了屋。门帘一挑，他年轻的妻子端了一碗茶出来。那是一只大号的粗瓷碗。少妇将碗放在桌边，冲翟老栓笑盈盈地点点头，意思是告诉他，那碗茶是为他沏的。翟学礼冲妻子使了个眼色，她领会地离开屋子，脚步轻轻地走到院外去了。她不是本村人，是翟学礼当兵时在别省处的对象，复员时领回本村了，也是农村人。她对翟老栓，已比对聚会家中的每一个男人都熟了。而翟老栓此次见她，觉得那少妇脸上分明地有着以前不曾有过的忧虑。那甚至不仅是忧虑，更是某种隐约的惴惴不安。他望着那少妇悄没声走出去的背影，心中暗想，可不是嘛，学礼难道不是用眼色指使她到院子外边放哨的吗？仿佛，这些个男人们是在密谋啥阴谋似的。可明明是政府把选举村长的权利，最大自由程度地给予了农民的好事情啊！怎么，竟只有偷偷摸摸地才能实现愿望了似的呢？

翟老栓内心里一时充满自我谴责，感到非常对不起翟学礼，更对不起那少妇。人家小两口的日子原本是与世无争无忧无虑的呀！

翟学礼一跃坐到了窗台上，不无敬意地请翟老栓坐他坐过的椅子。翟老栓没坐。他两眼翻起，望着屋顶说："学礼，我来是……我想告诉你，我……退出了……"顿时一阵肃静。所有人的目光都投射到他身上。翟学礼还没在窗台上坐舒服，听了他的话，双脚仿佛被铅砣一坠，又站在地上了。他问："老栓叔，你……什么意思？""没什么别的意思。就是来告诉你，让你心里有个数儿——'民选'我不投你的票了，我要改投韩彪的票了……"屋里的气氛不但肃静，而且，快接近凝固了。翟老栓一时反倒觉得无比轻松了。如释重负，如同刚刚完成了一项极为艰巨的事情。他的目光也敢于环视其他男人们了。他嘴角微微一动，似乎还企图举重若轻地笑一下。"你混蛋！……"有个男人大吼起来。翟老栓缓缓朝他转过脸去，心平气和地说："我承认。不过，我倒要问一问了——如果韩彪这会儿来了，大大方方地说，开春了，知道几位仍是老老实实种地的庄稼人，我韩彪给你们点儿钱，买买化肥种子修修农机具什么的用，说完就给了你们每人一万元钱，'民选'的时候你们还会选他吗？……"

翟老栓的手矛似的朝翟学礼一指。又是一阵肃静。"放屁！怎么会有那种好事！""韩彪他多么为富不仁，难道你还不清楚吗？！""不算你，不算学礼，我们总共七个人，他韩彪怎么会把七万元花在我们身上？在他眼里，我们不配他那么仁义地对待啊！"几分钟的肃静过后，七个男人激昂慷慨。翟老栓冷笑道："你们嚷嚷吼叫个什么劲儿啊？怎么你们谁都不直截了当地说——韩彪他就是肯给我也不要，还会把钱摔在他脸上，教训他少来临时收买人心这一套?……"再次的一阵肃静。三个冲动地站起来,并急赤白脸地跨向翟老栓,看架势恨不得揍他一顿的男人,相互瞧着,默默地退后,坐将下去了……翟学礼这时开口了。他不知何时将脸转向窗外,背对着众人了。但听他说:"老栓叔,你,已经接了韩彪一万元了吧?……"翟老栓看不到翟学礼的表情,只觉他的语调极冷,尽管比自己的话说得还心平气和。他想替自己解释,从牛和车的事件说起。却又没那样。连自己也不清楚他为什么不替自己辩护一番。他竟低低地吐出两个字:"接了……"屋里的气氛真的由肃静而凝固了。凝固得如同板结了,也将众人一总儿板结了。他问:"我可以走了吗?"翟学礼说:"怎么不可以?谁也没打算扣押你啊。"

于是他一低头,拔脚往外便走,一副溜之乎也的样子。啪!——在他背后,谁将一只粗瓷大碗摔了。啪!——又摔了一只……"大伙儿别这样,这多不好。再说摔的是我家的碗啊!就是大伙都不投我的票了,而要投韩彪的票了,我翟学礼也还是要竞选的。部队教育了我多年,我知道什么是公民权。我也看明白了一些咱们翟村的事。我不是冲着哪几个人,是冲着'民选'两个字才决定竞选的……"

翟老栓成心慢慢地走,希望在走出院子之前,将翟学礼的话听全了。听全倒是听全了,却特别失望。他倒很愿听翟学礼骂他。翟学礼非但不骂他,连半个字也不提到他,仿佛他根本没来声明过什么,也根本不是个人正往外走似的——这使翟老栓感到比被辱骂一顿还难受……

一出院门,差点儿和翟学礼媳妇撞个满怀。那少妇大约是听到了屋里男人们的吼嚷和摔碗的声音,想回屋里看个究竟。她忐忑不安地问翟老栓:"叔,怎么才来就走呢?屋里大伙儿怎么了啊?"翟老栓装聋作哑,哪里还有脸面抬头看那少妇一眼,绕过她身子,偷了人家东西似的,加快脚步衔羞而去……

第二天,在省委书记的办公室里,三个月前刚从别的省调来的省委书记,正在与省报的记者王晓阳单独交谈。不是由王晓阳求见,而是由省委书记召见。

省委书记问:"王记者,到省报几年了?"王晓阳谦虚地说时间不算长,才十一年。说着双手呈递给省委书记一张名片。省委书记说:"十一年,那不算短了,也称得上是老记者了。"低头看着名片又说,"已经是主任记者了嘛。"省委书记刮目相看似的将目光又望向了王晓阳。王晓阳笑笑,笑得意味深长。潜台词是——省委书记大人,咱们就别兜圈子了,开门见山吧!既然是您抬举我,召见我,还能不预先把我的底细摸了个透透的呀?省委书记也无声地笑笑。他说:"好,咱们直奔主题。你写给省委的信,我认认真真地看了。在翟村的事情上,再具体地说,在韩彪这个人物的事情上,咱们坦诚沟通一下情况,行不?"王晓阳点点头,沉吟片刻,又补充道:"我只能权且代表一下罢了。"于是二人你问我答或我问你答地交谈起来,彼此彬彬有礼,既不因相互之间地位的差别而一方摆出优越一方故作卑恭,也不因三十来岁的年龄差距一方以长者自居一方由于是晚辈而局促,就像两位学术资格不分高下的学者在探讨什么学术问题。

省委书记说:"民选"早已是全国广大农民的强烈要求和迫切愿望,在别的省份进行"民选"的情况证明,效果是良好的,农民们是具有相当可喜的民主热忱和较为成熟的民主意识的。本省将在几个县里树立第一批十个村,作为"民选"样板村。翟村是逐级上报逐级审议通过的十个村之一……

省报年轻的老记者说:自己是常年跑农村新闻的。因为韩彪不但是他那一县里举足轻重的人物,在地区和省里也是位经常出席各种会议、姓名经常见诸媒体的人物,所以,他曾隐了记者的真实身份,长期在翟村"调研"过连任两届的村长韩彪……

省委书记问:"那么,你究竟对韩彪有怎样一种与众不同的看法呢?"省报记者反问:"您呢?"省委书记微微一笑,从茶几上抓起了烟盒:"你吸吗?"省报记者不客气地抓过了一支。两个人都吸着烟以后,省委书记说:"还是先听你的看法吧。"省报记者说:"他是某些官员不遗余力大树特树起来的人物,您在召见我之前,当然已经听过他们的介绍了,所以我要先听听您对他有几分了解。"省委书记说:"还不是报上电台电视台宣传的那些。"省报记者说:"您信?""那些宣传要是虚假不实,责任也有你们记者一份。""另一部分责任应由某些官员来负。"省委书记将这位言语近乎肆无忌惮的记者足足注视了有五秒钟,又是微微一笑,以调侃的口吻道:"你来者不善呢。"省报记者也笑道:"善者不来。我虽然口无遮掩,但并无危险。"最后,在省委书记的一再"敦促"之下,还是省报记者先谈了——

他介绍说,韩彪非翟村人,也不是本省本县的人。究竟原籍是哪里人,连他也没了解清楚。只知道翟村曾有个叫翟传贵的农民,和儿子在外地当了几年小包工头,积攒下了一笔钱后,回到翟村承包了几座山。经高人指点,说山里也许有银矿脉,于是开起矿来。

韩彪便是那父子经人介绍,高薪从外地聘来的找矿师傅。然而钱花了十几万,却一块银矿也没采出来。接着蹊跷之事发生。先是介绍人黑夜在公路上被车碾死,肇事车辆至今没有查到。接着父子俩双双死于矿井塌方之事,只撇下儿媳妇一个小寡妇。不幸的日子里,韩彪跑前跑后,帮着小寡妇处理丧事。翟村人都议论说,看不出那姓韩的外地人还挺仁义。再接着韩彪与小寡妇登记结婚。翟村人虽感出乎意外,却仍认为,对那小寡妇可算是不幸后的一幸了。更加奇怪的事总是发生在最后的——不久韩彪四处招来了几十号雇工,不到半个月就有一车车银矿石源源不断地运出了山,从此韩彪一年比一年发达……

省委书记说:"情节还怪曲折的,有意思。可是敢问大记者,这能说明些什么呢?"

省报记者绵长地深吸了一口烟,缓缓吐尽之后,以从容不迫又颇自信的口吻说:"探案学方面,有一种分析方法,叫'后逆推理'。我认为,也许是这样的:韩彪凭他的经验,早已找到了矿脉,一经掘近,便停止了,另行采掘。所以,几处矿脉,对他而言早已了如指掌。雇主父子却由于毫无经验,全然蒙在鼓里。否则,怎么可能在不到半个月的时间里,几处同时出矿?……"

"你的'后逆推理',有什么事实根据支持吗?"

"有。我的暗访记录。某些老雇工说,当年,在韩彪胸有成竹地指点之下,那几处地方一掘就现出矿层了……"

省委书记不禁"噢"了一声。

省报记者又说:"那么,矿主父子的死,介绍人的死,就不但蹊跷,而且,而且……"

他不再说下去,一味吸烟了。

省委书记站了起来,踱着,踱着,不停地踱……

他终于又落座了,问:"你还了解到些什么?"

"从几年前起,县公检法三部门,就不断收到匿名举报信,信中都指出了我刚才悟到的疑点……"

"立案侦查的结果呢?"

"从没立过案,所以也就从未有过什么侦查结果。"

"噢?"

"不太正常吧?一般情况,怎么也会派人去翟村了解了解吧?哪怕是象征性的。""那时韩村长已是人物了?""对。"省委书记又起身踱步。他踱过来,踱过去,也不知在思考些什么。忽然,他站住了,一转身,省报记者却已不坐在沙发上了,背朝他,正在他的书架那儿看一本书。他说:"讲啊,你怎么不讲了?"省报记者说:"还想听?我以为咱俩话不投机了呢!""当然!我爱听与我不投机的话。何况我也没觉得咱俩话不投机。"省委书记走到省报记者身旁,将省报记者拿在手里那本书夺下,又说,"借你了。不,给你了!一会儿你看我这儿有什么你感兴趣的书,只管带走。"说着,替省报记者将那本书塞入拎包,并将省报记者推至沙发前,按坐下去。

"中午我陪你吃饭。"他看了一眼手表,"现在才十点多,离吃午饭早着呢!我不能白留你吃一顿午饭,所以我现在对你的要求是,知无不言,言无不尽,把你了解的情况全都讲出来,我保证洗耳恭听。"

于是王晓阳说,韩彪在连任两届翟村村长的年头里,招雇的采矿工不但越来越多，而且给他们中许多人落下了正式的翟村户籍，使他们成了些个有双重户籍的人，也成了些个有两份身份证的人……

"这当然是严重违反行政管理法规的，起码会干扰以后的人口普查。他替他们造假身份证吗？""不，不是假的。是真的。完全合乎法律手续的。""此话怎讲？""因为盖有县公安局的大印。""对他有什么好处？""翟村人口的成分被他改变了。有许多人，包括来历不明之人，摇身一变成了合法的翟村人口。他们的人数，已比翟村原来的人数少不到哪儿去。加上还有些翟村农民，甚至一家子父子兄弟几个，也都成了韩彪矿上的雇佣工。这两种人，由于切身利益的牵制，凡事不可能不惟韩彪的马首是瞻。可想而知，翟村的大事小事，都可以假绝对民主的方式，亦即少数服从多数的方式，随韩彪之心所欲。这就是为什么，他已连任了两届村长，此次'民选'在即，仍要连任下去的根本原因。"

"如果，翟村此次没列入'民选'的样板村……比如，像从前，由县里宣布一份任命状了事，那会怎样？""村长还是他。""这么肯定？""对。因为县里的官员们，据我想来，十之八九怕是都已经被他喂熟了。""有何事实根据？""某些事实根据是需要某些刚正不阿的人去调查和收集的，我又没有此种特权。""照你这么说，只有下令市里成立专案组啰！""那又怎样？我很熟悉他们，亲耳听他们谈起韩彪，像谈起他们最赏识的人。""那样的干部是少数。""少到多少？""总之你得承认是少数。""我也没说是多数啊。我用了'某些'这个词，对吧？看，我们开始话不投机了吧？我还是明智点儿，趁你没翻脸之前赶紧走……"王晓阳站了起来。"坐下，坐下。别那么目中无人。我不同意，你说走就走未免太要大牌了吧？我毕竟是位省委书记吧。"省委书记抓住省报记者一只手腕不放，省报记者只得又乖乖坐下了。"来，吸支烟……"于是二人都获得了各自沉默一会儿的机会。"如果还按'民选'之前一贯的方式呢？""也就是由乡里县里的干部提几位候选人名单，群众认可一下，那当然肯定是韩彪了！在某些官员心目中，韩彪优秀得不得了。在翟村，只要他再收买几个人，他就成了大多数群众举双手拥护的人。""那么你对'民选'的结果有何预见？""韩彪。"

"照你说来，没治了？"

"……"

"大记者！"

省委书记表情极为严肃起来。

于是，轮到省报记者张口结舌了一下，愣住了。

"我们共产党有什么非常对不起你个人的地方吗？"

"这倒没有。"

省报记者脸红了。

"你亲人中有人曾被打成过'右派'？"

省报记者摇头。

"有人曾在'文革'中受迫害？"

省报记者摇头。

"有人失业？"

"我的亲人们，生活过得还都可以。"

"我想也是。省报鼎鼎大名的王记者嘛！除了我这位外来的和尚，谁人不知？谁人不晓？你的某些亲人是因为沾了你的光，生活才过得还可以吧？为了他们和你自己生活过得还可以，你与某些科长啦、处长啦,甚至局长啦什么的,不是也一向关系密切,甚至称兄道弟,经常地搞点礼尚往来吗?"

"人难以与现实为敌。"省报记者答对得倒也坦荡。"咱们不谈你了,让咱们先来谈谈中国。对于中国的现实,无非有三种人持三种观点——糟得很,越改革越糟,简直一无是处。你持的不会是这一种观点吧?"省报记者开诚布公地说:"我曾经持这一种观点。"省委书记步步为营地问:"那么现在呢?""成就不小,有目共睹;问题不少,按下葫芦起了瓢。""这也差不多就是第二种人的第二种观点。这还接近些客观。至于浮夸的第三种观点,咱们暂不谈它。而我们党,心里是很着急的。对那些严峻的问题是重视的。既不是掉以轻心更不是包庇恣恿的,这也该是一个事实吧?"

省报记者低声回答:"这我承认。""所以需要对中国有责任感使命感的一切人,比如你这位记者先生……""你再叫我先生,我立刻就走。"王晓阳皱起了双眉。省委书记第三次从沙发上站了起来,走到办公桌后,从桌上翻找到几份文件,一手拿着,一手指着,眼望着王晓阳继续说:"'民选'的事,是我来之前,在前任省委书记主持之下,开了多次常委会议定的事。而且早就将文件逐级发下去了。我不可以轻易改变它,也没有什么理由将翟村从文件中划掉,取消它已被逐级批准的'民选'资格。虽然,你使我了解了一些韩彪和翟村的有价值的情况,但在我们的谈话中,你还一直没有确凿的证据,证明韩彪其人为富不仁、坑害乡里、违法犯科吧?你举出的那些事,别人还有替韩彪的别种振振有词的解释,专等着堵你的嘴啊!"

"仅仅是堵我的嘴?"王晓阳问得语气冰冷。显然,他对两个人之间的交谈大为失望。

"我希望由我将问题提出来时,那些也想转弯抹角堵住我嘴的人,心里虽想而不敢那样了。所以,记者先生,我要求您的帮助。"

王晓阳沉吟着,不知该不该将省委书记的话当成戏言。因为对方的表情是更加严肃了。最后一句话尽管言词调侃,但是郑郑重重的,听来毫无玩笑的意味。

他只是一言不发地期待省委书记还说什么。

他期待到了这样一句话:"我聘请你为省委特派记者。不过你的公开身份应该是瞿村'民选'工作宣传组普通成员之一。你对你所了解到的情况,只要你认为有价值的,直接向我汇报,直接对我负责。"

……

吃过午饭,临分手时,王晓阳似乎漫不经心地问:"您喜欢看书吗?"省委书记回答:"共产党官员,也并非全是靠书架装点知识化门面的人。"王晓阳又问:"我指小说。"省委书记回答:"我在大学是学中文的。"

"有一本从美国翻译过来的小说《教父》,您读过吗?"

"读过。1982年前后翻译过来的。当时我任省委宣传部部长,有责任判断它的价值导向。"

"我希望您再读一遍《教父》,对美国教父维托·考利昂这一人物,做二十年后的今天的再分析和再思考。"

王晓阳的话语说得很凝重。

省委书记回答:"我们谈话时,我已联想到了《教父》,我再读一遍后会告诉你感受。"

王晓阳说:"那倒不必。我已经再读过一遍了。我认为,中国目前已很有了一些维托·考利昂。起码很有了一些一心想成为中国式的维托·考利昂的人。"

省委书记对他的话不动声色,只说:"我再读,我一定再读。咱们会有机会交流读后感的……"

"民选"在翟村按期举行。离预定日子预定时间还有一个多钟头,翟村的农民们,皆已入场,安安静静地坐着了。气氛是十年来少有的肃穆。农民们脸上的表情,一个个也都那么肃穆。仿佛是学生的一次毕业考试,关系重大得与每一个人以后的人生轨迹紧密相连。他们互相不交谈,甚至谁也不看谁。即使平日嘻嘻哈哈胡闹惯了的两个人坐在一起,彼此也没话说,形同陌路人。

翟村人,无论原本的翟村人,抑或后来落户于翟村的人,抑或两种人之间,在那一天,在那一时刻,心理上都变得拒人千里方觉安全了似的。仿佛虽然长期生活在一个村子里,却不曾有过任何往来,以后也打算老死不相往来似的。

他们的脸,都一律地朝向正前方,都目不转睛地望着台上的投票箱。那是专为此番"民选"做的一只投票箱。相对十一个村的投票,它未免显得太大了。油成了抢眼的红色。不消说,它是韩彪命他矿上的人做的。农民们望着它的目光,都有那么几分怪异。怪异之中充满着祈祷。好像它是一只彩票箱,将会产生一种大奖。选举场地自然也是韩彪矿上提供的,是矿上的娱乐室,以往雇佣的掘采工们打麻将聚赌的地方。赌是他们一向的娱乐方式。再不就是嫖。嫖赌自由,他们就都是唯命是从的好雇佣工了。他们以唯命是从感激韩彪给予他们的这两种自由。

县里的官员还因而向韩彪颁过奖状,表彰他对他的雇工调教有方,管理得法。奖状正是在这同一个地方颁发给韩彪的……离投票还有十几分钟时,韩彪来了。他披件貂领大衣,来得行色匆匆、风风火火。身后跟随着秘书及韩小帅一干人等。于是一切人的目光全都望向了他们,包括充当监票员角色的王晓阳。韩彪看一眼手表,连说:"差点儿晚了,差点儿晚了!真晚了就该有人背后议论我态度不佳了!"

工作组的人从各个角落走向他。人还没到他跟前,招呼先到了,都堆下满脸笑容。也不知他们的高兴为哪般。仿佛竟是他们各自的大喜之日,而韩彪却只不过是位应邀前来贺喜的嘉宾。

王晓阳嫌恶地将目光转移开了。

韩彪一一与工作组的人握手。那完全是不情愿的,不得已的,应付式的握手。显得在他是多此一举,怪麻烦因而心里怪腻歪的事。握时,眼都不看对方。几只手先后乃至同时伸向他,他握不过来了。

他紧皱着眉,一副烦乱不堪的表情,以令人同情的口吻说:"省里的一位领导来矿上视察,我不在场陪着不好。时间就要到了吧?一到马上开始吧!我是投完我这一票就得走的。唉,唉,我想要什么荣誉要不到哇?当村长我哪里会是情愿的呢?可各级领导们……可瞿村全体群众……大家听好了,下一届可千万别选我当村长了啊!下一届我无论如何得让贤了……"

于是围绕在周围的人都体恤地摇头、叹气,说"理解,理解",并且都做出一副又同情又爱莫能助的样子……于是韩彪向瞿村的农民们抱拳，作揖，鞠躬，也说："理解万岁，理解万岁，请诸位多多理解……"听来，仿佛"民选"已结束，仿佛他已全票当选，仿佛那对他是大不幸。翟村的农民们，斯时一个个紧闭双眉，表情矜持，莫测高深。韩彪一眼发现了翟学礼——那个复员兵，那唯一与他展开竞选的人，坐在中间一排的最边上。他似乎早已料到了注定的失败，也似乎早有心理准备，还没开始投票，却已超前流露出了失败英雄的悲壮神态。韩彪两步跨到他跟前，主动伸出了一只手。翟学礼意外又犹豫地站起，不自然地笑笑，与之手手相握。

韩彪并没有马上放开复员兵的手，而是紧握复员兵的手不放，大声说："学礼，修车行开得好吗？有什么困难只管找我。缺资金了也找我。十万二十万的，拿去用就是！"

把个复员兵搞得别提多么尴尬，只有不自然地笑，站也不是，坐也不是；抽回手不自然，任凭被握着手也不自然。

韩彪双肩一耸，抖落了大衣。早有韩小帅从后及时接住，搭在自己臂上。

于是韩彪竟拥抱翟学礼，一手轻拍复员兵后背，俯其耳样子很是机密地说："我将投你一票！下一届我非让贤不可。别这么沮丧。在今后的几年里要多接触群众，争取让群众了解你，信任你嘛……"

俯耳又机密的话本是应该小声说的。他似乎也是那么说的，怕他的话被第三者听了去似的。然而他的声音却"小"得每一个人都听得一清二楚。

二十八岁的复员兵，被搞得面红耳赤，备感羞辱。在大他二十来岁的人物韩彪面前，他一时显得那么的嫩，那么的不成熟，那么的没有自信，那么的……根本不配是韩彪的竞选对手……工作组的人又讲了一番注意事项，投票终于开始……

韩彪果如其言，一投完票，便率众离去。来也匆匆，去也匆匆。韩小帅们各自怀着有功之臣的轻松愉快，你东他西，或寻花折柳，或豪饮相庆去了。

他们是都心中明镜似的专等着韩彪日后对他们的论功行赏了。

当然没有什么省里的领导到矿上来视察。

韩彪自己也回他的一处行宫，享受按摩去了。女按摩师漂亮可人，风情百种，是他从省城某大宾馆高薪"撬"来的。

自己控制着的人们占有着将近一半的选票，侄子韩小帅们责任包干，又使钱贿赂了些个人。他断定，百分之八十以上的选票，那是早已铁定归属在他的名下了。他是亦喜亦恨。喜的是大功告成，而且易如反掌。"民选"后的村长，将证明着他毫无疑义的群众基础和威望。这么好的社会效果和政治效果，他韩彪岂能坐失不要？不久他又将是新闻焦点人物了！锦上添花，好上加好！恨的是翟学礼。不识时务的毛头小子，什么东西！杂种！和我竞选，也他妈配！什么时候得细细调教他一番，让那小子领教冒犯自己的下场！还要让他有苦说不出来，干往肚子里咽。什么他妈的"民选"不"民选"！在本县的地盘里，凡自己想要的，各方面就他妈的该给自己！给就叫"民主"。否则，不管什么方式，都他妈的不是"民主"！……

他猛一翻身，将骑在他身上的女人翻在下边了，接着就凶狠地干起了那种事儿。仿佛身下是翟学礼的淑妻，他怀着股大恨在进行强奸似的。那女人见他表情异常，动作野蛮恶劣，不知他是怎么了,特别害怕,竟不敢像以往那么浪……

突然韩小帅不敲门便闯了进来,跨到床边,慌慌张张结结巴巴地报告:"叔,坏,坏了!选举结果出来了!……"

他扯条线毯将那女人一盖,站起来,一时不明白侄子何以慌张何以结巴……"村长不……不……不是你……是翟学礼那小子!……""胡说!我不信!怎么会!""千真万确!百分之八十以上的选票在那小子名下!……"在"民选"中落选了的前任村长呆住了。"叔,咋办?……"他狠狠地扇了侄子一个大嘴巴子。韩小帅脸上顿时出现五道紫红的指印。接着他朝侄子踹了一脚。人高马大的韩小帅竟被踹得捂着肚子蹲下了。他双手举起一只大钧瓷花瓶要往侄子头上砸,幸而被那女人一拦,韩小帅才没头破血流。

花瓶碎在地上。韩小帅也吓傻眼了,他从没见他的叔叔韩彪如此大发雷霆过。韩彪几乎将屋里能摔碎的东西全摔碎了……

翟村的选民,以农民特有的,经常用愚怯巧妙"包装"了的城府(几乎只有某些农民才具备那一种城府,而且往往表现为较高级的一种),以及孩子般的狡黠,彻底将韩彪这位在翟村说一不二,跺一下脚,乃至会惊动整个县里四面八方的势力人物耍弄了。他们收他的钱。钱是多好的东西啊!对于他们,尤其是多多益善的东西。何况他们明知韩彪有的是钱。收下时丝毫也不感到有什么不妥,更不感到有什么不安。他们如是想,你要收买我的选票,你当然得出点儿血。现如今什么都讲价值,那么我的选票也是我的无形资产,一年一个行情的。他们自然不敢当面对韩小帅们这么说。但是他们嫌钱少时,可以什么都不说。什么都不说而又显出顾虑重重的样子，韩小帅们就不得不加钱了。结果使韩小帅们替韩彪拉选票的"成本"大大超出预算。超出得太多，韩小帅们就都不便向韩彪如实汇报了，怕韩彪骂他们花他的钱不心痛，更怕韩彪怀疑他们有贪污行为。所以他们宁肯用自己的钱往"成本"里贴，指望日后韩彪被选上了村长一高兴，奖赏他们的钱比他们"无私"地贴入"成本"的钱多得多。

翟村的农民选民们，收下韩小帅们的钱时，都是当面信誓旦旦地保证了他们那一票一定投在韩彪名下的。都曾虔诚之至地表示，不拥护韩村长继续当村长，那么还有另外的谁值得拥护呢？翟学礼？他有过什么权威？他有过什么德望？他怎么能与韩村长相提并论？……

但是，真在选票上画"√"、画"×"或者画"○"时，他们就都成了自己意愿的主人了。印制的选票、发的笔，选票统计出结果以后，直接封了，带回省里，由地方最高部门即"省'民选'办"存档。这使他们可以放心大胆地耍弄韩彪一次。耍弄了他不是也白耍弄吗？无论他多么想知道都是谁耍弄了他，也是根本无法知道的。那为什么不耍弄他一次？从前两次可不是这样——第一次是由乡里的干部们来宣布他韩彪是唯一的候选人，然后举手表决，当众点数举起的手超过半数。谁敢不举手？第二次真"民主"些了，发统一的白纸条，自带笔，写被选人姓名。理由是"尊重人权"——候选人有姓有名，不拥护可以写别人的姓名，在候选人姓名后画"√"、画"×"，有辱候选人之人格。这是韩彪手下的人们振振有词地提出的，他们一起哄，方式便被采取了。那样的选票，选后都将落在他们手里，谁有胆量不写韩彪二字？只要一对笔迹，哪张选票是谁的,铁证如山啊!……

而此次"民选",翟村的农民选民们想——韩彪你没辙了吧?老子收了你的钱,老子当面发誓选你了,可老子实际上选的是翟学礼,把你韩彪当猴耍了一遭了吧!

大多数翟村的农民选民们都那么想,也都是照他们的想法做的;大多数经由韩彪的安排才拥有了双重居民身份,也就是那些落户在翟村,已事实上成为翟村合法选民,而实际上仍只不过是韩彪矿上的外地雇佣工的人们,也都是那么想那么做的。他们不是傻瓜。他们受剥削心里是清楚的。在韩彪眼里,他们只不过是牛马,他们心里是明白的。小恩小惠能给予他们的只是一时的小高兴,却并不能整个儿收买了他们的心。现如今,要收买一个人的心,即使农民的心,价位也是相当高的。零售是一回子事,整卖是另一回子事。而且,普遍的人,只零售,不整卖。好比卖血,一二百毫升是惯常的卖法,三四百毫升也可以豁出去一次,但绝没有谁甘愿将自己的血液一总卖光……

妈的韩彪,对不起啰!现如今,有些个当官的,还有收了人家的钱,向人家保证了,而并不替人家着实办事儿的呢!——参加选举的人们内心里这么想着,在韩彪的姓名后狠狠画"×",在翟学礼的姓名后认认真真地画"√"……

那时他们内心里别提有多痛快。

然而,选举结果也是大大出乎他们预料的。他们人人以为,那么想那么做的,只不过是自己,根本影响不了大局。于是几乎人人那么想,几乎人人那么做。而似乎难以动摇的大局,彻底地被翻局了……

选举结果公布以后，竟无人鼓掌。人们离去时，皆一脸的沉重。谁也不看谁，谁也不和谁说话，低垂了头各走各的。仿佛他们的心情不但沉重，还十分忧伤。仿佛那结果，并不代表他们的意愿，不知是什么鬼搞的鬼……

了解他们的王晓阳看出——他们都想哈哈大笑而又强自忍住，这在当时对他们是多不容易的事啊！

他料定他们许多人一回到家里就会高兴地甚而幸灾乐祸地喝酒。

他们许多人正如他所料……

只有翟学礼一人坐着发呆许久——结果也是他绝没想到的。百分之八十以上的拥护者和无一人为选举结果鼓掌的冷场情形，使他陷入了生平空前的大糊涂……

乡里县里的几名干部，面面相觑。

王晓阳却哼起了歌：

种瓜的得瓜呀种豆的得豆，
谁种下仇恨他自己遭殃……

下午，王晓阳去往村外，用手机与省委书记通了一次电话。

省委书记听了选举结果，以欣慰的口吻说："有时候，我们某些自以为顶善于分析，绝不会犯判断性错误的同志，却往往犯了判断性错误。为什么？这是很值得我们自省和反思的……"

王晓阳由衷地说："我接受您的批评……"

省委书记在电话那端又说："一般的经验是，相信人民大众，总比不相信人民大众好。他们有他们的民间原则，正如我们党有我们的党内原则。倘若我们的意识居然落后于他们的意识，在这种情况之下，还要用我们的原则去压制他们的原则，那么实际上不完全是他们的悲哀，更是我们的悲哀……"

在村外四野无人之地，王晓阳手机贴耳，聚精会神地听着省委书记的每一句话，竟有些听呆了。自己反倒不知讲什么好了。想说些"深刻"之类的话，很快又打消了念头。觉得那时那刻，倘若那么对一位省委书记说，是俗不可耐的。

"某些表面看起来最微不足道的人，若决心对某些仿佛不可一世的人的气焰实行打击，只要他们时刻寻找机会，往往总是会达到一下目的的……这是哪本书里的话？……"

省委书记在电话那端考王晓阳了——王晓阳想了半天，回答了几次回答不对。

省委书记告诉他——是《教父》中的话；省委书记还告诉他，自己正在按他的建议重读那一本十几年前引起风波，而如今已无人谈起的小说……

那时候韩彪正在县医院里量血压，查心脏，生命垂危似的。仿佛一个刚刚遭到残酷的私刑折磨的人。是的，他觉得自己在精神上被施加了私刑。县里的头头脑脑怀着内疚去看他，被他一个个骂出了高级病房……

翟村的那一个晚上，异乎寻常地寂静。没有一个人去翟学礼家。似乎他不是被选为村长了，而是被宣布为"艾滋病"患者了；似乎谁都成心与他保持安全的距离……

这也是那一种农民们特有的城府和狡黠的表现。

至夜,小两口突闻院里黄犬狂吠。擂砸院门之声令他们心惊。

复员兵披衣跃起,疾步走出卧房,摸黑从堂屋墙上摘下了双筒猎枪,一边往枪膛上子弹一边喝问:"什么人?!"

院门却已被撞开,一群人影闯入了院子,各个手持刀斧或其他利器。又听黄犬哀号一声,想必已遭砍杀……翟学礼刚欲推桌子堵住家门,家门也被撞开,来者闯入了堂屋。他们手中的利器,在月光下其刃森森。

复员兵慌忙持枪退回卧房——因为他是复员兵,被县林业局选为义务护林员,那双筒猎枪是发给他用以护林时自卫的。本县的盗伐者们猖獗又凶恶,除了这复员兵,没第二个人肯当什么义务护林员……

闯入者们以韩小帅为首,其中竟有才入伙的翟老栓的儿子!他们一个个喝醉了,皆失去了起码的理智,同仇敌忾地要来取翟学礼小两口的性命。不就是醉后杀两个人吗?韩彪有的是钱,会出面替他们私了抹平的。韩小帅也保证了这一点。来者们都企图通过杀死翟学礼小两口,向韩彪证明无限的忠诚……

他们猛撞卧房的薄门,疯狂地用利斧劈它……复员兵的妻子吓得缩在床角呜呜哭;复员兵决心誓死保卫他的妻子,一再高声警告。但韩小帅们哪里会把他的警告当回事儿呢?门倒了……枪响了……一条黑影高伸胳膊,双手在空中抓挠了一下,扑于床上……"他先开枪了,砍死他!砍死他!也砍死他老婆!……"是韩小帅歇斯底里的声音。他举刀扑向复员兵——复员兵不得已,第二次勾动了扳机……韩小帅也扑于床上……复员兵被激怒了,扔了猎枪,抓起两名死者的刀斧,大吼大叫,左右挥舞,将那些人逼出卧房,逼出堂屋，逼出了院子……恰巧王晓阳和一些村里的男人们听到枪声，各操家伙奔跑而来……另一名死者是翟老栓的儿子……一小时后县公安局的警车呼啸而来，还有一卡车荷枪实弹头戴钢盔的武警——他们当众用铐子将翟学礼小两口铐上了。复员兵那时说："不关我妻子的事儿……"率队的副局长扇了复员兵一耳光，恶狠狠地吼："你他妈吃了熊心豹子胆了！……"那少妇被往警车上押时绊了一下脚，跌倒于地，于是竟被两人各拖着一条腿往警车那儿拖……王晓阳上前制止："她还不是罪犯，你们不可以这样对待她！……"连他也挨了一警棍，黑暗混乱之中，也没看清打自己的是哪一个……

他大声抗议道："我是省报记者！……""滚，别妨碍公务！……"那位副局长一掌将他推得朝后趔趄数步……"我还是'民选'工作的省委特派员！""那你在这儿乱掺和什么?！"又被推了一掌，又朝后趔趄数步……当那副局长坐入他的小车，王晓阳抢前几步，奔过去拦住车，拉开车门大声质问："那些人为什么不带走?！他们……"

他指的是韩小帅的帮凶们，他们已被村人们一一制服，捆住了，静等着移交县公安局发落。见县公安局的人在那位副局长率领之下全要走，村人们一时皆茫然不知所措……

他的话没有说完。因为他发现韩彪也坐在车内，目光阴冷地朝外观望。那位副局长狠狠瞪他一眼，"嘭"地将车门关上。车呼地从他身旁开走了……帮凶们一个个领会了什么，皆喊叫："放开我们！放开我们！……"村人们的目光全都落在王晓阳身上，而他也一时茫然不知所措。

在帮凶们喊叫过后的一阵肃寂中,翟老栓开口了。他说:"大家都在等着谁来带个头是吧?那么,我带这个头吧……虽然,我只有一个儿子……学礼他是咱们选的,对不?他开枪是被逼的,对不?咱们第一遭由自己替自己做主选了一个村长,对不?……那咱们去保他吧,现在就去。谁愿意,跟上我……"

斯时天已拂晓。微明的天光下,翟老栓脸上旧泪未干,新泪继淌……他一说完,独自转身向村外走去。于是,村人们一个个,一伙伙,最后,二百多人全跟在他身后了。当然的,也用绳子牵走了那些帮凶,他们皆从翟老栓的话中预感到了什么,不再喊叫,全蔫了,懊悔莫及地垂下了头……

王晓阳想阻拦他们。心里这么想,嘴却张不开。呆望一会儿,他也紧跑几步跟上了他们……

省委书记在床上接到了王晓阳从县里第二次拨到他家里的电话。他将自己亲眼所见一一汇报后,义无反顾地说:"对不起了省委书记同志,我已经决定站在翟村的选民们一边了。如果他们到省城去向您请愿,您将会发现他们中也有我……"省委书记在半个多小时内始终一言未发。甚至,既没"嗯"一声,也没"啊"一声。他不知自己何时放下的电话。他耳边响起了自己曾以循循善诱的教诲口吻对王晓阳说的话:

"有时候,我们某些自以为顶善于分析,绝不会犯判断性错误的同志,却往往犯了判断性错误。为什么?这是很值得我们自省和反思的……"

省委书记觉得,自己那话,仿佛是别人的声音了。仿佛是别人为提醒自己才净净言说的了,且具有对自己因翟村的"民选"是那么顺利而一夜高枕无忧的讽刺意味……

他的目光不禁瞥向床头柜——上面放着一本翻开的书,用隔页品隔着。恍然间,好像看到从书页上,从字里行间缓缓地凸显出什么形状,遂成一个小人儿。如同美国电影《终极杀手》中那倏忽便能液态又消液态而现的杀手般的小人儿。那小人儿丑陋、猥琐、狰狞,冲着他狗面狒狒似龇牙不止。

那小人儿嚣张地说:"我,维托·考利昂!纯中国种的维托·考利昂!……"那小人儿渐说渐长,越加丑陋,越加猥琐,越加狰狞。他联想到了《教父》中老维托·考利昂的女儿结婚的场面——一千多人的场面啊!"我,纯中国种的维托·考利昂……"省委书记一掌朝那书页,也朝那张牙舞爪的小人儿拍将下去——硌疼了他的手。

一小时后,一辆"奥迪"开出省委大院,向翟村疾驰而去……

上架建议：畅销书 | 文学
ISBN 978-7-226-05703-2

定价：48.00元